大方
sight

[白俄罗斯] 斯维特兰娜·阿列克谢耶维奇 著

孙越 —— 译

切尔诺贝利的祭祷

ЧЕРНОБЫЛЬСКАЯ МОЛИТВА

ХРОНИКА БУДУЩЕГО

中信出版集团 | 北京

图书在版编目（CIP）数据

切尔诺贝利的祭祷／（白俄）S.A.阿列克谢耶维奇著；
孙越译. -- 北京：中信出版社，2018.8（2023.11 重印）
书名原文：The Chernobyl Prayer
ISBN 978-7-5086-9046-9

Ⅰ. ①切… Ⅱ. ①S… ②孙… Ⅲ. ①纪实文学 – 白俄罗斯 – 现代 Ⅳ. ①I511.455

中国版本图书馆 CIP 数据核字（2018）第 108320 号

The Chernobyl Prayer
© 2013 by Svetlana Alexievich
Simplified Chinese translation copyright ©2018 by CITIC Press Corporation
ALL RIGHTS RESERVED
本书仅限中国大陆地区发行销售

切尔诺贝利的祭祷

著　　者：［白俄］S.A. 阿列克谢耶维奇
译　　者：孙越
出版发行：中信出版集团股份有限公司
　　　　　（北京市朝阳区东三环北路 27 号嘉铭中心　邮编　100020）
承　印　者：河北鹏润印刷有限公司

开　　本：880mm×1230mm　1/32　　印　张：12.125　　字　数：319 千字
版　　次：2018 年 8 月第 1 版　　　　印　次：2023 年 11 月第 14 次印刷
京权图字：01-2017-0141
书　　号：ISBN 978-7-5086-9046-9
定　　价：58.00 元

版权所有·侵权必究
如有印刷、装订问题，本公司负责退换。
服务热线：400-600-8099
投稿邮箱：author@citicpub.com

"我们是天空,我们不是大地……"

马·马马尔达什维利[01]

---

01 马马尔达什维利(Мераб Мамардашвили,1930—1990),苏联格鲁吉亚哲学家,哲学博士,教授。他的论法国作家普鲁斯特的文学讲义,对本书作者的文学思考极有帮助。——译者注

目录

001_ 历史背景

007_ 孤独的人类之声

028_ 切尔诺贝利：被忽略的历史与对我们世界图景的质疑

039_ 第一部分

死者的大地　士兵的合唱

041_ 我们为什么要记住

044_ 与活人和死人聊什么

052_ 写在门上的一生

056_ 一个村庄的独白：怎样把天上的人叫回来，哭一场，吃顿饭

071_ 找到蚯蚓，鸡开心；铁锅煮的，也会变

076_ 无字歌

078_ 三桩古老的恐惧，为何一个男人在女人讲话时不作声

089_ 人在恶中敏锐异常，而在一本正经的爱情表述中，又是那样简单淳朴

093_ 士兵的合唱

115_ 第二部分

被造者的花环　人民的合唱

117_ 古老的预言

121_ 月下风景

124_ 看到耶稣倒下就牙疼的证人

131_ "行走的骨灰"和"说话的泥土"

140_ 没有契诃夫和托尔斯泰，我们无法生活

146_ 圣方济各曾给鸟儿布道

156_ 无题——呐喊

158_ 两种声音——男人的和女人的

167_ 神秘的东西在爬，往你身体里爬

176_ 笛卡儿的哲学：和别人一起吃污染的面包片，不用觉得尴尬

192_ 我们早已从树上下来，但没想到它很快长出年轮

200_ 在封死的水井边

209_ 角色与情节之苦

221_ 人民的合唱

235_ 第三部分

悲情的赞赏　孩子的合唱

237_ 我们不知道，死亡竟如此美丽

241_ 化为泥土多简单

249_ 大国的象征与秘密

253_ 生活里可怕的事总是安静而自然地发生

260_ 俄罗斯人总是愿意信点儿什么

266_ 大时代里无助的小生命

271_ 我们那时爱过的物理学

278_ 更甚于科雷马、奥斯维辛和大屠杀

283_ 自由和寿终正寝之梦

289_ 就算是怪胎，我也爱他

293_ 给我们的日常生活添加些东西，就更容易理解它了

299_ 无言的士兵

306_ 永恒和诅咒：怎么办和谁之过？

313_ 苏维埃政权捍卫者

316_ 两个天使遇到小奥莲卡

322_ 一个人对另一个人的绝对权力

333_ 祭牲与祭司

343_ 孩子的合唱

355_ 孤独的人类之声

370_ 代结局

372_ 译后记

历史
背景

　　白俄罗斯，对世界而言，我们是 terra incognito[01]，乃不详之地。"白色的俄罗斯"——我国的英语称谓大致如此。所有人都知道切尔诺贝利，却仅与乌克兰和俄罗斯相关。我们还应介绍一下自己……

——《人民报》一九九六年四月二十七日

　　一九八六年四月二十六日，凌晨一时二十三分五十八秒——连续爆炸摧毁了坐落在白俄罗斯边境附近的切尔诺贝利核电站四号动力机组的反应堆及建筑。切尔诺贝利之灾是二十世纪最大的技术劫难。

　　对小国白俄罗斯而言（有一千万人口），这不啻为一场举国之灾，尽管白俄罗斯人不曾拥有一座核电站。这个素以农业著称

01　terra incognito，拉丁文，意为"未知领域"，在前现代时期，西方用此标记地图中未经探索的地区。——编者注

之国，居民多为农业人口。德国法西斯在伟大的卫国战争年代毁灭了白俄罗斯大地上六百一十九座村庄及其村民。切尔诺贝利之灾使国家失去了四百八十五座村落，其中七十座已永远葬于地下。每四个白俄罗斯人即有一个人在战争中死去，而今每五个白俄罗斯人就有一个住在污染地区——也就是说有二百一十万人，其中包括七十万儿童。白俄罗斯人口下降的主要原因即为辐射。戈梅利州和莫吉廖夫州（深受切尔诺贝利灾难之害）的死亡率比出生率高了20%。

由于灾难向大气中释放了 50×10^6 立方米的放射性核素，其中70%飘落在白俄罗斯，其23%的土地遭受到每平方公里一居里的铯-137放射性核素污染。试比较，乌克兰有4.8%的土地受到污染，俄罗斯则为0.5%。每平方公里辐射量达到一居里的耕地超过一千八百万公顷，锶-90污染量达到一居里的耕地为三十万公顷，每平方公里辐射量超过一居里的污染之地近五十万公顷，大田作物轮作土地遭污染二十六万四千公顷。白俄罗斯是森林之国，然而26%的森林和普里皮亚季河、第聂伯河、索日河多一半的河滩草场被列为放射性污染区……长期存在的小剂量辐射，导致该国罹患癌症、儿童智障、神经心理紊乱和遗传突变人数增加……

——切尔诺贝利汇编，《白俄罗斯百科全书》，
一九九六年，第七、二十四、四十九、一百零一、一百四十九页

根据观测数据，一九八六年四月二十九日在波兰、德国、奥地利、罗马尼亚，四月三十日在瑞士和意大利北部，五月一日在

法国、比利时、荷兰、英国和希腊北部，五月三日在以色列、科威特和土耳其均检测到高辐射剂量……排放到高空的气态及挥发性物质在全球扩散：五月二日在日本被检测到，五月四日在中国，五月五日在印度，五月五日及六日在美国和加拿大。不出一个星期，切尔诺贝利就成了全世界的问题……

——《白俄罗斯切尔诺贝利事故后果》文集，
明斯克：国际萨哈罗夫高级辐射生态学学院，一九九二年，第八十二页

四号反应堆，即被称作"掩埋体"的东西，在其铅灰色的钢筋混凝土构建的腹中，一如既往地残留着近二十吨核燃料。而且燃料部分已与石墨和混凝土融为一体。今后它们将如何，无人知晓。

石棺匆忙竣工，构造独一无二，也许圣彼得堡的工程设计人员可以为之感到自豪。它应可使用三十年。但是其安装是"远程操作"，预制板的对接依靠机器人和直升飞机完成——因此便会有缝隙。今天，根据一些数据显示，间隙与缝隙的总面积高达二百多平方米，放射性大气悬浮微粒正在由此继续外泄。若北风吹拂，南部很快会出现含有铀、钚、铯的放射性尘埃。在出太阳的日子，没有灯光的反应堆大厅还会出现自上而降的光柱群。这是什么？这是内部的雨。只有在水汽降落于含油物质的条件下，链式放射反应才可实现……

石棺是苟延残喘的濒死者，喘着死亡之气。他还会喘多久？没人能回答这个问题，人们至今不能走近石棺的众多节点和构件，了解它还能维持多长时间。但人人尽知，"掩埋体"一旦损毁，

其后果会比一九八六年的事故更恐怖……

——《星火》杂志，一九九六年四月第十七期

在切尔诺贝利出事之前，每十万白俄罗斯居民中，有八十二名肿瘤病患者。而现在的统计数字如下：每十万人中，有六千名肿瘤病患，扩大了几乎七十四倍。最近十年白俄罗斯的死亡率升高了 23.5%。十四个老年人中就有一个濒临死亡，基本上是有劳动能力的人，年龄在四十六岁到五十岁之间。在污染最严重的州，根据医学检测查明：每十人中即有七名病患。如果你开车走乡串村，日渐增多的墓地会令你震惊……

时至今日，仍有很多数字不为人知……它们仍属保密状态，因为它们骇人听闻。苏联向事故发生地派遣了八十万人的紧急部队和应征抢险人员，他们的平均年龄为三十三岁。男孩们都是中学毕业后立即征兵入伍的……只有白俄罗斯将十一万五千四百九十三名抢险队员列入名册。据卫生部统计，一九九〇年至二〇〇三年，总计有八千五百五十三名抢险队员死去，平均一天两人……

历史便这样展开……

一九八六年……苏联和境外报纸的头条刊登了切尔诺贝利灾难涉事官员的审判报道……

而现在呢，请你想象一下，空空如也的五层楼房。没有居民的楼房，却有物品、家具、谁也不会穿和永远也不会再穿的衣服。

因为这座楼房位于切尔诺贝利……但就是在这座死城的这幢楼房里，那些开庭审判核事故官员的人，召开了小规模的记者会。最高层，苏共中央决定，案件应在犯罪现场审理，就在切尔诺贝利当地。审判在当地文化宫建筑内举行。被告席上坐着六位被告——核电站站长维克多·布留哈诺夫、总工程师尼古拉·福明、副总工程师阿纳托利·佳特洛夫、班长鲍里斯·罗戈日金、反应堆车间主任亚历山大·科瓦连科和苏联国家核能监督机构监察员尤里·劳什金。

观众席上空空如也。坐着一群记者。此地已经无人，城市作为"辐射严控区"已经关闭。莫非正因如此才将此地选为审判之地——证人越少，吵闹越少？没有电视报道，也没有西方记者。当然，所有人都希望在被告席上看到数十位责任官员，其中也包括莫斯科的。当代科学也应承担其责。但是商议的结果是只问责"扳道岔儿的"。

判处……维克多·布留哈诺夫、总工程师尼古拉·福明、副总工程师阿纳托利·佳特洛夫十年徒刑。其他人的刑期短些。阿纳托利·佳特洛夫和尤里·劳什金由于强辐射死于监禁地。总工程师尼古拉·福明精神失常……站长维克多·布留哈诺夫服满了刑期——共计十年。亲属和几位记者曾去探视他。事情悄然而过。

前站长住在基辅，当了个普通的公司办事员……

事件就这样了结了……

乌克兰近期将开始实施一项大工程。在覆盖于一九八六年损毁的切尔诺贝利核电站四号机组的石棺之上，再建被称作"拱门"

的新掩埋体。二十八个援助国近期将投入超过七亿六千八百万美元的初期基建资金。新掩埋体的寿命已非三十年，而是一百年。它之所以造型巨大，是为了有足够的空间重埋核废料。这一工程需要先建一个巨大的基座——事实上是一个由混凝土预制桩和预制板构成的人工岩石层，接着，需要建造一个储库，以便将旧石棺中的放射性废料倒入。新掩埋体将用可承受辐射的优质钢打造，但需要一万八千吨金属……

"拱门"将是人类史无前例的建筑物。首先，其规模令人震惊——双层外壳，高达一百五十米。再有，它在美学上堪比埃菲尔铁塔……

——据二〇〇二年—二〇〇五年白俄罗斯网络报道

孤独的
人类之声

　　我不知道该说什么……说死亡还是说爱情？或者说这是一码事……应该说什么呢？

　　……我们结婚时间不长。逛街的时候还牵手呢，甚至逛商店也是。到哪儿都成双入对。我对他说："我爱你。"但我不知道，我有多爱他。我无法想象……我们住在他服役的消防队宿舍，住在二层。那里还住着三个新婚之家，大家共用一个厨房。一层停放着消防车，红色的消防车。这是他的工作。我对他了如指掌：他在哪里，他情况如何。我半夜听到嘈杂声、喊叫声。我隔窗张望。他看见了我："把小窗关上，躺下睡觉。电站失火。我一会儿就回来。"

　　我没有看见爆炸，只看见火焰。一切仿佛都映得通亮……整个天空……高高的火焰，黑烟。可怕的火灾。而他始终不见踪迹。冒黑烟是因为沥青被点燃了，电站顶层铺了沥青。后来他回忆说，就像走在焦油上。人们在扑火，他们却蹒跚而行，用脚将滚烫的石墨踢开……他们去的时候，没有穿帆布防护服，只穿了一件衬衫，就这样走了。没人提醒他们，他们是奉命奔赴普通火情的……

四点……五点……六点……我和他原本六点钟要去他父母家,去种土豆。从普里皮亚季镇到他父母住的斯佩里热村有四十公里。播种,耕地……他喜欢做这些事……母亲经常回忆说,她和父亲都不希望他留在城里,甚至要为他盖一间新房。后来他应征入伍,在莫斯科消防部队服役,他回来以后,只想去当消防员!不想干别的。(沉默)

我有时仿佛听到他的声音……鲜活的声音……甚至照片都不曾如声音那样给我强烈的感受。可他从来没有呼唤过我。甚至在梦中……都是我呼唤他……

七点钟……七点钟我被告知,他被送到医院了。我跑过去,可是医院四周被警察团团围住,一个人都不让进去。只有救护车驶入。民警们高喊:"别靠近救护车,辐射爆表了!"不只我一个人,而是那夜所有丈夫在电站的妻子们都跑了过去。我扑过去寻找一个熟人,她在这家医院上班。她从救护车里出来的时候,我揪住她的大褂:"让我进去吧!""不行!他情况不好。他们所有人都不好。"我抓住她:"就看一眼。""那好吧,"她说,"那我们快去。只能十五到二十分钟。"我见到了他……眼睛几乎看不到了……"得喝牛奶,喝很多牛奶!"熟人对我说,"哪怕他们喝三升也好。""可是他不喝牛奶。""现在他会喝的。"很多医生、护士,特别是这家医院的卫生员,过了一段时间便患病、死亡。但当时没人知道内情……

上午十点,摄影师希申诺克死了。他是第一个死者……就在第一天……我们得知,废墟下面还有第二个死者——瓦列拉·霍捷姆丘克。他没有被挖出来,被混凝土埋在了里面。那时我们还不知道,他们只是第一批死者……

于是我问:"瓦先卡,怎么办?""离开这儿吧!走吧!你还要照顾孩子。"我怀孕了。可我怎能抛下他?他在求我:"走吧!救救孩子!""我先给你弄牛奶去,然后再说。"

我的闺密塔尼娅·基贝诺克跑来了……她的丈夫也在这间病房。她父亲跟她一道来的,他留在车里。我们坐车去到附近的村里买牛奶,在城外三公里……我们买了很多三升装的罐装牛奶……买了六罐——希望足够所有人喝……但他们喝完牛奶呕吐不止……并且一直昏厥,医院就给他们输液。不知为什么,医生确诊他们是煤气中毒,谁也没提辐射的事。城里停满军车,所有道路都被封锁了。到处都是士兵。火车全部停运。人们在用一种粉末洗涤街道……我担心,明天怎么去村里给他买新鲜牛奶?没人提辐射的事。所有的军人都戴着防毒面具……市民还在从商店里购买面包、敞口的袋装糖,馅饼就放在托盘里……就像平常一样。只是……人们在用一种粉末洗涤街道……

晚上,医院不让进了。四周人山人海……我站在他窗户对面,他挪近窗户对我呼喊。我是那么绝望!人群中有人听说:他们将在夜里被送往莫斯科。妻子们聚集起来,她们想:我们要和他们一起走。让我们到我们的丈夫身边吧!你们无权阻止!她们推搡着,撕扯着。士兵们已经站成两道防线,将我们推开。那时,有个医生站出来说,他们是要乘飞机去莫斯科,但是我想给他们带换洗衣服——他们在电站时穿的衣服都已经烧光了。公交车已经停驶,于是我们跑步穿过整个城区……我们拿着行李跑回来的时候，飞机已经飞走了。我们被蒙骗了。他们不希望我们在那里又喊又哭……

夜晚……街道的一边是大客车，数百辆大客车（已经准备疏散城市），另一边是数百辆消防车。到处在赶人。整条大街满是白色泡沫。我们踩着泡沫前行……我们骂街，哭泣。

广播里说：全城疏散三到五天，请你们随身携带保暖衣物和运动套装，你们将住在树林里。住在帐篷中。人们甚至很开心——我们要走进大自然了！我们要在那里迎接一个非比寻常的五一节。人们为此准备了烤肉串，买了葡萄酒，还随身带上了吉他、录音机。五月里那些可爱的节日啊！只有那些丈夫受伤的女人在哭泣。

我不记得当时是怎么走到家的……似乎一见到他妈妈，我就清醒了过来。"妈妈，瓦夏在莫斯科！专机送走的！"可我们还是种完了菜园子——土豆、卷心菜（一周之后农村也疏散了）。谁能料到？那时候谁能料到？傍晚我开始呕吐。我怀了六个月身孕。我真难受……夜里做梦，他叫我。他活着的时候，曾在梦里叫我："柳霞！柳先卡！"他死了以后，就一次都没叫过。一次都没……（哭泣）早晨起床时我闪过一个念头，我要去趟莫斯科……妈妈哭着说："你这样怎么去啊？"于是就让父亲和我一起去："让他开车送你过去。"我们拿着存折取了存款，取了所有的钱。

我不记得那些路了……路从记忆中消失了……我们问第一位警察，切尔诺贝利消防员住在哪家医院，他告诉了我们。我甚至很吃惊，因为他们一直吓唬我们：那是国家机密，绝密。

休金大街第六医院……

这所专门治疗放射病的医院，没有通行证不得入内。我给值班员塞了钱，她就说"进去吧"。还说了是几楼。我还找过人，也求过别人……就这样，我坐在了放射病科主任——安格林娜·瓦西里耶夫娜·古西科娃的办公室。那时我不知道怎么称呼她，我什么都想不起来，我只知道应该见到他，找到他。

她开门见山地问我："我亲爱的！我亲爱的……有孩子吗？"

我怎么能承认呢？！我已经知道不能说怀孕的事，那样就不能见他了！幸好我瘦小，谁也没发现。

"有。"我说。

"几个？"

我想，应该说两个。若说一个，还是会不让进。

"一个男孩一个女孩。"

"既然有两个了，看来也不用再生了。现在听着，中枢神经系统完全损坏，头骨完全损坏……"

"那好吧，"我想，"他会变得比较神经质。"

"现在听着：你要是哭，我立刻轰你走。不许拥抱和亲吻，也不许走近。我给你半小时。"

可我知道，我已经不可能从这儿离开。即便离开，也是和他一起离开。我暗自发誓。

我走进去时……他们正坐在床上，玩牌说笑。

"瓦夏！"他们对他喊道。

"哎呀，弟兄们，我完蛋啦！在这儿她也能找到我！"

他身上穿的是四十八号病号服，看起来很可笑，袖子短，裤腿也短。他该穿五十二号才是。然而肿胀已经从脸上消失……他们都在输着什么药物……

"你怎么突然消失了？"我问。

他想抱我。

"坐下，坐下，"医生不让他走近我，"这里不让拥抱。"

我们把这当成玩笑话。所有人都跑到这个病房来了，从别的病房跑过来。他们都是我们那儿的人，从普里皮亚季来的。他们二十八个人是用飞机送来的。他们问我：那边怎么样？我们的城市怎么样？我说，开始疏散了，全城撤离三五天。大家沉默了……当中还有两个女人，其中一个事故发生那天在门岗值班，她哭了起来：

"天哪！我的孩子们还在那儿。他们可怎么办啊？"

我想和他单独待一会，哪怕只有一分钟。大伙儿感觉到了，纷纷找理由去了走廊。于是我拥抱和亲吻了他。他躲闪着说：

"别挨着我坐。拿把椅子。"

"得了，这都是瞎说呢，"我挥了挥手，"你看见哪儿发生爆炸了？那里怎么回事？你们可是第一批到的……"

"很可能是一起破坏事件，有人故意破坏。我们所有人都是这个意见。"

于是我们就这样说着话。想着事。

第二天，我来的时候，他们已经进了单人病房，每人一间。他们被严禁去走廊，严禁交流。他们靠敲墙彼此联系：嗒嗒，嗒嗒……嗒……医生说，每个人的体质对辐射剂量反应不同，某个人所能承受的,另一个人可能就不行。他们所住的地方,连墙都被"测量"过。在他们左右和上下楼层中的所有人都搬走了,一个病人都不剩……

我在莫斯科的熟人家住了三天。他们对我说,锅拿去,盆拿去,你需要的所有东西都拿去,别不好意思。多好的人啊……多好!我炖了火鸡汤,够六个人喝的。我们有六位小伙子……消防员……他们都是当晚值班的人:瓦舒克、基贝诺克、季坚诺克、布拉维克、季舒拉。我在商店给所有人买了牙膏、牙刷、肥皂,这些东西医院都没有。我还买了小毛巾……熟人和朋友们让我很惊讶,当然他们害怕过,不可能不害怕,各种传言满天飞,但他们依旧对我说:需要什么就拿什么,拿吧!他怎么样?他们怎么样?他们会活下去吗?活下去……(沉默)我那时遇见了很多好人,我无法记住所有人……我的世界缩小到了一个点——他……只有他……我还记得一位老卫生员,她告诉我:"有些病治不好。只能坐在一旁,执手相抚。"

我每天清早去市场,从那里回熟人家,炖鸡汤。洗洗切切,按份盛好。有人提出请求:"带点儿苹果汁来吧。"就带六份半升瓶装果汁……从来都是六份!我去医院,在那里坐到晚上。到了晚上再回到城市的另一端。我还要跑多久啊?三天之后我被告知,我可以住在医院职工招待所,就在医院里面。天哪,太幸福啦!!

"可是那儿没有厨房。我怎么给他们做饭呢?"

"您已经不需要做饭了。他们的肠胃已经不消化了。"

他开始变了——我每天都看见不同的他……烧灼的伤口开始显露……嘴里、舌头上和面颊上,开始出现小块溃疡,之后它们逐渐蔓延。粘液层层结痂，白色的痂皮。他的面色……体色，逐渐变得乌青……紫红……灰褐……但这是我的瓦夏，我那么珍爱的瓦夏！这无法描述！无法记录！那真是生不如死……幸好一切转瞬即逝，没空想，也没空哭。

我爱他！我不知道有多爱他！我们新婚不久，彼此还没爱够……我们走在街上，他会拉着我的手转圈，还吻啊吻的。路人走过，都在对我们笑。

这是一家强辐射病医院。十四天……人在十四天内就死去了……

来医院的第一天，测量人员就对我进行检测。衣服、书包、钱包和皮鞋，所有物件都在"燃烧"。他们立即拿走了我所有的东西，甚至内衣。没动的东西只有钱。他们给我一件五十六码的病号服，换掉了我四十四码的衣服；还有四十三码的拖鞋，换掉了我三十七码的。他们说，衣服可能送还，也可能不还，因为未必洗得"干净"。我就这么穿着出现在他面前。他吓坏了："我的天哪，你怎么这身打扮？"我一直变着法熬汤。我把热得快放到玻璃罐子里，再往里扔些鸡块……小小的，小小的……后来有人给了我一个小锅，好像是医院的清洁工或者值班员。有人给了我一块砧板，我在上面切新鲜的香芹菜。我不能穿着病号服去市场，有人会给我送来这些绿菜。但一切都没有用，他甚至连水也不能喝……只能吞生鸡蛋……可我还是想给他们搞点儿有滋味的！好像会有什么用似的。我跑到邮电局："姑娘们，求你们了，我要马上给我伊万诺－弗兰科夫斯克的父母打电话。我丈夫在这儿快死了。"不知为什么，她们马上猜到我和丈夫是从哪里来的，瞬间就接通了电话。我父亲、姐姐和弟弟就飞到莫斯科来找我。他们送来了我的东西，还有钱。

五月九日……他常跟我说："你不能想象，莫斯科有多美！特别是胜利日放烟火的时候。我想让你看到。"我在病房他身旁坐下，他睁开眼睛：

"现在是白天还是黑夜？"

"晚上九点。"

"开窗！快放烟火了！"

我打开窗户。这里是八楼，全城都在我们面前！一束烟火腾空而起。

"瞧啊！我答应你看莫斯科！我还答应，一辈子过节都给你买花……"

我回头一看——他从枕头底下取出三支康乃馨。"我给了护士钱——她给买的。"

我奔过去，亲吻他：

"我的唯一！我的爱！"

他埋怨道：

"医生是怎么要求你的？你不能拥抱我！不能亲吻！"

我不能拥抱他，抚摸他。但是我……我搀扶他起来，让他坐在病床上。我重铺了床单，放好体温计，为他放好便器……清洗好……彻夜陪伴在一旁。我守护着他的每一个动作。每一次呼吸。

还好不是在病房，是在走廊……我头晕，我抓住了窗台……有位医生路过，他抓住了我胳膊，突然发问：

"您怀孕了吗?"

"没有,没有!"我吓坏了,生怕别人听见。

"别骗人啊。"医生叹了口气。

我一时害怕,也没来得及嘱咐他什么。

第二天我被叫去见科主任:

"你为什么骗我?"她厉声问道。

"没办法。我说了实情——就得轰我回家。这是个善意的谎言!"

"瞧您干的好事!!"

"可是我和他……"

"你真是我的小可爱!我可爱的人儿……"

今生今世我都要感激安格林娜·瓦西里耶夫娜·古西科娃。今生今世!

其他人的妻子也来了,但都不让进。他们的母亲们和我在一起:妈妈获准进来……瓦洛佳·布拉维克的妈妈一直在祈求上帝:"您最好把我带走吧……"

美国教授,盖尔博士……是他做的骨髓移植手术……他安慰我说:希望是有的,很小,但有。他们的机体还那么强健,年轻人还那么有力量!他所有的亲属都得到了通知。两个姐姐从白俄罗斯来了,弟弟从列宁格勒来——他在那里当兵。小妹娜塔莎,她才十四岁,哭得厉害,也感到恐惧。但是她的骨髓比所有人都适合……(沉默不语)我可以讲这个故事了……以前不行。我沉默了十年。十年……(不语)

当他得知骨髓取自小妹妹身上的时候，断然拒绝："我还是死了吧。别动她，她还小呢。"大姐柳达当年二十八岁，她自己也是护士，她知道自己在做什么。"只要他能活下来。"她说。我目睹了手术的过程。他们并排躺在手术台上……手术室有扇大窗户。手术做了两个小时……手术结束后，柳达比他的感觉还差，她的胸前穿了十八个孔，她艰难地从麻醉中苏醒。到现在她体弱多病，成了残废……她曾是一个美丽和健壮的姑娘啊，她一直没嫁人……我那时在两个病房间跑来跑去，一会儿在他那里，一会儿在她那里。他已经不住普通病房，而是住在透明薄膜后面的特殊气压舱，那里严禁入内。那里有特殊仪器设备，不用进入透明薄膜里便可打针，插管子……那里是封闭起来的，但我已经学会怎么打开……我轻撩薄膜走到他身边……在他床边放了一把小凳子。他的情况更糟了，我一分钟都不能离开。他一直在喊我："柳霞，你在哪儿？柳霞！"叫啊叫……在其他小伙子住的气压舱，值班的都是士兵，因为编内员工拒绝上班，他们要防护服。倒便器，擦地板，换床单，都是士兵们在做。哪来的士兵呢？我没问……可是他……他……我每天都听说：死了，死了……季舒拉死了，季坚诺克死了，就像当头一棒……

他每昼夜排便二三十次，带有血和黏液。手上、腿上的皮肤开始龟裂……全身长满水泡。他一转头，枕头上便留下一团团头发……可是他的一切都是那么亲切，惹人怜爱……我强颜欢笑："这下省事了，不用梳头了。"没过多久，他的头发就被剃光了。我亲手给他剃的。我想亲自给他做所有事。只要我体力允许，我就二十四小时都不离开他。我每一分钟都牵挂他……（双手捂住脸，沉默）我兄弟来了，吓得够呛："我不许你去那儿！"可是父亲对他说："你拦得住她吗？她能跳窗户！走消防通道进去！"

我暂时离开了一会儿……回来以后，他的小桌上有个橙子……大个的，不是金黄色的，而是玫瑰色。他对我笑："人家送我的，你拿去吧。"护士隔着透明薄膜冲我摆手：这个橙子不能吃。它在他身边放过一段时间，不仅不能吃，触碰都有危险。"来，你吃，"他恳求说，"你不是爱吃橙子吗？"我把橙子拿在手里。而他此刻闭上眼睛睡着了。他一直在打睡觉的针，是麻醉针。护士惊恐地看着我……而我呢？我什么都可以做，我不想让他想到死……想到他令人恐惧的病症，想到我因此而怕他……有人劝我："您别忘了，您面前的已经不是丈夫，不是爱人，而是高污染辐射体。您如果不想自杀，就不要感情用事。"可我就像个神经质似的说："我爱他！我爱他！"他睡着了，我对他低语："我爱你！"我走在医院的院子里："我爱你！"端着便器："我爱你！"我还记得我和他从前是怎么过的。在我们的宿舍里……他夜里只有拉着我的手才能睡着。他有这个习惯：拉着我的手睡，一整夜。

我在医院拉着他的手，一直不松开……

夜晚。万籁俱寂。只有我们俩。他仔仔细细地端详着我，突然说：

"真想见到我们的孩子。他长什么样呢？"

"我们给他起个什么名字？"

"这就要你自己想了……"

"为什么是我自己?要我俩一起想。"

"这样,要是生男孩,就叫瓦夏,要是女孩——娜塔什卡。"

"还叫瓦夏?我已经有一个瓦夏。就是你!我不要第二个。"

我都不知道我有多爱他!他……只有他……我就像个瞎子!我连心脏下面的胎动都感觉不到……尽管已经六个月了……我想,我的小宝宝,她在我身体里面就会很安全。我的小宝宝……

我在气压舱过夜的事,没有一个大夫知道。没人能想到。是护士让我进去的。她们一开始也劝我:"你还年轻,你在想什么啊?他已经不是人了,而是个反应堆。你们会一起烧起来的。"我就像条小狗一样,围着她们转……在门口一站就是几小时。说呀,求啊。于是她们说:"随你的便吧!你真是有病。"早晨八点查房之前,她们隔着薄膜一摆手:"快跑!"我就跑回招待所待一小时。从早九点到晚九点我有通行证。我的腿,膝盖以下都青了,肿了,我太累了。我的心灵比身体强健。我的爱……

我跟他在一起的时候……没做那事……我一走开,他们就给他照了相……一丝不挂,赤条条的,身上只盖着小床单……我每天都洗这个小床单,到晚上它就会沾满鲜血。我搀扶他的时候,他的一块块皮肤,会粘在我的双臂上面。我恳求他:"亲爱的!帮我一下!用手,用胳膊肘撑着,能撑多久算多久,我给你把床铺平,一条褶子,一道皱纹都不留。"任何一个结节,都会在他身上留下伤。为了防止我的指甲刮伤他,我剪指甲剪到流血。没有一个护士愿意走近他,触摸他,需要的话都是叫我。可他们,他们就会照相……说是为了科学。我真想把他们都轰出去!骂一顿,打一顿!他们怎么能这样！要是我也不让他们进去呢……要是……

我走出病房来到走廊……走到墙边，走到沙发旁，我眼中看不到其他人。我拦住护士："他会死的。"她对我说："还能怎么样？他受了一千六百伦琴的辐射，四百伦琴就可置人于死地。"她也感到惋惜，但那是另外一种。可他是属于我的……是我的爱。

他们都死了以后，医院重新装修。墙壁刮了，镶木地板刨了……窗户也拆了。

接下去——就是最后的事情……我只零零星星地记得一些。一切都在慢慢消失……

我夜里坐在他身边的小凳子上……早晨八点我对他说："瓦先卡，我出去一趟。我稍微休息一会儿。"他睁开眼睛又合上了——他让我走。我就去了招待所，来到自己的房间，躺在地板上，浑身疼痛。

女清洁工过来敲门："快去！快到他那儿去吧！他正狂喊呢！"就在那时，塔尼亚·基贝诺克恳求我，她说："跟我一块儿去墓地吧。你不去，我去不了。"那天早晨我们埋葬了维佳·基贝诺克和瓦洛佳·布拉维克。他们和我们是朋友，我们几个家庭的关系也很好。爆炸前一天，我们还在宿舍一起照了相。我们的丈夫们，他们多潇洒啊！多快乐啊！那是我们生活的最后一天……切尔诺贝利以前的生活……我们多幸福啊！

我从墓地回来给护士站打电话："他怎么样？""十五分钟前死了。"什么？我整宿都在他身边，就离开了三个小时！我趴在窗户上大叫："为什么？为什么？"我望着天大喊……喊得整个招待所都听得见……人们害怕来看我……冷静下来后：我决定去看他最后一眼！最后一眼！我连滚带爬地下楼梯……他还躺在气压舱里，没被抬走，他最后的话是："柳霞！柳先卡！""她刚走，一会儿就回来。"护士安慰他，他叹了口气，便再没有发出声音了。

我与他寸步不离……我陪他走到棺椁前……我还记得那不是棺椁，而是一个很大的塑料袋……就是个袋子……他们在太平间问我："如果您想的话，我们给您看一下他穿的什么衣服。"我想！他们给他穿了礼服，头盔放在胸前。鞋穿不上，因为脚肿了。双腿肿得像炸弹。礼服也剪开了，因为穿不进去。躯体已经不完整了，全身都是渗血的伤口。在医院的最后两天……我抬起他的手臂，骨头松松垮垮，晃晃荡荡的，身体组织已经与它分离。肺的碎块，肝的碎块从嘴里涌出来……他常被自己的内脏呛着……我手缠绷带伸进他嘴里，把东西抠出来……这没法儿说！也没法儿写！甚至让人难以忍受……然而这些都是我的亲身经历……他任何号码的鞋都穿不上……光着脚入殓……

他们当着我的面……把穿礼服的他塞进了塑料袋，并把它扎紧。又把这个袋子放进木制棺椁……棺椁再用个袋子包上……塑料袋是透明的，但像油布一样厚重。所有东西都放进了锌制棺椁，勉强挤下了。只有一顶头盔落在上面。

所有人都来了……他的父母，我的父母……他们在莫斯科买了黑头巾……特别委员会接见了我们。他们跟所有人讲的都是那套话：我们不能将你们的丈夫，你们的儿子的遗体交给你们，他们受到超量的辐射，会以特别的方式葬在莫斯科墓地。他们葬在焊死的锌制棺椁里，水泥板下面。你们应该签署这个文件，需要你们同意。如果有人抗议，想把棺椁运回家乡，他们就对他说，他们是英雄，他们已经不属于家庭。他们已经是国家的人……属于国家。

　　我们坐上灵车……都是亲属和一些军人。上校带着无线对讲机……对讲机里说："请等待我们的命令！请待命！"我们沿着环路，在莫斯科转悠了两三个小时。又转回莫斯科……对讲机说："不要前往墓地。一群外国记者正突袭墓地。再等等。"父母们都沉默不语……妈妈的头巾是黑色的……我感觉我快晕倒了。我情绪激动起来："干吗要藏我丈夫？他是谁呀？凶手？罪犯？刑事犯？我们在安葬谁？"妈妈说："别说了，别说了，闺女。"她抚摸着我的头，拉着我的手。上校报告说："请允许我们前往墓地。妻子已经歇斯底里了。"士兵们在墓地将我们包围起来。我们被护送着前行。抬棺的也有人护送。所有的亲戚……谁都不能去做最后的告别……瞬间便填土了。"快点儿！快点儿！"军官命令道。连拥抱棺椁都不让。

　　我们立即就上了大轿车……

　　我们很快就买好、取到了回程票……是第二天的……有个身穿便服军人举止的人一直跟我们在一起，他甚至不让我们外出买路上吃的食物。他要求我们千万别跟人传闲话，尤其是我。好像我那时候已经可以传闲话似的，实际上我连哭的力气都没有。我们走了以后，女值班员清点了所有毛巾，所有床单，立即将它们塞进了塑料袋里……可能，已经烧了……我们自己付了招待所房费。

付了十四昼夜的……

辐射医院——十四昼夜……十四昼夜死掉一个人……

我回到家便睡了。我一进家门就倒在床上，睡了三天三夜。谁也叫不醒我……后来救护车到了。"没事，"医生说，"她没死，她会醒。经历了这么可怕的噩梦。"

我那时二十三岁……

我还记得那个梦……死去的奶奶朝我走来，穿着我们给她下葬时穿的衣服。她在装饰圣诞树。"奶奶，为什么要摆圣诞树？现在是夏天啊。""要有圣诞树。你的瓦先卡马上就来了。"他在树林中长大。我还记得……第二个梦……瓦夏穿着白衣来了，在叫娜塔莎，我还没有生出来的小女儿。她已经很大，我惊奇不已，她什么时候长到这么大的？他把她举过头顶，他们在笑……我看着他们，心里想，幸福就是这么简单。这么简单！后来我又梦见……我和他一起走在水上。走了很久很久……他好像让我别哭。还从那儿做了个手势，从天上。（她沉默良久）

我两个月后又去了莫斯科，一下火车就来到墓地。去找他！在那里，在墓地我就开始了阵痛。我刚开始跟他说上话……有人帮我叫了救护车。我给了他医院的地址。我就在那儿分娩……在安格林娜·瓦西里耶夫娜·古西科娃那里……她那时就提醒过我："生孩子得上我们这儿来。"我这样还能去哪儿？我比预产期提前了两周生产……

他们给我看……女孩儿……"娜塔申卡，"我喊她，"爸爸给你起的娜塔申卡。"看上去是个健康的婴儿。小胳膊，小腿儿……

可她有肝硬化……肝上有二十八伦琴辐射……先天性心脏病……四个小时后我被告知,女孩死了。又是那一套……我们不会把她交给您!你们怎么能不给我呢?!我不会把她交给你们!你们又想把她拿去做科学实验,我恨死你们的科学了。我恨!科学先从我手里夺走了他,现在又想……我不给!我自己安葬了她。在他身边……(她转而低语)

我跟您讲的都不应该讲……我中风后不能喊叫,不能哭泣。可是我想……我想让人知道……还没有人认识她。我还没有把我的小女儿交给他们的时候,我们的女儿……那时他们给我送来一只小木盒:"她在那里面。"我看了一眼:她被襁褓包着,好像睡在里面。我哭了:"把她安葬在他的脚下。请告诉他,这是我们的娜塔申卡。"

在那里,墓碑上没写娜塔莎·伊格纳坚科……那里只有他的名字……她还没有自己的名字……什么都没有……只有灵魂……我将她的灵魂安葬在那里……

我去看他的时候总是捧着两束花:一束给他,第二束给她放在角落里。我在墓旁跪着,总是跪着……(语无伦次)我杀了她……我……她……救了我……我闺女救了我,她将所有辐射都吸收了,替我承受了。她还是那么弱小,是个小不点儿。(喘不上气来)她保全了我。可是我爱他们两个人……难道……难道可以用爱杀人吗?多么浓烈的爱啊!爱与死,为什么近在咫尺?它们常在一起。谁来解释?谁来说明?我在墓旁跪着爬……(长时间沉默)

他们在基辅给了我一套居室,在一幢大楼里,住着所有离开核电站的人。大家都是熟人。房子很大,是我和瓦夏梦想的两居室。我住在那里快要疯了!我目光所及的每个角落——都是他,他的眼睛……我开始装修,我不想坐着,想把这些全都忘记。就这样过了两年……我梦见……我和他走着,他光着脚走。"你干吗老打赤脚?""因为我什么都没有。"我去了教会……神父告诉我:"你应该买双大号拖鞋,放在一个人的棺椁上。写个纸条——是给他的。"我照办了,我去了莫斯科,并且立即去了教会。在莫斯科我离他近……他就躺在那儿,躺在米京墓地里……我对墓地管理员说如何如何,我想放一双拖鞋。他就问我:"你知道这该怎么做吗?"他又讲了一遍……正巧送来一个老爷爷安葬。我走到棺椁跟前,掀起蒙着的单子,就放进去一双拖鞋。"条子写好了吗?""是,写好了,但没写他在哪个墓地。""他们那儿是同一个世界。会找到他的。"

我没有任何活下去的愿望。我夜里站在窗前,望着天:"瓦先卡,我该怎么办?我不想活着没有你。"白天我路过一所幼儿园,停下来看……看啊,看着孩子们……我要疯了!于是半夜问道:"瓦先卡,我要生个孩子。我已经害怕一个人待着了。我再也撑不下去了。瓦先卡!!"还有一回我祈求说:"瓦先卡,我不需要男人,没有比你再好的了。但我想要个孩子。"

那年我二十五岁……

我找了个男人……跟他说了一切……说了所有实情:我只有一个爱人,我爱他一辈子。我对他坦陈一切……我们约会,可我从来没有让他到我这里来过,我没办法让他来我家。瓦夏在家呢……

我在糖果厂上班。我一边做蛋糕,一边泪流不止。我不哭,只是流泪。有一次我对姑娘们说:"请别怜悯我。你们要是怜悯,我就走。"用不着怜悯我……我曾经是幸福的……

瓦夏的勋章送来了。红色的……我好久都不能看它,一看就会流泪,止不住……

我生了个男孩。叫安德烈……安德烈伊卡……闺密曾经劝阻我:"你不能生孩子。"医生也吓唬我:"你的身体承受不住。"然后……然后他们又说,他没有手臂……没有右手……仪器显示……"那又怎么样?"我想,"我会教他用左手写字。"可是我生了一个正常的……漂亮的男孩……他已经上学了,成绩全是五分。现在我已经有了一个为之呼吸和活着的人。我的生命之光。他很懂事:"妈妈,要是我到奶奶那儿待两天的话,你能呼吸吗?"我不能!跟他分开一天我都害怕。我们走在街上……我觉得不舒服,跌倒了……那时我经受了第一次中风……在那里,在街上……"妈妈,我给你弄点儿水喝?""不要,你站在我身边,哪儿也别去。"我抓着他的手。后来就不知道了……我在医院睁开眼睛……我把安德烈伊卡的手抓得那么紧,医生好不容易才掰开我的手指。他的手青了很久。现在我们外出时,他会对我说:"妈妈,别抓我的手。我不会离开你的。"他也经常生病:两周在学校,两周在家看医生。我们就这样过日子。我们为彼此担惊受怕。每个角落都是瓦夏……他的照片……我半夜就和他说呀说……有时候,他在梦中对我说:"让我看看我们的孩子。"我和安德烈伊卡来了……可他却牵着女儿的手。他老是跟女儿在一起,只和她玩耍……

我就这样活着……同时活在现实和非现实的两个世界。我不知道，哪个对我更好……（起身，走到窗边）我这样的人很多，整条街都是，它被称作切尔诺贝利大街。这些人在电站工作了一辈子，很多人至今还去那里值班，现在电站实行值班制。谁也不住在那儿了，以后也不会了。他们所有人都得了重病，落下残疾，但没有放弃工作，想都不敢想。他们没有除了反应堆之外的生活——反应堆就是他们的生活。今天在其他地方，还有谁，还有什么单位需要他们呢？死亡经常发生。死亡就在刹那间。他们在不知不觉中死去——走着走着就倒下了，睡着了便再也没有醒来。去给护士送花，心脏就不跳了。站在公共汽车站……他们正在死去，却没人真正问过。问我们经历过什么……看见过什么……人们不想倾听死亡，不想倾听恐怖……

但是我给您讲述了爱情……我是怎么爱的……

——柳德米拉·伊格纳坚科，牺牲的消防员瓦西里·伊格纳坚科之妻

切尔诺贝利：
被忽略的历史与对我们世界图景的质疑

我是切尔诺贝利的见证者……它是二十世纪最重要的事件之一，尽管可怕的战争和革命将使这个世纪永载史册。灾难虽已过去二十余载，但有个问题至今萦绕在我心里——我在见证什么，过去还是未来？谈论这个问题，很容易沦为老生常谈……沦为危险的陈词滥调……但在我看来，切尔诺贝利犹如新历史的开端，它不仅是知识，也是预见，因为人类对自己与世界的认知产生了争论。当我们谈论过去或未来的时候，我们会将自己对时代的认知带入其中，但切尔诺贝利不仅是一个时代的灾难，散布于我们地球上的放射性核素，还将存留五十年，一百年，一万年，甚至更长时间……从人类生命的角度说，它是永恒的。我们该怎样理解它？我们可能破解我们尚不可知的恐惧的含义吗？

本书讲的是什么？我为何要写它？

本书并不是在写切尔诺贝利，而是在写切尔诺贝利世界。有关事件本身，已经有人写过数千页文字，拍摄过数十万米的电影胶片。我所写的，是那些被忽略的历史，在地球和时光里那些我们存留时悄悄留下的印记。我边写，边搜集情感、思想、语言的日常生活。我想捕捉心灵的常态，普通人的日常生活。这里的一切都不寻常，无论事件还是人，他们在努力适应新的生活空间。切尔诺贝利对他们而言，不是比喻，不是象征，它是他们的家园。艺术家多少次排演了《启示录》，表现不同版本的世界末日，现在我们才真正地知道，生活是什么样子！令人难以想象。有人在灾难发生一年后问我："所有人都在写，而你生活在这儿却不写，为什么？"我那个时候不知道怎么写，用什么方法写，以及如何接近它。要是从前，我写书的时候，会去观察别人的痛苦，可是现在我和我的生命已成为事件的一部分，它与我融为一体，没有距离。我那渺小的湮没于众多欧洲国家中的祖国的名字，它已经变成魔鬼般的切尔诺贝利实验室；而我们，白俄罗斯人，也成为切尔诺贝利人。现在无论我去哪里，人们都会好奇地打量着我："啊，您从那儿来？那里怎么样？"当然可以很快写本书，那种将来可以一本接一本出下去的书——那天夜里电站发生了什么，是谁的过错，政府如何对世界和自己的人民隐瞒事故，用了多少吨沙子和水泥在死亡的呼吸之上建成石棺，——但是我却被某种隐藏的力量拦住了，我的手被按住了。一种隐秘感。我们心中骤然升起的这种感觉笼罩了一切：我们的谈话、行为和恐惧，可怕的事件，紧随事件而发生的恐惧。所有人都产生了可以说出与不可说出的情感，因为我们触碰了尚不可知的东西。切尔诺贝利是有待于我们破解的秘密，是未解读的符号。或许，这是二十一世纪之谜，是对这个时代的挑战。也就是说，在我们的生活中，除了我们生活其中的政治、民族主义和新宗教的挑战外，前面还有其他挑战在等待我们。它们是更加凶残和全面的挑战，尽管它们暂时还隐于视线之外，但在切尔诺贝利之后已初露端倪……

一九八六年四月二十六日夜……我们一夜之内便转移到了另一段历史中，我们完成了向新现实的跃进。它，这一现实原来不仅超越我们的知识，而且超越我们的想象。时代的联系被割裂了，过去突然变得软弱无力，令人无所依托，无所不在的人类档案中找不到开启这扇门的钥匙。我在那些天里不止一次听到："我难以找到合适的词句，来表达所看到的和所经历的"，"此前谁也没有对我讲过这样的事情"，"我没在任何一本书中读到过，也没在一部电影中见过"。在灾难发生的时代与我们开始谈论灾难的时代之间，存在着中断，那是噤声的时刻。所有人都记得……上面的某些部门做出某些决定，起草秘密指示，直升机飞上天空，大量军事车辆沿路行进，下面的人提心吊胆地等待消息，活在小道消息中，但是所有人对重要的事都三缄其口——到底发生了什么？我们找不到词汇表达全新的情感，也找不到情感对应全新的词汇，我们不善于表达，但逐渐沉浸于新思想的氛围中。今天我们可以判断当时的状态，就是缺乏真相，想知道真相，理解所发生事件的意义。需要震撼的效果！我一直在寻找这个带来震撼的人……他在讲述全新文本……他的声音穿透而出，如同穿过梦幻和呓语，如来自一个平行的世界。切尔诺贝利周边的人开始了哲学思考，成了哲学家。教堂重又挤满了人，来了很多信众，以及不久前还是无神论者的人。他们在寻找物理和数学所不能给予的答案。三维世界敞开了,可我却没有遇到按着苏联唯物主义圣经发誓的无畏者。当那无穷尽的炽烈爆燃发生时,以传统文化的熟悉方式培养的哲学家和作家沉默不语。在最初的日子里,最有趣的事莫过于和老农谈话,而不是和学者、官员及扛着大肩章的军人。他们的生活中没有托尔斯泰和陀思妥耶夫斯基,没有互联网,但是他们以某种方式将世界的全新图景置于思维之中。并未毁灭。或许,我们已经可以对付军事上的核事件,比如广岛发生的事,并对其采取相应的措施。然而,事故发生在非军事的核设施上,而我们仅仅是二十世纪的人,且我们一如被教育的那样相信,苏联核电站是世界上最可靠的核电站,它们甚至能建在红场上。军事原子的表现是广岛和长崎,和平原子的表现就是家家户户的电灯。谁也没料到,军事原子与和平原子是双胞胎、同谋者。我们已变得更加睿智,整个世界更加睿智,它在切尔诺贝利之后更加睿智。今天白俄罗斯人犹如活着的"黑匣子",记录着未来的信息,为所有人。

  这本书我写了很久,差不多有二十年……我与电站的原工作人员、学者、医务工作者、士兵、移民,以及疏散区居民见面和谈话。对他们而言,切尔诺贝利是他们世界的主要内容,事故摧毁的绝不仅是土地和水,也毁坏了他们的内心和生活。他们曾讲述,曾去寻求答案……我们曾在一起思考。他们总是很着急,担心来不及,我那时还不懂,他们见证的代价是生命。"您记下来吧,"他们反复说,"我们没弄懂目睹的所有事情,可要让它们留下来。以后总会有人看到的,总会有人明白的……在我们死了以后……"

他们没有白白着急。现在很多人已经死去,但他们及时留下了记录……

我们所知道的有关惊悚与恐惧的一切,大都与战争有关。古拉格与奥斯维辛——历史永远是军人和统帅的历史,战争是恐怖手段。因此人们混淆了战争与灾难的概念。在切尔诺贝利,我似乎看到所有战争的特点:士兵被派遣、居民被疏散、房屋被遗弃、生活的进程被阻断。报纸上关于切尔诺贝利的消息中,通篇都是军事词汇:原子弹、爆炸、英雄们……很难理解我们正处于新的历史之中——灾难史开始了。但是人类却不愿思考这个问题,因为他们从来没思考过这个问题,它隐身于人类熟悉的事物背后,隐藏在往事的背后。就连切尔诺贝利英雄纪念碑都像军人的纪念碑……

我第一次前往隔离区……

花园里都开了花,小草在太阳下闪烁着快乐的光,鸟儿在歌唱。如此熟悉的……熟悉的……世界。我的第一个念头是:一切都在原地,一切尽如平常。还是那样的土地,那样的水,那样的树,形状、颜色和气味永恒不变,谁都无法去改变。可是第一天就有人警告我说:不能摘花,最好不要坐在地上,不要喝泉水。傍晚,我看到牧人想把疲倦的牲口赶到河里,但是牛群走到水边便立即掉头而去,它们似乎悟出了危险。有人告诉我,猫已经不吃死老鼠了,而它们无处不在:在田野中,在院子里。无处不隐匿着死亡,但已是另外一种死亡,它戴着新面具,长着新面孔。人们措手不及,就像宠物似的毫无准备,器官无法发挥它们的天然功能——它们的存在是为了看见、听见和触摸,而这已经不可能了,眼睛、耳朵和手指派不上用场。他们听不到，看不见，因为辐射是无色无味，没有实体的。我们终生打仗或备战，对战争了如指掌，突然，敌人的形态变了。我们有了另外一种敌人，一群敌人……青草被割倒，鱼和野兽被捕杀。苹果……我们周边的世界，原本温柔而美好的世界，如今却令人充满恐惧。老人们被疏散到远方时，尚未想到这就是永别。他们举头望天："太阳在照耀……没有烟尘，没有毒气，也没有枪炮声。难道这就是战争吗？可我们成了难民……"这熟悉的……陌生的世界。

如何理解我们身在何处，我们身上发生了什么？现在，这里无人可问……

在隔离区周围，无数的军事设备令人震惊。士兵们装备着崭新的自动步枪列队行进，全副武装。不知为什么，令我记忆犹新的不是直升机和装甲运兵车，而是武器，在隔离区携带武器的人……他要向谁开枪？防御谁？防御物理定律？防御看不见的微粒？向被污染的土地和树木开枪吗？可是克格勃就曾在电站里上班啊。他们在寻找间谍及破坏分子，有传言说，事故是西方特工策划的，目的是颠覆社会主义阵营，要提高警惕。

这是战争的画面……战争文化就这样在我眼前崩溃了。我们进入了不透明的世界，在那里，恶不再向人解释什么，不暴露自己，也不循规蹈矩。

我看见，前切尔诺贝利人是如何变成了切尔诺贝利人。

不止一次看见……这里有值得思考的事。我听到过一种观点：第一天夜里在核电站救火的消防员以及救灾人员的举动，无异于自杀，集体自杀。救灾人员没有专用工作服的保护，被无条件地派到"已经死亡"的地方工作，被隐瞒了吸收高剂量辐射的事实。然而他们不计较这些，死前还对获得的政府奖状和奖章喜不自胜……更有很多人未及授予就死了。他们到底是谁，是英雄还是自杀者？是苏联思想和教育的牺牲品吗？他们随着时光流逝而被淡忘，但他们拯救了自己的国家，拯救了欧洲。我仅在瞬间想象过一个画面：假如其他三座反应堆也发生了爆炸……

他们是英雄，新历史的英雄。他们堪比斯大林格勒保卫战和滑铁卢战役的英雄，但是他们所拯救的最重要者，莫过于他们的祖国，他们拯救了生活本身。那个生活的时代，鲜活的时代。人把切尔诺贝利抛给一切，抛给上帝的世界，那里除了人，还有数以千计的其他生命，动物和植物。我去找救灾人员，听他们讲述，他们（第一批，也是第一次）是如何从事全新的人类和非人类的工作——将土掩埋在地里，就是说将受污染的土层与其中的住客——甲虫、蜘蛛和幼虫一起埋入水泥槽里。各种各样的昆虫，它们的名字甚至不为人知。他们对死亡完全是另一番理解，它扩展到万物身上——从鸟儿到蝴蝶。他们的世界已是另外一个世界——生命的新法则，新责任和新的负罪感。他们的讲述中经常出现时间的主题，他们常说"第一次"，"再也没有"，"永远"。他们还回忆起驱车前往荒芜的乡村，在那里见到孤独的老人不愿随大家离去，要么就是后来又从外乡返回。他们夜晚就着松明之光，用大镰刀除草，使小镰刀收割，用斧子砍伐树林，念念有词地祭拜野兽和鬼神，向上帝祈祷。人们像二十年前一样生活，而在头顶某个地方，宇宙飞船正在翱翔。时间咬了自己的尾巴，开头与结尾连在了一起。切尔诺贝利属于曾在那里驻足，却并不在切尔诺贝利结束一生的人。他们并非从战争中归来，而是仿佛来自另一个世界。我明白了，他们有意识地将苦难完全转化为新知识，馈赠于我们：请你们注意，你们将来应该用这些知识做点儿事情，应该利用它。

切尔诺贝利英雄纪念碑，就是那座人造石棺，他们将核子之火掩埋其中。这是二十世纪的金字塔。

切尔诺贝利土地上的人可怜，动物更可怜……我没瞎说。在辐射区的居民迁走以后发生了什么？古老的乡村和放射物质掩埋处，成了动物墓地。人类只拯救了自己，却出卖了其他动物。人走后，好多个分队的士兵和猎手开进村庄，射杀了所有动物。狗扑向有人声的地方……还有猫……马什么也不明白……它们毫无过错——无论走兽还是飞禽，它们都默默死去，这就更加可怕。当年墨西哥的印第安人，甚至我们信仰基督教以前的祖先罗斯人在杀生充饥的时候，都曾请求走兽飞禽的原谅。在古埃及，动物有权投诉人类。金字塔中保存的一张莎草纸上写着："未见公牛对 N 的投诉。"埃及人在死者去天国之前念的祈祷词中，竟有这样的词句："我一头牲口也没欺负过。我没有抢过动物一粒粮食和一棵草。"

切尔诺贝利的经验何在？它使得我们转向"其他的"沉默与神秘的世界了吗？

有一次，我看见士兵进到村民疏散的村子，开始射击……

动物无助地嘶叫……它们发出各种声音的嘶叫……《新约》里有这样的描述：耶稣基督来到耶路撒冷教堂，看到那里有些准备用于献祭仪式的牲畜，它们被割断了喉咙，鲜血淋漓。耶稣喊道："……你们将祈祷的房子变成了强盗的牲口棚。"他本可以补充说——变成了屠宰场……对我而言，留在隔离区的数百座动物坟场，也是古老的多神教庙宇。可是这里敬拜的是诸神中的哪一个？科学与知识之神还是火神？在这个意义上，切尔诺贝利远甚奥斯维辛集中营和科雷马集中营，也甚于纳粹大屠杀。此乃末路，趋于虚无。

我用另一种眼光环顾世界……弱小的蚂蚁在地上爬行，此刻它离我很近。鸟儿从天空飞过，它也离得很近。我和它们之间的距离正在缩小，之前的鸿沟消失了。一切都是生命。

我还记得这件事……老养蜂人说（而后我从其他人那里听到了同样的话）："我早晨来到花园，好像缺点儿什么，缺一种熟悉的声音。一只蜜蜂都没有……一只蜜蜂的声音都听不到！一只都听不到！怎么啦？怎么回事？第二天它们也没有飞回来。第三天也没有……后来我们才得到通知，附近的核电站发生了事故。但是很长时间内，我们一无所知。蜜蜂知道，可我们不知道。现在如果出了什么事儿，我会看看它们，看看它们的生活。"还有一个例子，我与河边的渔夫们聊过，他们回忆说："我在等待电视里的解释……等他们告诉我们怎么救援。可是蚯蚓，普通的蚯蚓，它们已经深深地钻进了泥土里，也许半米，也许一米。而我们什么都不知道。我们挖呀挖呀，一条做鱼饵的蚯蚓也没找着……"

谁在地球上生活得最安稳、最长久——我们还是它们？我们应向它们学习如何生存，以及如何生活。

两种灾难合并在一起：社会的——苏联就在我们眼前崩溃，庞大的社会主义大陆沉入水底；还有宇宙的——切尔诺贝利。这是两次全球性爆炸。第一次——距离较近，容易理解。人们关心白天和日常生活：要买什么东西，去哪里？应该相信什么？在什么旗帜下重新站立起来？需要学习为自己而活，过自己的日子吗？我们对后者不曾知晓，我们不会知晓，因为我们还从未如此生活过。每个人都为此而痛苦。而我们却想忘记切尔诺贝利，因为我们的意识已经向它投降了。这是意识的灾难，我们的观念和价值世界已被摧毁。只有战胜了切尔诺贝利或者彻底醒悟，我们才能思考和创作出更多的东西。我们生活在一个世界里，意识却存在于另一个世界。现实在逃离，它容不下人类。

是啊……在现实之外，追不上……

举个例子。我知道现在我们还在沿用古老的概念："远近"，"彼此"……可是在第四天，切尔诺贝利的放射性云朵就已经飘在了非洲和中国上空。在切尔诺贝利事故之后，远或近的意义何在？地球突然变得那么小，这已经不是哥伦布时代的地球，无边无际的地球。现在我们有了另外一种空间感。我们生活在一个破败的空间。近一百年来，人类寿命延长了，但不管怎么说，人的寿命与落户到我们地球上的放射性物质的存留期相比微不足道。它们的存留期将达数千年。我们看不到这么远！你会在它们旁边感受到时间的另一种情感。这就是切尔诺贝利给我们留下的。这是它的痕迹。它作用于我们和过去的关系、想象、知识……过去的经验是无助的，知识中得以保全的只有关于我们无知的知识。情感的变革正在发生……医生不再像往常一样安慰，而是对弥留丈夫的妻子说："不许走近！不许亲吻！不许抚摸！他已经不是爱人，而是高污染辐射体。"莎士比亚在此让位，还有伟大的但丁。问题是：走近，还是不走近？亲吻，还是不亲吻？我的一个女主人公（那时正在怀孕）走近了，亲吻了。直到她丈夫死，她也没放弃他。她为此断送了自己的健康和他们幼女的生命。可又如何在爱情与死亡之间选择呢？如何在过去和陌生的现在之间选择呢？又有谁敢于拿出勇气，去审判那些未陪在弥留的丈夫和儿子身边的妻子和母亲？在高污染辐射体面前……他们的爱情变质了，死亡也如是。

一切都变了，除了我们。

一个事件若要成为历史，至少也需要五十年。再就是必须不失时机地前进……

隔离区，是独立的世界……科幻作家开始杜撰它的故事，但是文学在现实面前退却了。我们已经不可能像契诃夫的主人公那样相信，人类社会在一百年之后是美好的了。我们失去这样的未来。一百年之后出现了劳改营、奥斯维辛集中营和切尔诺贝利……还有纽约的"九一一"……我们搞不懂，这些是如何涌入一代人生活的。比如，是如何涌入了我八十三岁父亲的生活？人居然还活了下来？！

关于切尔诺贝利，人们印象最深刻的莫过于"一切之后"的生活：没有人使用的家什，没有人在的风景，不知去向的道路，不知去向的电线。看到这些，你就会想，这是过去呢，还是未来？

我有时恍若觉得，我在记录未来……

第一部分

死者的大地 士兵的合唱

我们
为什么要记住

我还有一个问题……我自己无法回答……

但是你是要写下来的……对吗？我不想让别人知道我在那里经历的一切……一方面，我有敞开心扉交谈的愿望；另外一方面，我又觉得说出这些就像是赤身露体一样，我也不想那样……

你记得托尔斯泰写的吗？皮埃尔·别祖霍夫经历了战争以后，以为自己与整个世界永远都改变了。但过了一段时间，他发现，自己还是要对马车夫大喊大叫，还是要事事抱怨，和从前一样。既然如此，为什么人们要记住过去呢？为了还原真相？正义？为了自我释放，再忘掉？他们知道自己是重大事件的参与者吗？或者是为了在往事中寻找庇护？然而，记忆易碎，转瞬即逝，它不是确切的知识，只是人对自己的一种猜测。记忆算不上知识，只不过是自我感觉。

我的情感在煎熬，我在记忆中翻找，记得……

最糟糕的事情发生在我的童年……那是战争……

我记得，我和几个同伴在玩"爸爸和妈妈"游戏：我们把孩子的衣服脱下来，一件一件叠放在一起……我们是战后第一批出生的孩子。整个村庄都知道我们在玩什么，说什么，因为战争期间大人管不了孩子。我们期望生命的出现，所以给游戏起了"爸爸和妈妈"这样的名字。我们希望看到生命的出现……而我们当时只有八九岁……

我见过一个女人自杀。她在河边的树丛里，拿着一块砖头击打自己的头。她怀了全村人最恨的一个警察的孩子。我小时候，见过一窝刚出生的小猫，帮助妈妈从母牛肚子里拉出过小牛，也曾带着我们家的猪去和野猪交配……我记得……我记得，他们运来被杀害的父亲的遗体，他穿着妈妈织的高领毛衣。父亲显然是被机枪或者自动步枪射杀的，我们从这件毛衣里掏出许多血块。他躺在我们唯一的床上，没有别的地方可放。然后，我们就把他埋葬在房前。外面没地方，只得把甜菜畦里的湿土挖出来。四处都在打仗……街上随处可见死去的人和马匹……

回忆对我来说，是个禁忌的话题，我无法大声说出来……

后来，我接受了，死就和生一样，对我来说感觉是类似的。小牛从母牛肚子里出来，刚出生的小猫，还有那个在河边树丛里自杀的女人……在我看来，这其中的道理都一样。就是生与死的问题……

我从小就记得宰杀野猪时家里的那种气味……你只要轻轻碰我一下，我就回到了那个时候。像是一个噩梦……我在恐惧中飞行……

我还记得，女人们带着我们几个小孩子去洗澡。所有的女人，我妈妈也一样，子宫都掉了出来（我们当时已经知道那是什么了），她们用布带子将子宫扎起来。我看到了……子宫掉出来是因为繁重的体力劳动。男人没有了，都去了前线，死在游击队里，马也没有了，妇女们要自己拉犁。她们要耕种自己的菜园，还有集体农庄的土地。当我长大以后，我与一个女人有了亲密关系，我想起了……当时在浴室看到的景象……

我想忘记，忘记一切……忘记……我觉得，已经发生过的事情中，最让我害怕的是战争。我要保护自己，我现在就在用自己在那里得来的知识保护自己……我已经熬过来了……不过……

我去过切尔诺贝利地区，去过很多次……我意识到，我是无能为力的。我不能理解的是，我会因为这无能为力而崩溃，我无法理解这一完全改变的世界。哪怕是别的恶，我都能保护自己，然而这一次过去的东西已经无法保护我，也不能抚慰我……我没有找到答案……过去一直有，而今天没有了。是未来在摧毁我，而不是过去。（陷入沉思）

我们为什么要记住？我的问题……不过我已经与你说了一些……我也明白了一些……我现在不再感到那么孤独了。而其他人怎么样呢？

——彼得·C.，心理学家

与活人和死人
聊什么

夜里,狼会进到院子里来……我望着窗外,它站在那里,眼睛闪闪发亮,就像汽车的大灯一样。

我对这一切已经习以为常。七年了,我独自一人生活,人们都走了……有时候我夜里就一个人坐在这里,想啊,想啊,直到天亮。一整夜就在床上坐着,天亮了,出去看一看阳光。我应该怎么说呢?世上最公平的事就是死亡,没有一个人可以赎免。大地什么人都接收:好人,恶人,罪人。世界上没有比死亡更公平的事了。我这一辈子都过得艰难,我一辈子诚实地劳动。我诚实地生活,公平却没有落到我身上。上帝会给每个人一份东西,可轮到我,他却什么也没有给我留下。年轻人会死,老人会死……没有一个是永生的——无论国王,还是商人。一开始,我还在等着人们回来,我一直以为他们会回来的。没有人会永远离开,离开总是暂时的。现在我正在等死……死不难,只是可怕。教堂没有了,神父也不会来了。没有人为我宽恕罪孽……

……他们第一次告诉我,我们那里有辐射时,我以为这是某种疾病，有人生病了，已经奄奄一息。不对，他们说，辐射是附在地面的，会在地面上爬行，而且看不到。野兽可以看到它或听到它，而人不能。这是谎话！我看到了……那个铯就躺在我家菜园里，直到下雨把它冲走，它的颜色像墨水，是闪闪发光的亮片……当时我从农庄田里跑回来，到了菜园里，看到一块蓝色的东西，二百米以外还有一块，大小有我的头巾那么大。我打电话喊来了邻居，还有其他女人，我们大家一起去找。在菜园里，周围的田里找……在两公顷的田里，一共找到四大块……一块是红色的。第二天下雨，一大早就开始下雨。午饭前，那些东西就不见了。警察来了，但已经什么也没有了。我们只能讲给他们，是这么大的一块……（用手比画）就像我的头巾大小，有蓝色的也有红色的。

我们并没有太在乎什么辐射……我们如果没有看到它，也不知道它是什么，也许会害怕，但是，当我们看到它时，就不那么害怕了。警察带着士兵摆了几块牌子，就竖在路旁的房子边，上面写着：五十居里、六十居里……我们一生就靠马铃薯生活，突然就说不能再种了！洋葱也不能种，胡萝卜也不能种。我们很伤心，有些人却觉得很可笑……他们告诉我们，在菜园子里干活儿要戴好口罩和橡胶手套，掏出来的炉灰要掩埋。哦，哦，哦……又来了一个大科学家，在俱乐部里讲话，说木柴应该清洗……真是怪事！我简直不敢相信我的耳朵！他们下令我们要清洗羽绒被、床单、窗帘……就像在他们自己家里一样！那些东西都收在衣柜和箱子里。家里怎么会有辐射？玻璃后面也有？门背后也有？真是怪事！你要找它，该到树林里去，到田里去……井口也上了锁，用塑料布包裹起来……水是"脏的"……水怎么会是脏的？它是纯净的，再干净不过的！他们说了几麻袋话：你们都会死……必须离开……疏散……

人们吓坏了，紧张的气氛在扩散……有些人在晚上埋藏自己的财物。我也整理我的衣服……这些红皮证书就是对我的诚实劳动的肯定，我一直保存着。多么痛心！我的心被撕咬着！如果我死了，就是因为我对你说了实话！这是我听说的，在士兵们疏散一个村庄的时候，一对老爷爷和老奶奶留了下来。就在士兵把人们集中起来，赶上公共汽车的前一天，他们牵着奶牛进了森林，躲了起来，就像战争期间一样……当时讨伐队把村子烧了……村子造了什么孽？（她哭了）我们的生活飘摇不定……我不再哭了，但泪水还是要流……

啊！你看窗外，喜鹊飞来了……我不会赶它们走，虽然它们会从谷仓把鸡蛋抓走，我还是不赶它们走。我们现在都有麻烦。我一个也不赶走！昨天还来了一只兔子……

如果每天屋里都有人就好了。离这里不远，另一个村庄里，也有一位妇女独自生活。我对她说，来我这里串门吧，帮不了你别的忙，至少可以有人说说话。一到夜里，我全身都会疼，好像蚂蚁在我腿上爬，那是我的神经在疼。我抓东西的时候，关节发出咯吱咯吱的响声，就像有人打谷子……然后，神经才会安静下来……我这一辈子已经干够活儿了，已经痛苦到极点了。一切都够了，我什么也不想了。如果我快死了，我就去休息了。那里会让我的灵魂，我的身体得到安静。我有女儿，也有儿子……他们都住在城里……

但是我哪儿也不想去！我知道，老年人会让人讨厌，孩子们受不了。我从孩子们那里得到的欢乐很少。我们村那些搬到城里去的女人都在哭泣。不是媳妇让她受气，就是女儿让她委屈。她们都想回来。我的丈夫在这里……他躺在坟墓里……要是他没有躺在这里，就会生活在别处。我会与他在一起。（一下子开心起来）去哪里？这里蛮好！万物生长，欣欣向荣。从蚊虫到小动物，各有生活。

我来给你回忆一切……那时飞机在飞呀飞，每天都在飞，飞得很低，就在头顶。飞机一架接一架飞向反应堆，飞向核电站。而我们在疏散，撤离。他们冲进家里来。人们把门关起来，都躲了起来。牛在发疯般吼叫，孩子号啕大哭。这是战争！而外面阳光明媚灿烂……我待在家里，没有走出家门一步，真的，我没有锁门。士兵们敲门问："女士，您收拾好了吗？"我说："你要把我的手和脚绑起来吗？"他们什么也没说，就走开了。那是一些年轻人，还是孩子！女人们在自家房子前跪下，爬行……祈祷……士兵们把她们一一扶上汽车。而我威胁说，谁要敢碰我，我就给他好看，用棍子揍他。我骂人！说最脏的骂人话！但我没哭。那天我一滴眼泪也没有。

我待在家里。没一会儿就会听到尖叫声，声音很大，一会儿又静下来……那天……第一天，我没有走出家门……

他们告诉我说，一大批人，还有一大批牲畜一起走了。这是战争！

我们当家人常说，开枪的是人，而提供子弹的是上帝。人各有命！离开的年轻人，有的已经死了，死在了新地方。而我在这

里活得好好的,还能四处走动。一个人无聊,我就哭。村子已经空了……只有鸟儿成群地飞来飞去,还有麋鹿来走动……(她哭了)

我还记得……人们都走了,猫和狗却留了下来。一开始,我在村里四处走动,给它们倒牛奶,再给每只狗一块面包。它们都站在自家门口,等着主人回来,一直在那里等了好长时间。猫饿了,就吃黄瓜,吃西红柿……到秋天,我把邻居门前的草割掉。围栏倒了,我把围栏钉好。我在等人们回来……邻居家有一只狗,叫茹奇克。我对它说:"茹奇克,如果你先看到人来,你要喊我。"

夜里做梦,我也被疏散了……军官在喊:"女士,我们马上就会把这里都烧掉,都埋掉。快出来!"于是,他们把我拖走,拖到一个陌生的地方,很奇怪的地方。这里既不是城镇,也不是农村,不在地球上……

有这样一件事……我有一只可爱的猫,我叫它瓦西卡。冬天,饥饿的老鼠到处乱咬,我拿他们一点儿办法也没有。它们爬到被子里面,存放粮食的桶被老鼠咬开了洞。是瓦西卡救了我……没有瓦西卡我就死定了……我同它聊天,一起吃饭。后来,瓦西卡不见了……也许,外面的饿狗把它吃掉了?那些快死的饿狗到处乱窜,饥饿的猫也会吃掉小猫,但是在夏天不会,要到冬天。主啊,饶恕我吧!听他们说,老鼠咬死了一个老太婆,就在她自己家里……那些褐色的老鼠……不知道是不是真的。那些无家可归的人在这里跑来跑去……开始那几年什么东西都有:衬衫、外套、大衣。你可以拿到自由市场上卖掉。他们喝醉了,唱着歌,有个人从自行车上摔下来,就在大路上睡着了。第二天早上,人们找到两根骨头和自行车。这是真的吗？我是听别人说的。

这里什么都活着。嗯，所有的动物都活着！蜥蜴活着，青蛙在呱呱叫，蚯蚓在爬，还有老鼠。应有尽有！特别是春天最好。我喜欢绽放的丁香花，稠李的花香。只要我的双腿能走路，我就要自己去买面包，到十五公里外的一个地方。我年轻的时候，连跑带跳就去了。已经习惯了。战争结束以后，我们还是要到乌克兰购买种子，要走上三五十公里。一般人都背一普特[01]，而我能背三普特。现在，有时候，我连房子的那一头都走不到。老太婆夏天都嫌炉子冷。警察来到这里，检查村子，给我送来了面包。只是，这里有什么可查的？就我和猫住在这里。这说的是我的另外一只猫了。警察按喇叭，我们都很高兴，跑了过去。他们给了它一根骨头，问我："要是盗匪来了，你怎么办？""他们能从我这里得到什么？他们想拿什么？我的灵魂？我只剩灵魂了。"那些小伙子挺好的，都笑了。他们带来了收音机电池，我现在还在听收音机。我喜欢柳德米拉·济金娜，但她现在也很少唱歌了。可能，她也和我一样，老了。就像我丈夫以前常说的：舞跳完了，小提琴该收起来了！

我再给你讲讲我是怎么找到我的猫的。我的小猫瓦西卡不见了……我等了一天，两天……一个月……唉，真的，那时就剩下我一个人了，我连一个说话的人也没有了。我走遍了村子，挨家挨户到别人家的菜园子叫："瓦西卡，穆尔卡……瓦西卡！穆尔卡！"一开始，还有好多猫跑来跑去，后来就不见了，再也没有了。

01　普特是沙皇时期俄罗斯的重量单位，一普特等于四十俄磅，约合 16.38 公斤。——编者注

死神不会挑三拣四……大地接纳所有的人……我走啊走啊，找了两天。第三天，我看到它坐在商店门口……我们两个对视着，它开心，我也开心。只是它不会说话。我说："好了，走吧，我们回家吧！"它坐着不动，只是喵喵叫……我对它说："你一个人在这里干什么？狼会吃掉你，撕碎你。走吧！我那里有鸡蛋和猪油。"还要跟它怎么说？猫听不懂人的语言，它怎么能够明白我的意思？我在前面走，它在后面跑着。"喵呜……""我给你切一块猪油。""喵呜……""我们两人一起住吧！""喵呜……""我就叫你瓦西卡。""喵呜……"就这样，我们两个已经过了两个冬天了……

夜里，我梦见有人在叫……邻居的声音："济娜！"接着又安静了……然后又在叫："济娜！"

无聊时，我会哭……

我去了墓地。妈妈在那里……还有我的小女儿，战争中得了斑疹伤寒，后来是火化的。我们把她带到墓地，正在挖墓穴的时候，太阳从云朵后面露出来，照得大地亮亮的。莫非是你回来了，想让我们把你挖出来？我丈夫费佳也在那里……我坐到他们旁边，叹了一口气。我可以跟活人说话，也可以跟死人说话，对我来说没有区别。我跟他们说话，我也听他们说话。当你一个人孤独的时候……当你悲伤的时候……非常伤心的时候……

教师伊万·普罗霍罗维奇·加夫里连科以前就住在墓地旁边，他到克里米亚的儿子那里去了。他旁边是彼得·伊万诺维奇·米乌斯基……拖拉机手……斯达汉诺夫工作者——那时候，大家都争当斯达汉诺夫工作者。他有一双巧手，能够把粗木头加工成细丝。

他的房子大得像一个村庄！看到他的房子被他们拆了，我好伤心，多可惜啊！军官对我喊："别伤心了，老妈妈。房子被污染了。"他喝多了。我走过去，看到彼得在哭："走吧，老妈妈，你走吧，走吧！"他走了。后面是米沙·米哈廖夫家的园子，他在农场烧锅炉。米沙没有活很长时间，离开这里不久就死了。他家隔壁是动物学家斯捷潘·贝霍夫的房子……也被烧了！那些恶人是夜里放的火。外来人。斯捷潘也没有活太久，死在靠近莫吉廖夫州的地方，他的孩子们住在那里，他已经被安葬了。战争时期，我们已经失去了多少人啊！科瓦廖夫·瓦西里·马卡罗维奇、安娜·科楚拉、马克西姆·尼基福连科……每到节日，我们会唱歌，跳舞，拉手风琴。而现在，这里就像监狱一样。有时候我会闭上眼睛，幻想自己在村里游走……蝴蝶飞来飞去，大黄蜂嗡嗡作响，我对它们说，这里有辐射。而我的瓦西卡会去捉老鼠。（哭泣）

亲爱的，你理解我的悲伤吗？把我的故事带给外面的人吧，那时也许我已经不在了。我在地下……在树下……

——季娜伊达·叶夫多基莫夫娜·科瓦连科，疏散区居民

写在门上的
一生

我要作证……

事情发生在十年前,然而现在也每天发生在我身上。一直伴随着我……

我们住在普里皮亚季小镇,就是现在全世界知名的那个小镇。我不是作家,但我是目击者。当时就是这样的……一开始……

你是个平常又不起眼的一般人,和周围的人一样。上班,下班,回家。收入不多也不少,一年去度假一次。你有妻子,也有孩子。再平凡不过的一个人!突然有一天,你变成了切尔诺贝利人,变成了一个奇怪的生物!人们都对你感兴趣,却无从知晓。你想与旁人一样,却已经完全不可能。你不能,你再也回不到原来的世界。别人都用异样的眼光看你,向你提问:那里可怕吗?核电厂是怎么烧起来的?你看到了什么?以及,你还能生孩子吗?妻子没有离开你吗?从那一刻起,我们都成了稀有的展品……到现在我们还是被称作"切尔诺贝利人"……听到的人都会回头看着你:他从那里来的!

这是开始那些日子的感觉……我们失去的不是小镇，而是整个生活……

我们离开家的第三天……反应堆还在燃烧……记得我一个朋友说："还能闻到反应堆的味道。"一种特别难闻的气味。报纸都已经报道过了，他们想把切尔诺贝利形容成一个可怕的工厂，而实际上，他们把它描述得就像动画片。了解它是应该的，因为我们在那里生活。我说的是我自己看到的……是实情……

当时是这样的……广播宣布：不可以带猫！女儿在抹眼泪，因为担心丢了自己心爱的猫，说话都在哽咽。我们把猫塞进箱子里，但它又从箱子里蹦出来，还抓伤了我们。什么家当都不许带！结果我只带了一件东西，就一件！我把房门摘下来带走了，我不能留下它……然后再用木板把门口钉上……

我们的房门……那是我们家的护身符！是家族的遗物，我的父亲在门板上躺过。我不知道这是什么风俗，也不知道别处是不是这样，只是妈妈说，我们家去世的人都要躺在自己家的门板上。在父亲的棺材运来之前，他都躺在门板上。我一整夜都坐在父亲旁边，而他就躺在这块门板上……房门敞开着……整夜都敞开着。而且门板上还有刀刻的痕迹，一直伴随着我成长……标志着我的一年级、二年级，直到七年级，参军之前……旁边的刻痕是我的儿子和女儿长高的标志……这块门板上记录着我们家的全部生活，就像一幅画卷一样。我怎么能丢下它？

我请求有车子的邻居帮忙。他指了指自己的头，意思是说：朋友，你脑子有问题吧！但是我还是带走了门板，夜里用摩托车穿过树林带走了……那是两年后的事了,当时我们家已经被洗劫一空,什么也没有了。警察在后面追我:"我们要开枪了!我们要开枪了!"他们把我当成了小偷。我偷的是自己家的门板……

后来,我带着女儿和妻子去了医院。她们身上有一片片的黑色斑痕,时隐时现,有硬币那么大,不过并不疼……他们进行了检查。我问他们:"请问,什么结果?""不是给您看的。""那是给谁看的?"

周围的人都在说,我们要死了,我们要死了。到二〇〇〇年,白俄罗斯人都要死光了。发生事故的那天,正好是我女儿的六岁生日。我把她安顿在床上,她在我耳旁说:"爸爸,我想活,我还小。"我以为她什么也不明白……她一看到穿白大褂的幼儿园阿姨,或者餐厅的厨师,就歇斯底里地喊:"我不要去医院!我不想死!"她无法忍受白色。我们甚至在新家也换掉了白色窗帘。

你能够想象七个剃光了头发的小女孩吗?病房里有七个……够了!我说完了!我在讲这些故事的时候,我感觉我的心在说:你背叛了她们。因为我应当像描述旁人一样描述她……她的痛苦……妻子从医院回来……她无法忍受:"她就是死了也比这样痛苦的好。要不就让我去死,我再也不想看到她这样了。"不,够了!我说完了!我不能再讲了。不!

我们把她放到门板上……放到我父亲曾经躺过的门板上。在小棺材运来之前……棺材小得就像一个放大木偶的盒子。像一个盒子……

我要作证,我的女儿死于切尔诺贝利核事故。他们希望我们保持沉默。据他们说，这还得不到科学的证明，缺乏足够的数据，得等上数百年才能弄清楚。可是我的生命……可等不起……我等不到了。你记下来……你就写：女儿的名字叫卡佳……卡秋什卡……于七岁时死亡……

——尼古拉·福米奇·卡卢金，父亲

一个村庄的独白：
怎样把天上的人叫回来，哭一场，吃顿饭

戈梅利州纳罗夫利亚区白岸村。安娜·帕夫洛夫娜·阿尔秋申科、叶娃·阿达莫夫娜·阿尔秋申科、瓦西里·尼古拉耶维奇·阿尔秋申科、索菲娅·尼古拉耶夫娜·莫罗兹、娜杰日达·鲍里索夫娜·尼古拉延科、亚历山大·费奥多罗维奇·尼古拉延科、米哈伊尔·马特诺维奇·李斯的讲述：

"客人们来了……善良的人……没有想到会见面，一点儿征兆也没有。平常，如果我手心瘙痒，那就是要来客人了。而今天，完全是意料之外。一只夜莺整夜都在歌唱——阳光明媚的一天。哦！我们的女人们马上就会跑来。娜佳已经飞来……"

"我们经历了一切，熬过了一切……"

"我不想回忆，太可怕了。士兵把我们赶出来，他们开着那种越野大军车进来，还有自行火炮。一个老人躺在地上，他快要死了。他们要让我们到哪儿去？'我这就站起来，'他哭着说，'我自己走到墓地，自己走。'他们给我们的家园赔偿了什么？赔偿了什么？您看，这里多美！谁能赔偿这里的美丽？这里是度假区啊！"

"飞机,直升机,后面挂着拖车的大卡车,整天都吵得要命……还有士兵。我心想,我们要和中国人或者美国人打仗了。"

"当家的从集体农场会议回来说:'明天我们疏散。'我说:'那地里的土豆怎么办?还没挖呢。'邻居来敲门,我们坐下来喝酒,一边喝一边骂集体农庄的主席:'我们就是不走。我们经历过战争,现在面对的是辐射。'就算把自己埋进土里,我们也不离开!"

"一开始,我们以为两三个月后就会死——他们就是这样说的。他们拼命宣传、恐吓我们。谢天谢地,我们还活着。"

"谢天谢地!谢天谢地!"

"没有人知道,另一个世界什么样。这个世界更好……更熟悉。正如我妈妈常说的:你要打扮漂亮,要开心,要任性。"

"我们去教堂,去祈祷吧。"

"我们要走了……我从妈妈的墓地挖了一些土,放进小袋子里。跪下来:'原谅我,我们把你留下了。'我夜里去墓地,但一点儿也不害怕。人们把自己的姓名留在自己的家园,写在墙上,围栏上,写在沥青路上。"

"士兵们射杀狗。砰——砰!从那以后,我再也受不了动物的叫声。"

"我当时是集体农庄的队长,四十五岁……大家很尊重我……我们带着自己的亚麻去莫斯科参展,那是集体农庄派我们去的。我们得到了一枚徽章和一张红色证书,人们都很尊敬我:'瓦西里·尼古拉耶维奇……我们的尼古拉耶维奇……'而到了新地方我是谁?我只是一个戴皮帽子的老头儿。我在这里等死,女人给我一点儿水喝,帮我把屋子弄热。我觉得大家真是可怜啊……晚上,女人们唱着歌从田里回来,而我知道,她们什么报酬也得不到。她们只有记着工分的凭据,可她们还在唱歌。"

"在我们村子里,大家都在一起生活。共同生活。"

"我做了一个梦,我已经住在城里儿子家。是梦……我在等死,等死。我嘱咐儿子:'把我带到咱们家的墓地,哪怕就在我们的祖屋旁边待五分钟也好。'我在天上看到,儿子们正在把我带到那里去……"

"就算受了辐射的毒害,这里也是我们的家园。我们哪里也不要去。就连鸟儿也有自己的巢啊。"

"我来说说……我儿子住在七楼,我走到窗口,向下看去,在空中画一个十字。我仿佛听到马在叫,公鸡在叫……我好难过。有时候我会梦到自己家的院子:我正把奶牛绑住,不停地挤奶……然后就醒了……我不想起床。我真希望还在梦里。我一会儿在这里,一会儿在梦里。"

"我们白天住在新地方,夜里又回到自己家——在梦里。"

"冬天夜晚很长,我们时常就坐在那里,心里算着:今天又有谁死了?"小镇上许多人死于紧张过度与精神崩溃。难道说,四五十岁就该死了吗?可我们还活着。我们每天在向上帝祈祷,只有一个希望,就是健康。

"正如常言所说,人生在哪里,哪里就该是他的故土。"

"我们当家的倒下已经两个月了……一声不响,也不回答我的话,就那样憋着。我从院子里进来:'孩子他爸,你觉得怎样？'他用眼神代替声音告诉我，好多了。就算是躺着，不能说话，毕竟还是在家里。人要死的时候，是不能哭的。死神要带走他，你一哭，他又要花好大力气挣扎。我从柜橱里取来一支蜡烛，放在他手里。他拿着，喘着气……我看着他浑浊的眼睛……我没有哭，只是对他说：'到那边问我们的女儿和我亲爱的妈妈好。'我祈祷让我们一起走……有一些人会这样恳求上帝，但他没有赐我死。我还活着。"

"我不怕死。谁也不会活两次。树叶落了，树也会倒下。"

"女人们，别哭！我们是多少年的先进工作者，斯达汉诺夫工作者。我们熬过了斯大林时代，熬过了战争年代！假如我们不会笑，不会快活，那我们早就去吊死了。两个切尔诺贝利女人在聊天，一个说：'我听说，我们这里所有的人都会得白血病？'另一个说：'胡说八道，我昨天割了手指，流的血还是红的。'"

"在自己家里就像是在天堂一样，而在陌生的地方，太阳也没有这么明亮。"

"我妈妈告诉过我，要拿一幅圣像，把它倒过来挂三天。这样，就算你不在家里住了，你也会回家的。以前我有两头奶牛和两头小牛，五头猪，还有鹅、鸡、狗。我两手抱着头，走在院子里。院子里有苹果树，结了好多苹果！都掉了！呸！"

"我打扫了房子，刷白了炉子……还把面包留在餐桌上，还有盐、碗和三只汤匙。汤匙是家里三个人的……总归是要回来的……"

"因为辐射，鸡冠变成了黑色，而不是红色。奶酪做不出来了，我们一个月都没有奶渣和奶酪。牛奶没有变酸，而是凝固了，变成了白色粉末,还是因为辐射……"

"我的菜园子里也有这些辐射。整个园子都是白色的,白花花的,就像是被撒上了什么东西,一块一块的……我心想,也许这是从山林里过来的,风吹来的。"

"我们不想离开。哎,就是不想离开!男人都喝醉了,躺在车轮下面。当官的走进每家每户动员说服,他们下命令说:'什么东西都不许带!'"

"连续三天,没有给牛喂水喂食。就是这样!一个报纸记者来采访:'怎么样?疏散准备得怎么样?'喝醉酒的挤奶女工差一点儿杀了他。"

"主席带着当兵的围着我的房子转圈……他们恐吓说:'赶快出去,我们马上就要把房子烧掉!拿汽油罐来!'我慌了,又要拿毛巾,又要拿枕头……"

"你现在告诉我,根据科学,受了辐射会怎么样?你说实话,我们会不会很快就死掉?"

"你以为明斯克就没有辐射?它是看不见的。"

"孙子带着的那条狗……名字就叫镭,因为我们就生活在辐射之中。现在我的镭跑出去了,平时它就在我身边。我担心,它跑到村外会被狼吃掉,那样的话,就只剩我一个人了。"

"战争期间,整晚都是噼里啪啦的枪炮响声。我们在森林里挖土窑掩体。轰炸,轰炸,没完没了的轰炸。到处都在燃烧,别说房子,就连菜园子也在燃烧,樱桃树也在燃烧。就算没有战争……我还是怕它!"

"有人问亚美尼亚电台[01]：'切尔诺贝利能不能种出苹果？'回答：'有，不过核子要深埋地下。'第二个问题：'七乘以七等于多少？'回答：'任何一个切尔诺贝利人都会用手指算出来。'哈——哈——哈！"

"他们给了我们一处新房子，石头房子。您想象得到吗，我七年没有在房子里钉过一根钉子。那是异乡的土地！一切都是陌生的。我们当家的哭了，哭了。周一到周六，他在集体农庄开拖拉机，等着星期日，而到了星期日，他就躺在墙边，哭了。"

"谁也别再欺骗我们，我们哪里也不去。没有商店，没有医院，没有照明，我们坐在煤油灯和松明旁边。但这样就挺好！我们是在自己的家里。"

"到了城里，儿媳拿着抹布跟在我后边，擦洗门把手、椅子……那都是用我的钱买的，所有的家具和'日古利'轿车。钱用完了，连老妈也不要了。"

"我们的孩子把钱都拿走了，本该用在房子、果树和过日子上的钱……剩下的一丁点儿，也让通货膨胀吃掉了。"

"我们一样也有快乐……亚美尼亚电台问：'什么是无线阿姨？''就是从切尔诺贝利来的老奶奶。'哈——哈——哈……"

"我走了两个星期……把自己家的牛赶过来。他们不允许人进屋，我只好在森林里过夜。"

---

01 20世纪60年代，苏联民间开始流行"亚美尼亚电台回答听众提问"形式的政治笑话，并非真正的亚美尼亚电台节目。——编者注

"人们害怕我们,都说我们会传染。上帝为什么要惩罚我们?他发怒了吗?我们的生活不像人的生活,我们不守上帝的律法。我们在互相杀戮。"

"我的几个孙子夏天来了……头几年没有来,他们也害怕……现在他们带着食品来这里探望我,你给的东西他们都要。他们问:'奶奶,你读过《鲁滨孙漂流记》吗?'他一个人生活,和我们一样,离开了周围的人们。我随身带了半包火柴,还有斧头和铁铲……现在我有了猪油、鸡蛋、牛奶,都是我自己的。只有一样东西,白糖,你种不出来。土地要多少有多少!哪怕你要一百公顷也可以,谁也不会管你。没有人会来干涉你……这里没有上级领导……一切都随你。"

"猫,狗,和我们一起回来了。一起回来的。当兵的不放我们进去,他们是特警。所以我们只好在林子里的小路上过夜……就像游击队员一样……"

"我们不要国家的任何东西,我们自给自足。只是不要伤害我们!不需要商店,不需要公共汽车。如果要买面包和盐,我们就步行二十公里去外面……我们自己解决。"

"我们从安置地回来了,三个家庭一起回来了。……家里一切能拿走的都被拿走了:炉子砸坏了,窗户破了、房门被卸走了,地板、灯泡、开关、插座,都没有了。一样能用的东西也没留下。一切都得动手重新装上,还能怎么办呢?"

"野鸭子在叫,春天要来了。播种的时候到了。我们家空空如也……只有屋顶是完好的……"

"警察在呼喊,他们开着汽车来了。我们都躲进森林里,就像当年躲避德国人一样。一次,他们和检察人员一起来找我们的麻烦,威胁说要判我们的刑。我说:'那就判我一年,我去服刑,完了再回来。'他们又喊了一气,我们没有作声。我有康拜因先进工作者奖章,而他竟然还叫着:'依照《刑法》第十条一样可以判你刑……'"

"每天晚上,我都会梦到我的家:我回了家,又是修理菜园,又是收拾床铺……我总是在找什么东西,要不就是拖鞋,要不就是小鸡……谢天谢地,总算回来了……"

"夜里我们祈祷上帝,白天给警察说好话。如果你问我:'你为什么要哭?'我也不知道我在哭什么。我现在感到高兴,因为我住在自己家里……"

"我们经历了一切,熬过了一切……"

"我给你讲一个笑话……政府出台给切尔诺贝利人的优待政策:给生活在距离电站二十公里的人的姓名前面加一个字'冯'[01];对生活在距离电站十公里的人,要称呼'殿下';对生活在电站近旁的人,要称呼'阁下'。我们就是这样生活的,殿下……哈——哈——哈……"

"我去看大夫:'亲爱的,我的腿不能走路,膝盖动不了。''大娘,奶牛必须上交,不能养了,牛奶是有毒的。'我哭了:'不,我的腿动不了,膝盖动不了,我不能没有奶牛。它养活了我啊。'"

---

01 在德语中,人名中的"冯"(Von)表示贵族身份。——编者注

"我有七个孩子,他们都住在镇上,就我一个人在这里。我每天对着他们的照片发呆……独自一人……自言自语。我一人把房子油漆了一遍,用了六桶油漆。我一个人养大了四个儿子和三个女儿,丈夫早就死了,就剩下我一个人。"

"有一次我遇见一只狼,它就站在我对面。我们对视着,它朝旁边一跳……跑了……我吓坏了。"

"动物都怕人。你不去惹它,它也会绕开你。以前,走在森林里,听到人的声音,会跑去找,而今却要躲着别人。上帝保佑,在森林里可千万别遇到人。"

"一切都写在《圣经》里,一切都会兑现。《圣经》里写了我们的集体农庄……写了戈尔巴乔夫……出现一个前额上有胎记的最高领袖,伟大的帝国会崩溃,然后就是上帝的审判……城镇里的人都会死去,村里只留下一个人。这个人看到地上有人的脚印都会高兴!不是看到人,只是看到他的脚印……"

"我们用煤油灯照明。奶奶事先已经告诉过我们。我们杀了野猪,就拖到地窖里或者埋在地下,肉可以在地下存三天。我们有自己家粮食酿的酒,烧酒,还有果酱。"

"我有两袋盐……没有了国家,我们也能生存!这里木材充足,四周就是森林。小屋里很温暖,油灯明晃晃的。日子挺好!我有一只小羊,三只小猪,十四只鸡。土地多的是,青草也很多,井里有的是水。应有尽有!太好了!这里没有集体农庄,这里是公社,是共产主义了!我们还需要买一匹马,这样我们就再也不需要别的人了,只要一匹马……"

"一名记者对在那里看到的感到新奇,他觉得我们不是回到了家里,而像是回到了一百年前。我们还在用镰刀收割,粮食直接就在柏油路上用连枷打谷脱粒。当家的在编篮子,我在冬天缝衣服、织布。"

"我们家族有十七个人死于战争。我的两个兄弟被杀了……妈妈整天哭啊哭啊。一个老太婆来到村里乞讨,'你悲伤吗?'她对妈妈说,'别伤心了。为别人牺牲生命的人,就是圣人。'我可以为祖国奉献一切……但是我不能去杀人……我是教师,我教导孩子们:你们要爱别人。善一定会战胜恶。孩子们现在还小,心灵是纯洁的。"

"切尔诺贝利……战争之上的战争。无论在什么地方,你都无法得到拯救。无论是地上,水里,还是天上。"

"无线电立即被关闭了,什么消息都得不到,但我们还在平静中生活。我们并不愤怒。到这里来的人说:到处都在打仗,苏联解体了,我们要生活在资本主义时代了,沙皇要回来了,这是真的吗?"

"有时野猪会从森林里跑到园子里,有时是驼鹿……人寥寥无几。还有几个警察……"

"你去我家坐一坐吧!"

"去我家吧。我家好久没有来客人了。"

"我画了十字,祷告……上帝!警察来过两次,砸坏了我的炉子……用拖拉机拖走……可是我又回来了!他们不会放过你,除非你用膝盖爬回家。全世界都在传播我们的悲痛。只有死人才被允许回来,他们会被运回来。而活人是夜里偷偷溜进来的,从树林里来的……"

"祭祀日大家都要跑回来。无一例外。每人都想为自己的亲人祈祷安息。警察根据名单放行。未满十八岁的孩子是不能回来的。大家回来,站在自己家的院子里,站在自家的苹果树下,就会感到很开心……他们先到墓地里哭一场,然后在自家院子里没完没了地散步。他们在院子里哭泣,祈祷。他们把蜡烛挂在院子围栏上,挂在墓地的栅栏上,还要把花环摆放在房子一旁,再把毛巾挂在围栏的小门上……神父会诵读祈祷词:'兄弟姐妹们!请你们隐忍!'"

"他们把鸡蛋和面包带到了墓地……也有人拿了许多薄饼代替面包。人人都有食物……大家坐在自己亲人旁边。呼唤着:'姐姐,我来看你了。一起来吃午饭吧!''妈妈,亲爱的妈妈……爸爸,亲爱的爸爸……'他们呼唤着天上的灵魂……今年去世的亲人,他们会哭,之前去世的亲人,就不哭了。他们诉说着,回忆往日的生活。大家都在祈祷,连平时不会祈祷的人,这会儿也在祈祷。"

"晚上,我们不会为死者哭泣。太阳一下山,就不会再哭了。主啊,请记住他们的灵魂,愿天国为他们降临!"

"你不来参加,你就哭吧……一个农妇在市场叫卖大红苹果。她喊着:'快来买苹果,切尔诺贝利苹果!'有人对她说:'你不知道吗,阿姨,那是切尔诺贝利苹果。没有人会买的。''你算了吧!会有人买的!有的人送丈母娘,有的人送老板!'"

"一个人被大赦,出狱后也回来了。他是邻村的人。他的妈妈死后,他们的房子被人拆了。他找到我们家。'大婶,给我一块面包和猪油吧。我给你们劈柴。'他就这样靠乞讨过日子。"

"国家乱了,人们都跑到这里来。他们是为了逃离人群,躲避法律,独自生活。大家都是陌生人,彼此十分冷漠,眼里没有一点儿温暖和问候的意思。他们喝醉了会纵火。我们夜里睡觉会把草叉子和斧头放在床头,门口的台子上还放一把锤子。"

"去年春天,跑来一只疯狐狸。因为它疯了,所以变得很温顺。但是它不能看见水。只要在院子里放一桶水,它就跑了。"

"他们来了……来拍我们的电影,而我们一直没有看到过。我们这里既没有电视,也没有电。我们只有一件事可干,就是看窗户。当然还有祈祷。从前是共产主义取代了上帝,现在这里只剩下了上帝。"

"我们都是为国家效过力的人。我当过一年游击队员。我们彻底打败敌人的时候,我就在前线。我把自己的名字写在了德国的国会大厦上:阿尔秋申科。我脱下军装,又去建设苏联共产主义。而现在苏联共产主义在哪里?"

"我们这里就是共产主义。我们像兄弟姐妹一样生活在一起。"

"战争开始那年,蘑菇没有了,浆果也没有了。你相信吗?连土地都感受到了灾难的降临……那是一九四一年……我记得清清楚楚!我不会忘记那场战争的。听说,他们要把我们的俘虏送到这里来,只要你说他是自己家人,就可以领回家。于是,我们女人都跑来了!晚上,有的把自己的男人带回了家,有的把别的男人带回了家。但是,有一个混蛋……他已经结了婚,还有两个孩子。他跑去告诉德国指挥官说，我们带走了乌克兰人。瓦西卡、萨什科……第二天，德国人骑着摩托车来了……我们跪下求他们，但他们还是把人带到村外，枪杀了。九个人，都还年轻，多么年轻的人啊！瓦西卡、萨什科……"

"再不要有战争。我害怕战争！"

"有一次，一个官员来了，对我们大吼大叫，我们只是装聋作哑。我们什么都经历过，什么都能忍耐……"

"我要说的是自己的事……我一直在想自己的事情……在墓地，有些人大声哭诉，而有些人默默无语。还有一些人会说：'开门吧，黄沙。开门吧，黑夜。'在森林里你会等到人，在沙里却等不到。我会轻声问上一句：'伊万……伊万，我该怎么生活？'而他什么都不说，好话不说，坏话也不说。"

"而我……我什么也不怕：不怕死人，不怕野兽，什么人也不怕。儿子从城里来，嚷着：'你一个人待在这儿干什么？有人掐死你怎么办？'他们想要我什么东西？我只有几个枕头……家里全部财物就是几个枕头。如果强盗敢爬进来，他的头一伸进窗口，我就会用斧头砍下他的头。要我看，在我们这个村子……也许没有上帝，也许还有别的什么，但高处一定会有神……而且我还活着。"

"冬天，爷爷在院子里把杀好的小牛吊起来。正好外国人来了：'老人家，你在做什么？''我在赶走辐射。'"

"有人告诉我……丈夫埋葬了妻子，他身边还有一个半大孩子。一个男人……借酒浇愁……孩子的泪水浸湿了枕头。到夜里，他妻子——不知道是她本人，还是她的灵魂，总会出现。她洗好衣服，晾干,收拾到一个地方。一旦他看到她……叫她一声,她立即就消散了……成了空气。于是,邻居来指点说,影子一闪现,你就用钥匙锁上门,也许她就不会很快走掉了。但是,她再也不来了。那是怎么回事?来过的人究竟是谁?

你不相信?那你说,这故事怎么会有的?可能就是真的。你是有文化的……"

"切尔诺贝利为什么会爆炸?有些人说是科学家的错。他们抓住了上帝的胡子,现在他笑了,而我们遭了殃!"

"我们从来没有过上好日子,从来没有一个平静的生活。战争之前,他们来抓人……他们开着黑色的车来了,从田里带走了我们家三个男人……到现在也没有回来。我们一直生活在恐惧中。"

"我不爱掉眼泪……我爱听新的笑话:切尔诺贝利地区生长烟叶,工厂就用这些烟叶生产香烟。每一包香烟上都写着:'卫生部最后一次警告——吸烟有害健康。'哈——哈——哈……我们的爷爷们一直在抽烟……"

"我有一头牛,我可以把它交出去,只希望再不要打仗。我怕战争!"

"杜鹃啼叫,喜鹊喊喳,小鹿在奔跑。它们会不会继续繁衍后代,谁也不知道。早上我去园子里的时候,几头野猪正在那里乱拱,糟蹋庄稼。野兽就是这样。人可以搬迁到别处,驼鹿和野猪却不会。水也可以不顾堤岸四处流淌,流到地上,流到地下……"

"家里不能没有人。动物也需要人。它们也在寻找人。鹳飞来了……甲虫在爬。它们都很快乐。"

"疼！大妈们……啊呀，好疼！要轻一点儿……棺材要轻轻地抬……小心……不要碰到门或床，不要碰到或者撞倒任何东西，否则就要倒霉，等来下一个死人。主啊，记住他们的灵魂，愿你的国降临。我们在埋葬他们的地方哭泣。这里是我们家所有人的墓地。四周也是墓地……自卸卡车和推土机在轰隆作响，房子消失了。工人在埋葬，埋葬……学校、村委会、浴室，都被埋葬了。世界还是这样的世界，但是人已经不是那些人了。有一点我不知道，人究竟有没有灵魂？它是什么样子？它们在另一个世界的什么地方？

爷爷要死了，这两天，我都躲在炉子后面，静静地看守着：我要看灵魂是怎么从他的身体飞出去的。后来我去挤奶……听见喊声后跑回家，他睁着眼睛躺在那里……灵魂已经飞走了，也许，什么事情也没发生？我们将来又如何相见？"

"神父向我们保证，我们会得到永生。我们祈祷。主啊，赐予我们力量，让我们熬过这苦难的生活……"

找到蚯蚓，鸡开心；
铁锅煮的，也会变

第一个恐惧……

第一个恐惧是从天而降的……却像是掉进了水里……许多人平静得就像石头一样。我对十字架发誓！男人们，年龄比较大的男人们，喝酒庆祝胜利纪念日："我们攻克了柏林，取得了胜利。"街上人挤人……我们是胜利者！还有奖章！

第一个恐惧是……早上，我们在院里和园子里发现了窒息的田鼠。谁把它们闷死的？它们通常不会爬到外面来的。是什么东西把它们赶出来的？我对十字架发誓！

儿子从戈梅利打来电话：

"有金龟子飞吗？"

"没有金龟子，就连小虫子也看不到。都藏起来了。"

"有蚯蚓吗？"

"要是找到蚯蚓，母鸡会很开心。可惜，也没有。"

"这是第一个征兆：没有金龟子和蚯蚓的地方，就是辐射强烈的地方。"

"什么是辐射?"

"妈妈,这可是会死人的。你和爸爸赶快走,来跟我们一起住。"

"可是我们的菜园子还没种好……"

如果每个人都很聪明,那谁是笨蛋?他们说是失火了,失火只是暂时现象,当时也没有人害怕,也不知道有原子。我对十字架发誓!我们当时就住在核电站旁边,直线距离就三十公里,走公路是四十公里。我们很满意:你可以买票进去,那里什么都有,就像莫斯科一样。商店里有便宜的香肠,肉随时都可以买到,什么东西都有。那真是美好的时光!

现在只剩下了恐惧……他们总在说,青蛙和蚊子还在,人却没有了。人没了,哪儿还有生活?他们老在讲一些带开场白的故事。只有傻瓜才会喜欢这些故事!但是离了实话哪里还有故事?……这已经是老生常谈了……

我打开收音机听广播,他们老用辐射吓唬我们。然而,我们的生活却因为辐射而变得更好了。我对十字架发誓!你看,他们送来了橘子,三种香肠……太周到了……而且还是直接送到村里!我的孙子孙女走过半个世界,小孙女刚从法国回来,就是拿破仑当年发动进攻的地方……"奶奶,我看见菠萝了!"第二个孙子,她的哥哥,在柏林治病,那里就是希特勒开着坦克向我们发起进攻的地方……完全是一个新世界,一切都不一样了……难道是辐射犯了什么错,还是什么人犯了错?辐射长什么样子?也许在电影里有。你见过吗?它是白色的,还是别的什么颜色?有的人说,它无色无味,还有人说它是黑的,像泥土一样!假如没有颜色,那不就像上帝一样了吗？上帝无处不在，可是你看不见。他们吓唬人！园子里的苹果挂在那里，叶子也在树上，马铃薯在地里……要我看，就没有切尔诺贝利事故，完全是他们想出来骗人的……我姐姐和她丈夫已经走了……离这里不远，就二十公里。他们在那里住了两个月，邻居找上门说："你们家的牛把辐射传染给了我们家的牛，我家的牛倒下了。""辐射会爬吗？""它在空中飞，就像灰尘一样，会飞散的。"纯粹是编故事！还是带开场白的故事……

这一件可是真事……我爷爷养了五箱蜜蜂，连续三天没见有蜜蜂飞出来，一只蜜蜂也没有出来，它们都待在蜂箱里。爷爷在院子里走来走去：发生了什么事？是发生了霍乱吗？大自然出了什么问题？我们的邻居是教师，过了一段时间，他给我们解释说，蜜蜂比我们灵敏，它们马上就能听到。收音机、报纸都不做声，蜜蜂却已经知道了。到了第四天，它们才飞出来。黄蜂……我们家门廊上有一个黄蜂窝，没有人去碰它，这天早上黄蜂也不见了，看不见活的，也不见死的。六年以后，它们才又返回来。辐射……它恐吓人，也恐吓野兽、鸟类，甚至树木，只是不动声色。不说话。科罗拉多甲虫却很少有离开的，依然大吃马铃薯，啃得只剩下了叶子，它们习惯了毒物。我们也一样。

不过，细想一下，每家都有人死去……河那边的另一条街，都是没有了男人的女人，男人都死了。在我们街上，我爷爷活着，除他之外，只剩下一个男人。上帝早就把男人带走了。究竟是什么原因？没有人会告诉我们，没有人知道其中的秘密。不过你想想，如果只留下男人，没有女人，也不会比这好。他们会拼命喝酒，亲爱的，拼命喝酒。他们借酒浇愁。有谁会想死？人要死的时候，就会如此忧愁，无法排遣。没有人能够给他一丝安慰，他们只有喝闷酒宣泄……嗜酒，嗜酒……所有人都渴望轻松地死。可是，如何才能如愿？灵魂，是唯一存活的东西。我亲爱的……我们所有的女人都没有生育，据说，有三分之一的妇女都做了切除手术。无论年轻的，还是年老的……不是所有人都来得及生孩子……事情过去了，好像没有发生过……

我还能说什么？总得活下去……还能怎么办呢……

还有……以前我们自己打奶油、酸奶油、提炼奶渣、奶酪，水煮牛奶面团。城里人吃这个吗？把水倒进面粉里，搅和，把面团撕成小块，放入沸水锅里煮，煮好后再加入牛奶。我妈妈做给我们看，说："孩子，你以后也会做。我是从我妈妈那里学会的。"我们喝桦树和枫树的汁液，在炉子上的铁锅里蒸豆荚吃，煮红莓苔子羹……我们在战争时期采回荨麻、滨藜和其他野草。我们不但没有饿死，反而因为饥饿发胖了。树林里有浆果、蘑菇……而现在，那样的生活再也没有了。我们一直以为，这样的生活不会变，过去是什么样，将来还是什么样。就像锅里煮的食物，不会再变的。我怎么也不会相信，它变了。牛奶不能喝，豆子不能吃，蘑菇、浆果也不可以吃……肉要在水里泡三个小时，煮马铃薯之前要用水洗两次。你不能跟上帝过不去……人得活下去……

他们吓唬我们说，我们的水也不能喝了。但是没有水，人怎么活？每个人身体里都有水。没有人离得开水。就连石头里也有水。那么，水，它是永恒的吗？所有的生命都源于水……你要问谁？谁也回答不了你。人们向上帝祈祷时，也不会提出这样的问题。你只能这样活着……

庄稼发芽了……长得真壮实……

——安娜·彼得罗夫娜·巴达耶娃，疏散区居民

无字
歌

　　我给您下跪……求求您了……

　　我们在寻找安娜·苏什科，她住在我们村里……羊皮村……名字叫安娜·苏什科……我把她的特征告诉您，您记下来。她驼背，一出生就是哑巴……她一个人住……六十岁。疏散时，他们把她放上救护车，运到了一个不知名的地方。她不识字，所以我们也收不到她的信。独居和生病的人都被安置到特别的地方，被藏起来了。谁也不知道他们的地址……您记下来……

　　我们全村人都可怜她，就像照顾小孩子一样照顾她。有人替她劈柴，有人给她送牛奶。有人晚上在家里陪她，有人给她生炉子……我们在外面住了两年，回到了家乡。请转告她，她的房子完好，屋顶和窗户都好好的，所有坏掉的、被偷走的东西，我们都会帮助她弄好。只要告诉我们她的住址，我们就去找她，接她回来。不要让她死于悲伤……我给您跪下了……一个无辜的灵魂还在外乡受煎熬……

　　她还有一件事，我忘记说了……她生病或难受的时候，就会哼唱一支歌。没有歌词。就一个声音。她不会说话……她病了,就会哼唱:啊——啊——啊……听得人难过……

啊——啊——啊。

——玛丽亚·沃尔乔克,一位邻居

三桩古老的恐惧，
为何一个男人在女人讲话时不作声

K 家：母亲和女儿。还有个一言不发的男人（女儿的丈夫）。

女儿：

一开始，我没日没夜地哭，根本止不住。我想说……我们来自塔吉克斯坦，杜尚别。那里在打仗……

我不该讲这些事……我等着分娩，我是个孕妇。但是我要告诉你……那天几个人上公共汽车来检查护照……几个普通人，但是带着自动步枪。他们看完护照就把几个男人拖了下去……就在车门旁边……枪响了。甚至没有把他们带到一边去……我怎么也不敢相信。我眼睁睁地看着他们把两个男人带走。其中一个很年轻，很英俊，他对他们说着什么，说的是塔吉克语，还有俄语……他叫喊着，他的妻子刚生了孩子，三个孩子在家里。而那几个人只是在笑，他们也很年轻，非常年轻。他们是普通人，只是带着自动步枪。他跪了下来……亲吻他们的运动鞋……整个车厢的人都没有作声。车子开走了，后面响起"哒哒哒"声……我不敢回头……（哭）

我不该讲这些事……我快要生了,我是个孕妇。但是我要告诉你……我有一个请求:不要写我的姓,我的名字叫斯维特兰娜。我们还有亲人在那里……如果被人知道了,会被杀死的……我以前一直以为,我们不会再打仗。我亲爱的祖国这么强大,是最大的国家!苏联时期,他们对我们说,我们的生活贫困,是因为发生过大的战争,人们遭受了磨难。而现在我们有了强大的军队,没有人敢侵犯我们,没有人能战胜我们!而我们却自相残杀……现在的战争与过去不同了。我爷爷说起过那场战争……他到过德国,到过柏林……现在,邻居在杀邻居。他们曾经一起在学校读书,而他们却互相杀害,强奸同他坐在一张课桌旁的女孩子。所有人都疯了……

我们的丈夫都不作声。男人们沉默不语,他们不会对你说什么。别人追在后面喊他,他会像女人一样跑掉。别人说他们是懦夫,因为他们背叛了祖国。但是那样做又有什么不对?难道你不能开枪,是你的错?我的丈夫是塔吉克人,他应该去打仗,杀人。但是他说:"我们走吧,离开吧!我不想打仗,我不需要自动步枪。"他喜欢做木匠,喜欢马。他不喜欢开枪。其实……他也喜欢打猎……那里是他的家乡,人们说着家乡的语言,而他离开了。因为他不想杀死另一个塔吉克人,像他一样的塔吉克人。那个他熟悉的人从来也不曾冒犯过他……他在那里连电视里的声音都不想听,会捂上耳朵……他在这里独自一人,他的兄弟们还在打仗,一个已经战死了。他的母亲和姐妹们还生活在那里。我们从杜尚别乘坐火车来到这里,车厢的窗户上没有玻璃,也没有暖气,非常冷。他们没有开枪,但是从外面扔石头,所以把玻璃都砸破了。他们在外面喊:"俄国佬,滚回去!入侵者!抢夺我们财物的入侵者!"而他是塔吉克人,他听得清清楚楚。我们的孩子也听得清清楚楚。我们的女儿在读一年级,她喜欢一个男孩子。她从学校回来问我:"妈妈,我是什么人,是塔吉克人,还是俄罗斯人?"我没有对她解释……

我不该讲这些事……但是我要告诉你……帕米尔的塔吉克人正在同库利亚布的塔吉克人打仗。他们都是塔吉克人,他们有一样的《古兰经》,一样的信仰,但是,库利亚布的塔吉克人在杀帕米尔的塔吉克人,帕米尔的塔吉克人在杀库利亚布的塔吉克人。一开始,他们是到城市广场上去喊口号,祈祷。我想知道发生了什么事,也去了广场。我问几个老人:"你们在抗议什么?"他们说:"抗议议会。他们对我们说,这些议会的人很坏。"接着,广场空了,枪声响了。这里一转眼就变成了另外一个陌生的国家,东方国家!而在此之前,我们一直以为生活在自己的土地上,这里执行的是苏联法律。那里有许多俄罗斯人的坟墓,再不会有人去哭泣……他们在俄罗斯人的墓地里放牛……放羊……俄罗斯老人四处流浪,翻找垃圾……

我以前是产房的护士。有一天我值夜班,一个女人要生产,是难产,她一直在尖叫……突然,跑进来一个护士,她没有戴无菌手套,也没有穿无菌服。出了什么事?怎么这样就闯进来了?"孩子们,土匪来了!"头戴面具,手里拿着枪的人冲进来,对我们喊:"交出麻醉剂!交出酒精!""没有麻醉剂,也没有酒精!"医生被他们逼到了墙角。这时候，分娩的女人叫声小多了。她笑了，我们听到了婴儿的哭声，一个新生命来到了这个世界……我俯下身去看，我甚至没记住这是个男孩还是女孩。他还没有名字，什么也没有。几个土匪冲着我问，他是库利亚布人还是塔吉克人？他们不是问是男孩还是女孩，而是问库利亚布人还是塔吉克人。我们没有作声……他们喊着："他是什么人？"我们还是没有作声。他们抓起婴儿，他可能只在这个世界停留了五分钟，或者十分钟，就被他们抛到了窗外……我是护士，我看到过孩子死去的情景……而眼前……我的心几乎要从胸膛飞出去了……我再也不敢去想……（又开始哭）这件事之后……我的手臂长满了湿疹，静脉曲张。我对周围一切变得冷漠，不想下床。我走到医院，又转身回来。我也在等待我的孩子……怎么生活？让孩子就在那种地方出生？于是，我们来到了白俄罗斯，这个纳罗夫拉小镇，一个安详的地方。不要再问我了……别再让我想到这些事……（沉默）等一下……我想让你知道……我不怕上帝，我怕的是人……我们一到这里就问别人："你们的辐射在哪里？""你在的地方就有辐射。"所有的土地都有吗？（擦泪）人们走了，他们害怕……

我现在不再像在那里时一样害怕了。我们不再有祖国，也没有自己的家园。德国人回了德国，鞑靼人也获准返回克里米亚，而俄罗斯人没有人需要。我们还期望什么？还等待什么？俄罗斯从来没有保护她的人民，因为它太大了，大得无边无际。坦率地说，我感觉不到我的祖国——俄罗斯，我们怀念的是另一个祖国——苏联，我不知道自己该如何活下去。这里没有人拿枪，至少这一点很好。在这里,他们给了我们房子,给了我丈夫工作。我们写信给家乡的朋友,把这里的情况告诉他们,他们昨天也到了这里,不打算回去了。他们是晚上来的,不敢走出车站,也不让孩子们出去,就让他们坐在手提箱上,一直等到天亮。后来,他们看到人走在街上,聊天,抽烟……路人给他们指路,还把他们带到我们家门口。他们简直不敢相信自己的眼睛,不敢相信我们已经习惯这样的正常生活,习惯了平静的生活。他们说,晚上你可以在街上溜达,你可以笑……上午,他们去了商店,看到黄油和奶油,马上买了五瓶奶油,当场就喝掉了。这都是他们自己告诉我们的。别人盯着他们看,就像在看疯子一样……别人哪里知道,他们已经两年没有见过黄油和奶油了,就连面包也买不到。那里有的是战争……你无法向没有见过战争的人解释……战争对他们来说只存在于电影里……

在那里,我的灵魂已经死了……我在那里生下的不也是一个死魂灵吗?这里人少,许多房子都空着……我们就住在森林旁边。我不喜欢人多的地方,就像在火车站那样……我不喜欢战争……（失声痛哭,沉默）

母亲:

就是战争……我只能说战争……我们为什么来到这里?为什么来到切尔诺贝利?因为这里没有人会赶我们走,没有人赶我们。这里的土地不属于任何人,上帝已经收回去了……于是我们留在了这里……

我在杜尚别是火车站的副站长，另一个副站长是塔吉克人，我们的孩子从小一起长大，一起上学，每逢元旦、五一节……胜利日，两家人坐在一起喝红酒，吃抓饭。他尊称我："姐姐，我的俄罗斯姐姐。"而这一天，他走进办公室，站在我的桌子前大叫：

"你什么时候回俄罗斯？这里是我们的土地！"

那一刻，我失去了理智，也跳起来：

"你的大衣是哪里来的？"

"列宁格勒。"他惊讶地说。

"脱掉你的俄罗斯大衣，你这个混蛋！"我扒下他的大衣，"你的帽子哪里来的？你炫耀说是从西伯利亚寄来的！脱掉你的帽子，混蛋！还有衬衫！裤子！都是莫斯科工厂做的！也是俄罗斯人的！"

我扒到他只剩下内衣。他个头高大，我只到他肩膀，但是我也不知道哪儿来的那么大劲儿。

四周聚集了很多人。他大喊道：

"走开，你是疯子！"

"不，都给我，俄罗斯的衣服都给我！我要拿走！"我陷入了疯狂，"脱下你的袜子！鞋子！"

我们没日没夜地连班工作……列车满载着乘客离开，人们四处奔跑……成千上万的俄罗斯人在逃离！这简直是另一个俄罗斯。夜里两点钟，我送走开往莫斯科的火车后，发现大厅里还有来自库尔干秋别市的孩子没有赶上车。我掩护他们，把他们藏了起来。两名拿着自动步枪的男子朝我走来。

"年轻人,你们在这里有什么事?"我的心猛烈地跳着。

"谁叫你不关门,门是开着的。"

"我刚送走一列火车,还没有来得及关门。"

"那些孩子是什么人?"

"都是我们的人,杜尚别来的。"

"他们是不是从库尔干来的?是库里亚布人?"

"不是,是我们自己人。"

他们离开了。如果他们打开厅门,会有什么后果?……子弹马上就会射进我的脑袋!那里只有一个权威:带枪的人。早上,我把孩子们送上开往阿斯特拉罕的火车,命令他们把孩子当作西瓜运输,不要开门。(沉默,接着哭了好久)还有什么比人可怕的?(又是沉默)

有一天,我走在街上,不时回头看一眼,我总以为有人在跟踪我……在那里的日子,我做好了随时会死掉的准备……从家里出来,我总是穿着整洁干净的上衣、裙子和内衣。可能突然会被人杀死!现在我一个人走在树林里,什么也不用怕,树林里没有人,一个人也没有。我一边走,一边想:是不是所有人都跟我有一样的感觉?有一次,我遇到了猎人,他们带着猎枪、狗,还有放射剂量检测仪。他们一样是带着枪的人,但是我不担心,他们不会朝着人开枪。会听到枪声,我知道那是他们在射杀乌鸦,要不就是兔子。(沉默)所以我在这里不害怕……我不可能害怕大地,害怕水……我怕的是人……花一百美金就可以在市场上买到一支自动步枪的人……

我记得有一个塔吉克小伙子,他在追另一个小伙子……我看他跑步的样子，呼吸的样子，我立刻意识到，他想要杀那个人……好在那人躲了起来，逃过了一劫……这时候，那个塔吉克小伙子走了回来，到我跟前说："大姐，您那里有水吗？"他神态自若，好像什么事也没有发生过一样。我们车站里有一桶水，我指给他。我看着他的眼睛，问："你们两人为什么要互相追逐？为什么要杀人？"他好像很不好意思，"大姐，你说话小声一点儿。"当他们几个人在一起的时候，就不一样了。假如他们是两三个人在一起，他们就会把我逼到墙角。一对一的时候，你还可以和那些人好好说话……

我从杜尚别到了塔什干，但我还要走更远，到明斯克去。结果，没票了，一张也不剩！他们安排得很巧妙，只要不掏钱贿赂，你就别想上飞机。他们没完没了地找麻烦，吹毛求疵，行李不是超重，就是超体积，要么是某样东西不能带，你得拿出来。他们给我的行李过秤了两次，我才明白过来。我塞了钱……"早这样不就行了，就用不着啰唆了。"就这么简单！而在此之前……我们的两个货柜，有两吨重，被他们卸了下来。"你们从战区来，会不会带了武器？带了大麻？"我去找他们领导，在接待室遇到一位体谅人的妇女，她首先给我上了一课："你找谁也没有用，你再要求公正，他们就会把你的货柜扔到野外去，你那些东西都会被抢光。"还有什么好说的？我们一夜没睡，把货柜里的东西都掏了出来：衣服、床垫、旧家具、旧冰箱、两袋书。"你们有珍藏的图书？"他们去看了，有车尔尼雪夫斯基的《怎么办？》，肖洛霍夫的《被开垦的处女地》……他们笑了。"你有几台冰箱？""一台，被我们用坏了。""为什么没有填申报单?""我们怎么会知道要填单子?我们也是第一次从战争地区出来逃难……"我们同时失去了两个祖国——塔吉克斯坦和苏联……

我一个人走在森林里,边走边想。别人都围着电视看,想知道那里发生了什么,那里还有什么。我不想看。

曾经的生活……别样的生活……我在那里还是个人物,我有铁路部队中校军衔。我刚到这里时没有工作,后来被安排到市委做清洁工,擦地板……从前的生活已经过去……而我已经没有力气过另一种生活……一些人同情我们,也有人讨厌我们:"那些难民夜里会偷挖我们的土豆。"我母亲说过,在那场战争中,人们更会互相体谅。前一阵,人们在树林里发现一匹死马,另一个地方发现一只死兔子,都不是被人打死的。大家显得很担心。可是发现死去的流浪汉时,他们却一点儿也不惊讶。

大家看死人,已是司空见惯了……

列娜·M.来自吉尔吉斯斯坦。她坐在门槛上,好像摆姿势准备拍照。五个孩子坐在她身旁,还有他们带来的猫——"暴雪"。

我们离开家园,就像逃离战争……

我们带着全部家当,还有猫,一直走到车站。火车走了十二个昼夜,最后两天,我们就只剩下罐装酸白菜和白开水了。我们有的拿着铁棍,有的拿着斧头,有的拿着锤子,守在门口。我告诉你……有一天夜里,几个匪徒攻击我们,差点儿把我们杀了。他们会为了一台电视机或者电冰箱杀了你。我们就像战争爆发时一样逃难,虽然在我们生活的吉尔吉斯斯坦暂时还没有开枪。

在奥什,吉尔吉斯人和乌兹别克人之间发生过大屠杀……但是很快平息下来了。那只是隐藏了起来。空气中还有那些气味,在街道上也有……我告诉你……我们是俄罗斯人,当然,吉尔吉斯人也怕……在他们那里排队买面包,他们会喊叫:"俄罗斯人,滚回去!吉尔吉斯斯坦是吉尔吉斯人的土地!"然后再把你从队列中拉出去,还要讲上几句吉尔吉斯语,好像是说:"我们的面包自己都不够,还得给你们吃。"我的吉尔吉斯语很差,会的几句还是在市场上讨价还价买东西学到的。

我们以前有祖国,现在已经没有了。我是哪里人?我的母亲是乌克兰人,父亲是俄罗斯人,我出生在吉尔吉斯,嫁给了鞑靼人。我的孩子是哪里人?他们的国籍又是什么?我们的血液都融合在了一起。孩子和我的护照上写着"俄罗斯人",可我们不是俄罗斯人,我们是苏联人!但是,我出生的那个国家没有了。我们称之为祖国的地方已经消失了,那段曾经是我们祖国的时间也不存在了。我们好像蝙蝠。我有五个孩子:大儿子在读八年级,小姑娘在上幼儿园。我把他们带到了这里,我们的国家已经不存在,但是我们还在。

我在那里出生,长大。我在那里建造了工厂,在工厂工作。"滚回你自己的土地吧,这里的一切都是我们的。"除了孩子,他们什么也不让我们带走:"这里的一切都是我们的。"我的东西在哪里?所有的俄罗斯人、苏联人,都逃走了。哪里也不需要他们,没有人期待他们。

而我曾经是幸福的。我的孩子们都得到了爱……我是这样生下他们的：男孩，男孩，男孩，然后是女孩，女孩。我不想再说了……我要哭了……（但又讲了几句）我们会在这里生活。现在这里就是我们的家。切尔诺贝利，我们的家。我们的祖国……（突然笑了）这里的鸟儿和我们家乡的一样。还有列宁的雕像……（我们已经走到门口，我与她告别，她又继续说）一大早，有人用大锤砸邻居的家，把窗户上的木板拆下来。我遇到一个妇女："你们从哪里来？""从车臣来。"她没有再说话……围着黑头巾走了……

遇见我的人都很诧异……无法理解……"你对自己的孩子做了什么，你要杀死他们吗？你这是在自杀。"我不是要杀死他们，我在拯救他们。我才四十岁，头发就已经全白了——才四十岁啊！一次，他们领回家一个德国记者，他问我："你会把孩子带到一个有鼠疫或霍乱的地方吗？"鼠疫或霍乱……我不知道这里有这些可怕的东西。我没有看到。它也不在我的记忆里……

我害怕人……怕带枪的人……

人在恶中敏锐异常，
而在一本正经的爱情表述中，又是那样简单淳朴

我想逃离这个世界……一开始我习惯了车站，车站让人喜欢，那里人很多，而我是其中之一，没人注意我。后来在报纸上看到这里的情况，就来到了这里。这里让人心情舒畅。我真想说，这里就是天堂。没有人，只有一些动物。我就生活在野兽和鸟类之中。我孤单吗？

我已经忘记了自己的生活……你不用问了……在书中读到了什么——我记得，别人说过什么——我记得，而自己的生活——我忘记了。那时，我还年轻……我有罪孽……但没有一种罪孽，上帝不会因为你真诚的悔悟而饶恕。人是不公正的，上帝却有着极大的忍耐与无限的怜悯……

但是……为什么？没有答案。人不会幸福，不应该幸福。上帝看到孤单的亚当，于是把夏娃给了他，这是为了幸福，而不是罪孽。但人没有得到幸福。我不喜欢黄昏和黑夜，就像现在这样，从光明到黑夜的转换……我无法理解，从前我在哪里……我在哪里生活……对我来说无关紧要：我活着，或无法活着，都无关紧

要。人如草芥，开花，干枯，再到焚毁。我喜欢思考……你在这里可能被野兽咬死，或者冻死，或者因思考而死，都一样。方圆几十公里内没有一个人。人们通过斋戒和祈祷来驱赶恶魔。斋戒是为了肉体，祈祷是为了灵魂。但我从来没有感到孤单，有信仰的人是不会孤单的。于是，我走到村子里……以前可以找到通心粉、面粉、植物油和罐头。现在我去墓地，那里会有留给死者的食物和饮料。他们已经用不着这些食物了，也不会介意我的行为……地上有野生的玉米，森林里还有蘑菇、浆果。这里很自在。我读了许多书。

打开《圣经》……约翰的启示录："就有烧着的大星，好像火把从天上落下来，落在江河的三分之一和众水的泉源上。这星名叫茵陈。众水的三分之一变为茵陈，因水变苦，就死了许多人……"（启示录，8:10）

理解这一预言……一切早已预言，都在《圣经》中写着，是我们不会阅读，我们不够聪慧。茵陈在乌克兰语中就是"切尔诺贝利"。这里给了我们启示。但是人自以为是……爱慕虚荣……人是渺小的……

我在谢尔盖·布尔加科夫神父的书里看到……"上帝创造了世界，世界一定是完美的。"需要的是"勇气与忍耐，直到历史的终点"。而另一个人，我不记得名字，只记住了他的思想："恶并非本质，而是善的丧失，就像黑暗不是别的，而是光明的缺失。"你要在这里找书，那是再容易不过的事了。你找不到空水罐，勺子或者叉子，但到处都是书。前些时候，我找到了一大本普希金的集子……"死亡在我看来十分可亲。"我记得这一句。只是"死亡在我看来"……我现在孤身一人。我也想过死亡。我喜欢思考……沉默有助于思考……人就生活在死亡之中,却并不明白死亡是什么。我在这里很孤单……昨天我把母狼和它的幼崽赶出了学校,它们也在那里生活。

我的问题是:文字描述的世界真实吗?文字阻隔了人与人的灵魂……所以……

鸟类、树木、蚂蚁,都比以前离我更近。以前,我不知道有这样的感觉。我不是在推测。我读过某人写的:"宇宙在我们之上,宇宙在我们之下。"我一样也想到过。人是可怕的,也是奇怪的……现在我不想杀任何活物。我会钓鱼,我有一根鱼竿。所以……我不会射杀野兽,也不会设陷阱……我最喜欢的人物梅什金公爵说:"看到树木,你不快乐吗?"所以……我喜欢思考。人们经常抱怨,而不去思考……

如何看待恶?当然,恶让人激愤……罪孽不是一种物质,但你必须承认它是真实存在的。有人说:在我们之上有更高的世界,顶层是七层天,在我们之下也有一个世界。就拿鸟类或者别的动物来说……我们不可能理解它们,它们是为了自己而生活,不是为了别人。所以……现在周围的一切,一句话……

所有四条腿走路的动物,眼睛都是朝下看着地面,而人则双脚站在地上,把手臂和头向天扬起,向上帝祈祷……老太太在教堂祈祷:"赦免我们的罪吧!"但是无论科学家、工程师或军人都不承认自己有罪。他们想:"我没有什么好忏悔的,我为什么要忏悔？"所以……

我在祈祷……我在为自己祈祷……主啊，我在呼唤你，听我说！人在恶中敏锐异常，而在一本正经的爱情表述中，他又是那样简单淳朴。即使哲学家的语言也只能就他们的感受，近似地表达出思想。完全符合心灵的话语，只在祈祷中，在祈祷的念头中。这是我切身的感觉。主啊，我在呼唤你，听我说！

而人也一样……

我害怕人，但也想见到人，想见到好人。这里有强盗在生活，在藏匿，也有我这样的人，殉道者。

你问我叫什么名字？我没有护照。警察把我带走……打我："你在这儿瞎跑什么？""我没瞎跑，我在忏悔。"他们打得更狠了，还打我的头……所以你就这么写吧："上帝的仆人尼古拉……已是自由人……"

士兵的
合唱

阿尔乔姆·巴赫季亚罗夫，列兵；奥列格·列昂季耶维奇·沃罗别伊，清理员；瓦西里·约瑟福维奇·古西诺维奇，司机兼侦察员；根纳季·维克托罗维奇·杰梅耶夫，警察；维塔利·鲍里索维奇·卡尔巴列维奇，清理员；瓦连京·科姆科夫，司机、列兵；爱德华·鲍里索维奇·科罗特科夫，直升机飞行员；伊戈尔·利特维奇，清理员；伊万·亚历山大罗维奇·卢卡舒克，列兵；亚历山大·伊万诺维奇·米哈列维奇，盖格计数器操作员；奥列格·列昂尼多维奇·帕夫洛夫少校，直升机飞行员；阿纳托利·鲍里索维奇·雷巴克，警卫排指挥官；维克多·桑科，列兵；格里戈里·尼古拉耶维奇·赫沃罗斯特，清理员；亚历山大·瓦西里耶维奇·申克维奇，警察；弗拉基米尔·彼得罗维奇·施韦德，上尉；亚历山大·米哈伊洛维奇·亚辛斯基，警察。

* * *

　　我们团接到紧急通知……出发后很长一段时间内，都没有人告诉我们具体任务内容。到了莫斯科白俄罗斯火车站，才宣布我们的目的地。有个小伙子——好像是列宁格勒来的——出声抗议："我想活着。"他们威胁他，如果不去就要上军事法庭。指挥官当着全队人的面对他说:"不是坐牢,就是枪毙。"但我的想法完全相反,我想当英雄,想试一试自己的勇气。也许这是孩子气的冲动?不过,有我这样想法的人很多,我们来自苏联各地,哪儿的都有:俄罗斯、乌克兰、哈萨克斯坦、亚美尼亚……我感到紧张,不知道为什么也感到兴奋。

他们带我们到了那个核电站。每人发了一件白长袍和一项白帽子,还有纱布口罩。我们负责清理。我们第一天先在反应堆下面干活,又是掏又是铲;第二天都是在上面,在反应堆顶部清理。我们都拿着铁锹干活。大家把登上炉顶干活的人叫作"鹳"。机器人出了毛病,不能干活了,只能由我们来干。当时我发现耳朵出血,鼻子也在出血,喉咙痒痒的,眼睛刺痛,还有单调的声音不停地在耳朵里鸣响。我渴得要命,但没食欲。体育活动被禁止,因为辐射会伤害呼吸系统。

我们干得不错,倍感自豪……

* * *

我们开车进去……看到写着"隔离区"的牌子。我没有打过仗,但是感觉眼熟……好像在哪里见过……在哪里?让人联想到死亡……

在路上看见几只野狗、野猫,它们看上去行为古怪,见到人就跑,好像不认人。当时我也搞不清是怎么回事,后来得到命令,要射杀它们……这里的房子被查封,农场的设备也废弃了……新奇的景象。这里除了我们和巡逻的警察,就没有其他人了。走进一处房子，会看到照片还挂在那儿，但没人。各种证书散落一地，有共青团证、文凭、奖状……我们在一处房子里搬了台电视，算是借的。我没看见有人把东西直接拿回家。第一，我总觉得这里的主人随时会回来……第二，这些东西……跟死亡有某种联系……

有些人去了电站，一直走到反应堆，还在那里拍照……想拿回家吹吹牛皮……我们虽然心里恐慌，但仍然有不可抑制的好奇。不过我没有去，我妻子还年轻，我不想冒这个险，而我的那些伙伴喝了几两酒，就去了……就这样……（沉默）他们活着回来了，意味着一切正常。

夜里我们要值夜班，还要巡逻……月光很明亮，路灯吊在那儿，但村庄的街道上连一个人也没有……起初还有几处房子里有灯光，后来就熄灭了。一头野猪或一只狐狸，会突然从学校大门里斜冲过来。动物住进了住宅、学校和俱乐部里。墙上还挂着横幅标语："我们的目标——全人类的幸福"，"全世界无产者必胜"，"列宁思想万古长青"。在集体农庄办公室，有好几面红旗，还有簇新的三角旗，一沓子印花纹的、带领袖头像的奖状。墙上挂着领袖像，桌子摆着石膏的领袖半身像……没有看到其他纪念雕像。农庄里有临时搭建的简易房，灰色的水泥牛栏，生了锈的饲料贮存塔……还能看到大大小小的纪念塔……"这就是我们的生活？"我问自己，以旁观者的眼睛看着这一切，"我们就这样生活吗？"这里的景象就像是军队撤离临时驻扎地后留下的样子……他们去了哪里？

切尔诺贝利"炸毁"了我的脑子……我开始思考……

* * *

一栋废弃的房子……门关着。一只小猫蹲在窗台上。我还以为是个陶器,走近一看,原来是只真猫。它吃掉了屋里花盆中所有的天竺葵。它怎么会在这里?是主人丢下的吗?

房门上写着:"亲爱的陌生人,请不要找寻值钱的东西了,我们没有珍贵的东西。这里的东西尽管使用,只是不要劫掠。我们还要回来的。"在另一处房子的墙壁上,写着五颜六色的字:"原谅我们,亲爱的房子!"他们与房子告别,就像同亲人告别一样。还有的写着"明天早上离开",或者"今晚离开",甚至写上了几点几分离开。还有孩子写在练习册单页上的字条:"不要打猫咪,否则老鼠会吃掉所有的东西。"还有"不要杀死我们的祖卡,它是只好猫咪!"(闭上眼睛)我什么都忘了……我只记得我去过那里,其他都不记得了。我都忘了……我复员三年后,记忆力好像出了什么问题……就连医生也搞不清楚……我连钱都数不了,前后也分不清。我跑过好几家医院……

我给你说过没有?你走过去,心想:这是空房子。打开门,看到一只猫坐在那里……还有孩子写的纸条……

* * *

他们给我派了任务……

我的职责是这样的:不许当地居民回到疏散的村子。我们架路障,挖防空洞,建瞭望塔。不知道为什么别人叫我们"游击队"。在和平年代,我们却穿着作战的军服……农民不理解这是为什么,例如，不允许他们拿自家院子里的水桶、陶罐、锯子或者斧子——眼看要收割庄稼了。该怎么跟他们解释？面前的情况是这样：士兵站在道路的一边，阻止居民进入；另一边却可以看到牛在吃草，收割机嗡嗡作响，脱粒机在工作。妇女们围过来，哭着说："小伙子，让我们进去吧……我们的地……我们的房子……"她们要回去拿鸡蛋、猪油，还有烧酒……她们为自己被污染的土地而哭泣，为自己失去的家具而哭泣……

而我们的职责是，一个也不能放过去。一个老奶奶带出来一篮子鸡蛋——没收，埋掉。一个女人挤了牛奶，带了一桶奶出来，一个士兵跟着她，要她把牛奶倒在地上……她们偷偷地挖出自家的蔬菜，带出来了，有甜菜、洋葱和南瓜，按照规定也要埋掉……那些蔬菜都长得好极了，让人眼馋。正值金秋，这里的景色太美了。在场的人都是一副疯狂的样子，她们，我们，都是……

他们在报纸上大肆宣扬我们的英雄事迹……报道我们是什么样的英雄小伙子……共青团员，志愿者！

我们究竟是谁？我们干了什么？我想知道这些……我想读一下……虽然我自己就在那里……

* * *

我是军人，应该服从命令……我们曾为此发誓……

但这不是唯一的原因……我们也有英雄情结。我们接受的是这样的教育……从学生时代就在被灌输。还有来自家长的教育，政工人员的演讲，电台、电视台的宣传。不同的人出发点也不同：一些人希望接受采访，登报；另外一些人把这视为工作；还有第三种人……我见过他们，他们满怀激情地生活过，觉得自己做的是英雄的工作，是在创造历史。他们给我们的待遇很好，但是钱对我们来说并不重要。我的工资本来是四百卢布，在那里我能拿到一千卢布（那可是苏联卢布），当时那是一大笔钱。后来有人指责我们："他们是用铁锹铲钱，一回家，就优先给他们汽车、成套家具。"我听了很生气。因为我们当时确实有过英雄的激情……

到那儿之前，我就害怕了。不过没过多久，恐惧似乎就消失了……只剩下接到命令、进行工作、完成任务。我想驾驶直升飞机到反应堆上看一看：那里发生的是不是就像下面看到的那样？但是，这是禁止的。我的体检卡上写着辐射量二十一伦琴，我不相信这是真的。其中道理很简单：我在切尔诺贝利地区的中心工作（顺便说一句，这是一个小城镇，根本不大，不像我想象中的那么大），而盖格计数器操作员坐在距离核电站十到十五公里以外的地方测量环境。这些测量数据再乘上我们每天飞行的小时数。我乘直升机飞到反应堆那里，飞过去，再飞回来，路线是两个方向，今天是八十伦琴，明天是一百二十伦琴……夜里还要在反应堆上盘旋两小时。我们进行红外线拍摄，飞溅的石墨碎粒在片子上就像在"发光"一般……白天看不到……

我跟学者们聊过。一个学者说："我可以用舌头舔你的直升机，一点儿事都不会有。"另一位学者说："年轻人，你不做防护就飞过去了？你不担心自己会减寿吗？你要把自己裹起来！把自己遮住！"对，救助别人，先要保证自己安全。于是，我们把铅片放在座椅上,把薄铅片剪下来,加在背心里……不过,铅片只能防护一种射线,无法对付另一种。所有人的脸都变成了红色,好像被烧过,胡子也不能刮了。我们从早飞到晚,一点儿别的想法也没有,就是工作,繁重的工作。夜里我们就坐在电视机前——当时正好是世界杯足球赛期间,聊一聊天,当然聊的是足球……

后来我们也开始思考……大概是在三四年以后……一个人病了,接着是第二个。谁死了……谁疯了……谁自杀了……我们就开始思考。可是,我们要找到答案,我想,怕是要等上二三十年。在阿富汗(我在那里待了两年)和切尔诺贝利(我待了三个月),是我一生最耀眼的时刻……

我没有告诉父母亲我去了切尔诺贝利。我弟弟偶然买了一份《消息报》,在上面看到了我的照片,告诉了母亲:"你看,他是英雄!"母亲哭了……

* * *

我们去核电站……

对面走来一队队疏散的人,还有牲畜。我们昼夜不息地开车赶路……

我们在赶路……您知道我在路边看到了什么?阳光下闪着微弱亮光的东西……闪闪发光的结晶,细小的颗粒……当时我们正赶往卡林科维奇方向,经过莫济里。我们看到有些东西在空气中闪烁,我们互相讨论,觉得好奇怪。我们在村子里工作的时候,看到植物叶子上都有烧穿的小洞,尤其是樱桃树。我们摘黄瓜、西红柿的时候，也发现叶片上有烧过的黑洞……当时是秋天。醋栗丛中结满深红色的浆果，苹果压得树枝几乎垂到地上，当然，没有人忍得住，我吃了。他们告诉我们不能吃，而我们还是边骂边吃。

我去了……尽管我可以不去。我是自愿去那里的。开始的那些天，我在那里见到的人都很严肃认真，后来习惯了，人们的眼神便空虚了。要勋章？捞好处？胡扯！我什么都不要。房子、车子……还要什么？别墅？我都有。我就是有一股男人的激情……去的是真男人，这是男子汉该做的事。其他人呢？就让他们躲在娘们儿的裙子下面吧……有人弄来一张证明，说老婆要生孩子；有一个说孩子还小……是有风险的。是的，辐射的确有危险，但总要有人去做。我们的父辈是怎么去打仗的？

我们回家了。我把在那里穿过的衣服都脱下来，扔在垃圾箱里，但军帽送给了小儿子。他很想要我的帽子，戴上就不愿意摘。两年后，他被诊断出患有脑瘤……

接下来，你自己去写吧……我不想再说了……

* * *

我刚从阿富汗回来……我想生活。结婚，马上结婚……

突然，带红框的"特别集合令"到了，要求一小时后到达指定地点。母亲立刻哭了。她以为又要派我上战场。

要去哪里？为什么去？我们一点儿信息也没有。后来知道是反应堆发生爆炸……这是怎么回事？我们在斯卢茨克换好衣服，这时候才有了消息：我们要去霍尼克区。我们到了霍尼克，那儿的人啥都不知道。和我们一样，他们也是第一次见到辐射计量器。我们继续前行，到了一个村子……那儿正在办婚礼：年轻人在接吻，伴随着音乐声，客人们在喝烧酒。就像婚礼该有的样子。我们接到命令："铲去一锹深的表土……砍掉树木……"

开始分发武器，自动步枪。美国人进攻时才会这样……我们在政治教育中学过应对西方特工搞破坏的课程。晚上，我们把武器留在营地中间一个单独的帐篷里。一个月后，武器被收走了。没有见过一个破坏者，除了 X 射线……居里……

五月九日胜利日这天，来了一个将军。我们列队，接受节日的祝贺。队列里一个小子大胆发问："为什么要隐瞒这里的辐射？我们受到多少剂量的辐射？"将军走了以后，他被部队指挥官叫去，挨了一顿训斥："你这是挑衅！你在制造紧张气氛！"两天后，防毒面具发下来了，但是谁也没有戴。辐射计量器显示的数值超过正常值的两倍，但是我们谁也没有拿到这个设备。我们每三个月可以放假一次，回家两天。回家要办的就一件事：买酒。我背回来两大包酒，大家高兴得把我抛了起来。

回家之前，国家安全委员会的人找了每个人谈话，严肃告知我们：不得在任何场所与任何人谈论在这里看到的情况。我从阿富汗回来，我知道自己活下来了！而在切尔诺贝利，一切都相反：在你回家后，才慢慢地被杀死。

我回家了……而一切才刚刚开始……

* * *

我记住了什么……是什么刻在记忆里？

我带着几个辐射计量器操作员整天在村里转悠……遇到妇女，没有一个人给我们苹果吃……男人们不太怕，他们会带来烧酒和肥肉："来，一起吃点儿！"我们不好意思拒绝，但也不敢吃东西——那里面都是铯。所以我们就只喝一点儿酒，不要下酒菜。

白色的蘑菇在车轮下面嘎吱嘎吱作响，这正常吗？又肥又懒的鲶鱼在河里游动，一次抓五六条再正常不过了，这正常吗？除非……

在一个村子里，大家围着桌子吃烤羊肉……主人喝多了，说："这是一只小羊羔。我把它宰了，我实在不想看到它。真是太丑了！唉，丑到我都是吃不下去。"我喝干了一杯烧酒。说完这些话……主人笑了："我们在这里已经习惯了，这就像科罗拉多马铃薯甲虫一样。"

他们带着辐射计量器朝着房子走来……指针剧烈偏转……

* * *

已经过去十年了……如果不是生病，我早就把这些忘了，就像没有发生过一样。

应该报效祖国！报效祖国是件神圣的事。我领到了内衣裤、包脚布、靴子、肩章、帽子、裤子、衬衫、皮带、背袋。出发！他们交给我一辆卡车，叫我运水泥。我坐在驾驶室里，我以为铁皮和玻璃会保护我，其实并非如此……我们都是年轻小伙子，都没有结婚，都没有戴防毒面具……不，我记得一个人……一个年纪比较大的司机……他一直戴着面具。而我们，都没有戴。交通警察也没有戴。我们在驾驶室里，而他们站在辐射灰尘里，一站就是八个小时。给我们的工资很高：三倍工资加上出差补贴。但我们把钱都花了……买伏特加，我们知道，喝酒是有好处的。对受到放射性照射后，身体的保护性恢复，这是首选处方——它可以减轻心理压力。在战争时期，发给士兵每人著名的"人民委员"[01]一百克，这不是没有道理的。经常可以看到这样的画面：一个喝醉的警察在给一个醉酒的司机开罚单。

不要描写那些苏联英雄主义的奇迹了。它们确实存在过……奇迹！但是，首先是疏忽、粗心，其后才是奇迹。堵枪眼……用胸口挡住机枪……原则上不应该有这样的命令，但谁也不会去写这些。把我们扔到这里，就像是一把沙子撒在反应堆上……就像一包沙袋。每天都有新的"战绩"报道："他们以大无畏的自我牺牲精神投入工作。""我们坚持，我们胜利。"他们把我们美其名曰"士兵之火"……

他们给了我一枚奖章，还有一千卢布……

* * *

一开始，我们莫名其妙……感觉是军事演习……闹着玩的……然而这是真正的战争。核战争……我们不知道的是：什么可怕，

---

01 苏联卫国战争期间对分发给红军战士的白酒的戏称。——译者注

什么不可怕；什么危险，什么不危险。没有人知道，也不知道该问谁。那是真正的疏散……在车站，我们帮忙把孩子塞进车厢的窗口里……维持排队的秩序——售票处买票的秩序，在药店买碘酒的秩序。排队的人里有吵架，甚至动手的。有人把酒亭和商店的门打破，居民住宅窗户上的防护铁栅栏也被拆掉了。成千上万的居民在迁移……他们临时住在俱乐部、学校和幼儿园。来的人都是半饥饿状态，他们手里的钱很快就用光了。大家在商店里见什么就买什么……

我不会忘记那些为我们洗衣服的妇女。没有洗衣机，谁也没想到要把洗衣机搬过来。她们都是在用手洗衣服。都是妇女，而且是上了年纪的妇女。她们手上都打起了水泡，结了茧。我们的内衣不只是脏，还有几十伦琴的辐射……"小伙子们，吃一点儿吧……""小伙子们，睡一会儿吧……""小伙子们，你们还年轻……要保护好自己……"她们为我们担心，都在哭。

她们现在还活着吗？

每年四月二十六日，我们一群在那里待过的人都会重聚。我是说现在还留下来的人。我们回忆那段日子。我们是这场战争的士兵，曾经付出过。很多不好的东西遗忘了，而这些不会忘记，留了下来。不能没有我们……人们需要我们……我们国家的这种军事体系，总的来讲，在紧急情况下特别有效。在那里你是自由的，必不可少的。自由！俄罗斯人在那一刻显示出她的伟大！无与伦比！我们永远不会像荷兰或者德国那样，我们不会有平展的柏油路和修剪整齐的草坪，但我们这里永远不缺少英雄！……

* * *

我的故事……

听到召唤,我就去了。义不容辞!我是共产党员,一定要站在前列!情况就是这样。我在警察局工作,是高级警察。他们派我去,许诺再给我一颗"星"。那是一九八七年六月……本来应该先体检,但是我没有体检就被派走了。他们说,那里有个人拿了一张证明,说他有胃溃疡,于是他走了,由我来顶替他。情况就是这么紧急……(笑)当时就有不少流行的笑话:丈夫下班回来,对妻子抱怨说:"他们说了,明天就去切尔诺贝利,不然就把党证交出来。""可你不是党员啊?""所以我在想,我明天一早就得去领个党证。"

我们像军人一样出发了。他们从我们中间抽出人手组建了建筑队,还要建个药房。我去了以后,马上觉得浑身无力,只想睡觉,每天晚上还会咳嗽。我对医生说:"没事。就是觉得热。"他们从集体农庄送来了肉、牛奶、酸奶油,我们在食堂吃了,而医生一样也没有碰。食物做好了,他在检验单上签字说一切正常,其实他根本就没有去取样。我们都看到了,就是这样的情况。大家绝望了。后来又给我们送来了草莓,还有很多蜂蜜……

强盗出动了,他们见什么抢什么。我们把门窗都钉死,在集体农庄的办公室里查封了保险柜,关闭了农业图书馆,然后切断技术设备的电源,切断建筑物的电源,以免发生火灾。

商店被抢了,窗户上的栅栏被撬开。脚下都是面粉、白糖,糖果散落一地……银行被砸了……整个村子的人全部被搬迁到五至十公里以外的地方,村子里没有人管的东西统统归了他们。就是这样的情况……在我们看守期间,一个当过集体农庄主席的人带着当地村民来了,他们已经被迁移到别的地方,分到了房子,但他们还是返回这里收玉米,下种,把干草打成包。我们在干草包里找到了藏起来的缝纫机、摩托车、电视机。因为受了辐射,电视机已经不能看了……他们来跟你做交易:他们给你一瓶自酿烧酒,你得允许他们带走一个儿童推车。就这样交换拖拉机、播种机。一瓶……十瓶……没人对钱感兴趣……(笑)就像在共产主义社会一样,所有的东西都有价格:一桶汽油——半升烧酒,一件阿斯特拉罕皮大衣——两升烧酒,摩托车——你可以讨价还价……我待了半年就离开了,根据政府文件的工作时间表,期限就是半年,然后就会有人来接班。但是我们的时间还是多少延长了一些,因为波罗的海的部队拒绝前来。情况就是这样的……不过,我知道,所有能拆下来的,能拖走的,都被偷走了,运走了。中学化学实验室的试管都被偷走了……隔离区里的东西也被运出来卖掉……在市场上,在委托商店里,在别墅里,都能看到……

只有土地留在铁丝网里……还有坟墓……我们的过去——我们那个大国……

* * *

我们到达那里……换好衣服……

问题是:我们在哪里?"这是一场事故,"队长安慰我们说,"前段时间发生了一场事故。三个月以前的事了。不会有什么危险了。"中士说:"没有问题,只要饭前洗手就好。"

我的职责是操作辐射计量器。天一黑，就有小伙子开着车子到我们的值班岗跟前。他们会给我们钱、香烟、伏特加……只要我们允许他们进到里面去翻捡那些被没收的东西。他们把这些东西打成包裹，运到哪里去？大概是基辅，要不就是明斯克……那里的跳蚤市场……我们把剩下的东西，有衣服、靴子、椅子、手风琴、缝纫机，都埋到"大坟场"的沟里。

我回家了。有一天去跳舞，见到个喜欢的女孩：

"我们交个朋友吧！"

"你说什么？你现在是切尔诺贝利人。谁敢嫁给你？"

我又认识了一个女孩。我们亲吻，拥抱。发展到了谈婚论嫁的程度。

"我们结婚吧！"我说。

还是那个问题：你还想结婚？你不能……

我想离开这里……可是，我要是走了，父母怎么办……

* * *

我有我自己的记忆……

我是军官，警卫排排长……就像是一个"死亡区"的区长。（他笑着）对，你就这样写下来吧。

我们拦下一辆从普里皮亚季镇方向驶来的汽车。城市已经疏散，没有人了。"请出示文件！"他们拿不出来。车后面盖着一张大帆布。我们揭开帆布，我现在记得，下面有二十套茶具、一套组合家具，还有转角沙发、电视机、地毯、自行车……

我做了记录。

他们在运送应该埋入坟墓的牛。牛身上的大腿却不见了,早就被切走了。

我做了记录。

我们接到举报:有人在拆除废弃村子的房子。原木被打上了编号,正在往拖拉机上装。我们马上出发赶到出事地点,盗贼被抓住了。他们打算把原木运出去,盖成房子,卖掉。他们已经收了买主的预付金。

我做了记录。

成群的野兽在空荡荡的村子里乱跑。狗和猫守在自己家门口等待主人回来,看守着一栋栋房子。

你站在群葬墓旁边……一块块开裂的墓碑上写着死者的姓名:鲍罗廷大尉、安德烈上尉……一行行列兵的姓名排起来,就像诗歌一样……墓碑旁长满了纷乱的牛蒡、荨麻,还有叫不上名字的杂草……

我们来查看菜园子。主人看到我们,放下犁耙走过来:

"小伙子,别吵。我们已经签好了保证书:春天就走。"

"那为什么现在还要犁地?"

"现在是秋天,就该干秋天的活儿……"

"我明白了,但是我得做一下记录……"

* * *

去你们的吧……

我的老婆带着孩子走了。贱货！我不会像万尼亚·科托夫一样上吊的……也不会从七楼跳下去。贱货！我从那里带回来满满一箱子钱……可以买一辆车，给她买一件水貂皮大衣……那个贱货跟我在一起，一点儿也不害怕。（突然唱起来）

就算一千伦琴，也挡不住俄罗斯男人快活……

一支好听的小曲。你想听那里的笑话吗？（马上讲起来）有一位丈夫从核电站回家……他的妻子去问医生："我该怎么办？""你要把他洗干净，拥抱他一下，然后就别'用'他啦。"那个贱货！她害怕了，带着孩子走了……（他突然严肃起来）士兵们就在反应堆旁工作……我每天开车送他们上班，下班："伙计们，我数到一百。全体！前进！"我们所有人的脖子上都挂着一只辐射记录仪。等到下班我就把记录仪摘下来，交给"一科"，一个机密部门……他们把仪器上的读数记在我们每人的卡片上。至于到底接受了多少辐射量，那是军事机密。这些混蛋！过上一段时间，他们会告诉你："停！不能再干了！"所有医疗信息，就是在你离开的时候也不会告诉你。这些混蛋！现在他们在争夺权力……拎着公文包搞选举……你想再听一个笑话吗？切尔诺贝利事故之后，你什么都可以吃，不过你得把大便用铅包起来。哈——哈——哈……生命是美好的，但也是短暂的……

我们怎么治病？我们手里什么文件也没有。我去找过……询问过若干个上级机关，我得到三个回答：一是，文件的保存期是三年，早就被销毁了；二是，文件是在军队改革，裁减部门那一时期销毁的；三是，文件有放射性，所以被销毁了。也有可能，他们销毁文件，是不想让人知道真相？我们就是见证者，但是我们很快就要死了……有什么可以帮助我们治病吗？我现在就一个要求：告诉我，我在那里受到了多少辐射？我要告诉我那个贱货……我要让她看看，我们可以在任何条件下生活，我们会结婚，生孩子。

而我……一个清理员的祈祷是："主啊，如果你做的是我无力改变的，那你就让一切好起来吧。"他妈的！去你们的吧！

* * *

开始了……这一切就像侦探小说般开始了……

午餐的时候，电话打到了工厂：根据文件的指示，要求预备役人员到市征兵办公室报到，而且是紧急通知。征兵办公室已经聚集了许多人，大尉见到我们，对每个人说一遍："明天去克拉斯诺耶村，参加军训。"第二天早上，全体预备役人员都在征兵办公室大楼旁集合。他们拿走了我们的公民证和兵役证，送我们上了大轿车。我们不知道被送到了什么地方。再也没有人提过军训的事，陪同我们的军官对所有问题保持沉默。"弟兄们！会不会是去切尔诺贝利？"一个人在猜。军官命令道："闭嘴！危言耸听，要上战时军事法庭。"过了一会儿，他又解释说："我们处于戒严状态。任何多余的话都不要说！谁让祖国受损失，谁就是叛徒。"

第一天，我看到了远处的一座核电站。第二天，它四周的垃圾已经被清除了……用桶拉走了……清洁工人用普通铁锹铲，用扫帚扫，用刮刀刮。当然，铁锹应该用来对付沙子和砾石，而不是垃圾——这儿什么垃圾都有：薄膜碎片、钢筋、木材和混凝土。人们开玩笑说，这是用铲子对付原子。二十世纪，拖拉机和推土机早就投入使用了，可以无人驾驶，可以无线遥控，而我们却在用手动工具清除残渣，还要呼吸这些尘埃。我们执勤一个班次要换三十个面具——俗话叫作"嘴套"。它使用既不方便，也不能起到完全防护作用。人们经常就把它扔到一边……带上它，呼吸都困难，尤其是夏天，太阳底下更是无法忍耐。

在那之后……还要再加三个月军事训练，瞄靶射击，学习使用新的武器，模仿发生核战争的情景……（讽刺）我记得……他们没给我们换衣服。我们就穿着军便服和靴子，在反应堆附近演练。

对了，他们还让我们签字……不许公开……我没有作声……即使让我说，我又能告诉谁？我退伍以后立即就成了二级伤残。那年我二十二岁，在工厂工作。车间主任说："不许请病假了，不然你就走人！"结果他们真的让我下岗了。我去找厂长："你们没有权力这样做。我去过切尔诺贝利，我救了你们，保护了你们！""我们又没有派你去那里。"

夜里我醒过来，听到妈妈在说："儿子，你怎么一句话也不说？你没睡着，你睁着眼睛躺在床上。灯都开着……"我没作声……谁会听我说话？谁能用我可以回答的方式跟我说话……用我的语言……

我很孤独……

* * *

我现在不怕死……不怕死本身……

但我不知道自己会怎么死……我的一个朋友死时全身肿得像个水桶……我的一个邻居也去过那里，开起重机。他死时像黑炭一样黑，缩得就像个孩子那么大。我不知道我会怎样死……如果我要死，就要正常的死，不要切尔诺贝利式的死。我自己的判断，我肯定活不了多久了。我准备好了，感觉子弹射入脑门的那一刻。我去过阿富汗……那里死得容易些……被子弹打死……

我是自愿去阿富汗的，也是自愿去切尔诺贝利的。我自己要求去的。我去普里皮亚季镇工作。城市被两道带刺的铁丝网围着，就像国家边界一样。整洁的楼房和街道上覆盖着一层厚厚的沙土，还有被砍倒的树木……就像科幻电影里的画面……我们执行上级的命令——清洗城市，更换掉被污染了的土层——二十厘米深度的沙土。无休止的工作。就像在战场。我留下了关于控制总工程师列昂尼德·托普图诺夫的报道剪报……那天夜里他在电站值班，爆炸前几分钟他按下了紧急保护的红色按钮，但按钮无效……他被送到莫斯科医治。"想要救他，需要另外一副完整的身体。"医生耸耸肩。托普图诺夫全身上下只剩下背上一处没有辐射点。他被埋葬在莫斯科米京公墓。棺材里放了金属箔……周围浇筑了厚达五十厘米的混凝土，上面再加盖一层铅板。他父亲站在旁边哭……走过的人说："是你的混蛋儿子引爆了电站！"而他不过是一个操作者……他就像一个外星人那样被埋葬了……

我宁愿死在阿富汗！说实话，这是大多数人的想法。那里的死是正常的死……死得明白……

* * *

从直升机上往下看去……

地上有鹿，野猪，在走动。那么瘦弱，困倦，好像还没睡醒，动作很慢，就像电影里的慢镜头……它们在吃草，在这里长大，在这里饮水。它们不会理解，它们也得离开。和人们一起离开……

去，还是不去？飞，还是不飞？我是共产党员，我怎么能不飞？两个领航员拒绝了，他们说，他们的妻子还年轻，还没有孩子。结果，他们遭到了别人的羞辱，他们的职业生涯结束了。到那里去关乎男人的荣誉！诚实地说，这种激情，他没有，而我有。但是现在我的想法变了……在经历九次手术，两次心脏病发作之后……现在，我不去评判任何人，我理解他们。都是年轻人。但我还是会去……这是肯定的。他不去，我去。这就是男子汉！

从地面到高空……飞行器数量之多令人惊讶，有重型直升机、中型直升机……米格—24，这是武装直升机……军用直升机在切尔诺贝利能干什么？还有米格—2歼击机，很多年轻的飞行员……站在反应堆旁边的森林里，吸收辐射。那是命令！军事命令！但是为什么要把这么多人送到这里来接受辐射？为什么？（大叫）这里需要的是专家，而不是人体。从上空俯视，一切都清晰可见，损毁的建筑物，满地瓦砾碎片……还有密密麻麻的不大点儿的人形。一台东德的起重机停在那里，已经坏了，它在屋顶上运行没多久就坏了。机器人都失灵了……我们的机器人，由卢卡切夫院士为火星探索设计的机器人；外形与人相似的日本机器人……显然，所有机器人内部都被强烈的辐射烧坏了。而身穿橡胶外套，戴着橡胶手套的士兵还在那里跑来跑去……从天空向下望去，他们那样矮小……

我记得……我想过要怎么告诉儿子发生了什么……我回来以后，儿子问："爸爸，那儿怎么了？""发生了战争。"我找不到别的词儿……

第二部分

被造者的花环 人民的合唱

115

古老的
预言

　　我的小女儿……她和其他人不一样……她长大以后，会问我："为什么我和别人不一样？"

　　她生下来的时候……就不像个婴儿，而是像个肉口袋，浑身上下没有一条缝儿，只有眼睛睁着。医疗卡上写着："女孩，患有多重先天综合性畸形：肛门发育不全、阴道发育不全、左肾发育不全……"这是科学上的说法，说白了就是：没有撒尿的地方，没有屁眼，只有一个肾……第二天我抱着她去做手术，她生命的第二天……她睁开眼睛，似乎微笑了一下，可我起先以为她想哭呢……哦，上帝啊，她居然笑了一下！

　　其他像她一样的孩子都活不了，别的孩子马上就死了。她没死，因为我爱她。她四年里做了四次手术。她是白俄罗斯唯一患有这种综合性畸形还活下来的孩子。我非常爱她。（停顿）我再也不生孩子了。我不敢生。我从产院回到家后，丈夫半夜吻我，我却浑身颤抖——我们不能要孩子啊……罪孽……恐惧……我听到了医生之间的交谈："有个小姑娘生来不能穿衣服，而要穿盔甲。要是在电视播一下，就没有一位妈妈敢再生孩子了。"他们说的是我家闺女……在这以后，我们还如何相爱？！

我去了教堂，将这一切告诉神父。他说要赎罪。可是我家没杀过人……我何错之有？一开始我们村也要疏散，但后来从名单中划掉了，因为国家没钱。我就在这时恋爱，嫁人。我不知道，我们这里不能相爱……我奶奶多年前在《圣经》里读到，有一个时期，大地上会处处丰饶，万物开花结果，河中有很多鱼，林中满是动物，但是人类却不能利用这些。人不能繁衍生息，不能传宗接代。那时我听到这个古老的预言，把它当作可怕的童话，我还不相信。

请把我小女儿的事告诉所有人。请你写吧。她四岁，会唱歌、跳舞，还会背诗。她的智力发育正常，跟其他孩子没有区别，只是她玩的游戏和别人不同。她不玩"逛商店"和"去上学"，她只玩抱娃娃"去医院"：给他们打针、量体温、输液，有个娃娃"死了"，她就给娃娃盖上白单子。我和她在医院住了四年，我不能把她单独留在那里，结果她不知道人是该住在家里的。我带她回家两个月，她就问："我们是不是很快就能回医院了？"她住在那里，长在那里，朋友也在那里。医院为她做了人工肛门……还在做人工阴道……最后一次手术后，遗尿完全没有了，导尿不成功——得再做几次手术。但是他们建议今后在国外做手术。我丈夫每个月只挣一百二十美元，我们去哪弄好几万美元去国外治病？一位教授悄悄给我出主意："科研人员会对你们孩子这种病有兴趣的。给国外医院写信吧，他们应该会感兴趣。"

于是我就写信……（忍住不哭）我写到，每隔半个小时我就得用手挤尿，尿液通过小孔流入阴道。倘若不这么做，她唯一的肾脏就会停止运转。世界上哪有这样的孩子，每隔半个小时要用手挤尿？这样能撑多久？（哭）我不让自己哭……我不能哭……我到处求救，写信：请把我女儿接走，哪怕是用作试验……为了科研……把她当作实验的青蛙，做实验的兔子我都同意，只要她能活下来（哭）我写了几十封信……哦，主啊！

　　她现在还不懂，可早晚她会问我们，为什么她跟别人不一样？为什么男人不能爱她？为什么她不能生孩子？为什么发生在蝴蝶……发生在小鸟……发生所有动物身上的事情，在她身上却永远不会发生……我想，我本应该证明……我想取得一份证明文件……以便她长大以后知道：这不是我和丈夫的错……不是我们相爱的错……（忍住不哭）我和他们斗争了四年……与医生斗，与官僚斗……我在高层领导办公室得到了接待……四年之后我才得到了一份证明，证实电离辐射（小剂量）与她可怕的畸形有关联。我被拒绝了四年，他们一直跟我说："你们的女儿是先天性残疾。"她哪里是先天性残疾啊？她是切尔诺贝利的受害者。我研究过家谱，我们家族中从没发生过类似的事情，所有人都活到八九十岁，我爷爷活到九十四岁呢。但医生说："我们是按指令办事。我们将类似的情况视为普通疾病。到二三十年之后，积累了一定的数据时，我们才能证明病情与电离辐射的关联，与小剂量辐射的关联……与我们在地球上的吃喝的关联……但医学和科学对此暂时还知之甚少。"但我不能再等二三十年了，那是半辈子啊！我想告他们……告国家……他们说我是疯子，嘲笑我，还说古希腊和古代中国也有过这样的孩子。一位官员大声对我喊道:"你是想要切尔诺贝利特权!想要切尔诺贝利补贴!"我怎么没晕倒在他办公室里啊,我怎么没心脏爆裂死在那里……但我不能……

有一件事他们不理解……也不想理解……我需要知道我和丈夫错在哪里……需要知道这不是我们相爱的错……(转向窗户,轻声哭泣)

女儿在长大……无论如何她是女孩……我不想透露她的姓名……就连我们同楼层的邻居都不知道。我给她穿裙子,扎辫子:"你们的卡坚卡真漂亮,"他们对我说。可我自己却奇怪地打量着怀孕的女人……我不是在打量,而是好像从远处,从角落里窥探……我的内心五味杂陈:惊异和恐惧,嫉妒和高兴,甚至愤恨。我竟然还会怀着这样的情感打量邻居家怀孕的狗,还有巢中的雌鹳……

我的女儿……

——拉里莎,母亲

月下
风景

我突然感到疑惑，怎么做才好：铭记还是遗忘？

我问熟人……有些人已经遗忘，另外的人则不想记住，因为我们什么都不能改变，甚至不能离开这里……

我所记住的是……事故发生后没几天，图书馆有关辐射，有关广岛和长崎，甚至有关射线的书都不翼而飞了。传言说那是上级指示，为了不散布恐慌，为了我们能沉着冷静。甚至还有一个笑话，说要是切尔诺贝利是在巴布亚新几内亚那边爆炸，全世界都会恐慌，但巴布亚人除外。

我们没有得到任何建议，任何信息……有些人有本事，弄到了碘化钾药片（我们市的药房没有，他们是通过很硬的关系搞到的），后来出了这种事情：有人就着一杯酒精吃下了一大把药片，结果被急救车送进医院，才把药片排出来。

第一批外国记者来了……第一个电影摄制组……他们身穿塑料防护服，头戴防护盔，脚踩橡胶靴，戴着手套，就连摄影机都有特殊的套子。而我们的姑娘，女翻译陪着他们，她只穿着夏天的连衣裙和凉鞋……

人们相信每一个印出来的字,尽管谁也没有讲出实情。一方面是隐瞒,另一方面大家对一切都可以心领神会,从总书记到看门的都是如此。后来出现了一些征兆,大家都跟踪观察:只要城里和乡下还有麻雀和鸽子,人就可以在那里生活。蜜蜂在采蜜——也说明干净。出租车司机开车时,发现鸟儿像瞎了一样撞玻璃,直到撞死。他不理解,这些鸟是疯了吗?或者是没睡醒……也有点儿像是自杀……他下班后,为了忘掉这些,便坐下来和朋友们喝酒。

我还记得出差回来的情形……我看到路两侧月光下的风景……铺满白云石的田野伸展到地平线尽头。被污染的表土已被铲除和掩埋,取而代之的是白云石沙粒。我感觉这里不是地球……我不是在地球上……我被这种景象折磨了很久,还尝试着写了一部短篇小说。我想象这里一百年以后,要么是人,要么是某种其他的生物,它用四肢跳跃,用两条颀长的后腿跪着后退,它在夜晚用第三只眼看一切,唯一的耳朵长在头顶,甚至听得见蚂蚁的奔跑。只剩下蚂蚁了,天上地下的飞禽走兽都死了……

我把小说投到杂志。他们答复说,这不是文学作品,而是恐怖故事。当然我写东西没有天分,但我怀疑还有另一个原因。我想,为什么很少有人写切尔诺贝利?我们的作家就会不停地写战争,写集中营,对这里却不言不语,只出版了屈指可数的几本书。您觉得这是偶然的吗?事件至今在文化之外。对于文化的创伤,我们唯一的回答就是沉默。我们就像小孩那样闭上眼睛,心里在想:"我们已经藏起来了。"我们看到了某种未来的东西,它超出了我们的情感,超出了我们的感受能力。当你跟一个人聊起切尔诺贝利时,他就开始跟你倾诉,并且感谢你听他讲述。然而我无法理解他讲的,尽管我确实听了。其实他自己也不明白……就像你一样……我再也不读科幻小说了……

所以,怎么做才好:铭记还是遗忘?

——叶夫盖尼·亚历山大罗维奇·布罗夫金,国立戈梅利大学教师

看到耶稣倒下
就牙疼的证人

我那时正在想别的事……您大概会觉得奇怪……那时候我正要和妻子离婚……

突然有人来了，发了通知书，还说，车子已经在下面等着了。就像是特别的"沃伦诺克"[01]，就像一九三七年……夜里把人带走。从床上，从暖和的被窝里。后来就不用这种方式了，因为妻子们不开门或者就扯谎，说丈夫们在出差，在度假，在乡下父母家。他们想发通知书，但她们不接。于是他们开始在班上，在街上，午饭时间在工厂的食堂抓人。就像一九三七年……

当时，妻子背叛了我，别的事情都已经不重要了。我坐进"沃伦诺克"……带我的两个人身穿便装，但一副军人做派，他们走在旁边，显然是怕我逃跑。我坐进汽车里的时候，不知为什么想起了美国登月宇航员，其中一个后来当了神甫，另一个似乎发了疯？我看过报道，说他们似乎在哪里看到了城市的残骸，某种人

01　沃伦诺克，指苏联时期装载犯人的汽车。——译者注

类的痕迹。我的记忆中掠过报纸上的片段：我们的核电站绝对安全，可以建在红场上，建在克里姆林宫旁边，比茶炊还安全。它们就像繁星，我们用它们"点亮"整个地球。可是妻子离我而去……我满脑子都是这个……我好几次想自杀，吞下药片不想醒来。我们上的是同一个幼儿园，在同一所学校上学……在同一所大学……

（沉默，抽烟）

我这么跟您说吧……对作家而言，那里没什么英雄事迹可写。我曾有过这样的想法：现在又不是在打仗，为什么别人跟我老婆睡觉的时候，我就得去冒险？为什么是我，而不是他？坦白地说，我在那里没见过英雄。我见过不要命的疯子，但那全是争强好胜，一点儿用也没有。我也得到了奖状和感谢信……但这是因为我不怕死……我无所谓！这甚至是一条出路。还会得到厚葬……国家出钱……

在那里就像置身奇幻世界，是世界末日和石器时代的结合。我的内心赤裸裸的，对一切都十分敏感……我们搭帐篷住在距反应堆二十公里的树林里，就像在打游击。这群"游击队员"是一些临时召集起来参加军训的人，年龄从二十五岁到四十岁，很多人受过高等教育或中等职业技术教育，而我，我是一个历史教师。没发冲锋枪，却给我们发了铁锹。我们要掩埋垃圾场和菜园子。村里的女人盯着我们看，在胸前划十字。烈日灼人，我们却戴着手套、防毒面具，穿着防护服，活像外星人……我们像魔鬼一样来到他们的菜园子里。他们不理解，我们为什么要挖掉他们的田垄，拔掉他们的大蒜和卷心菜。那些不就是大蒜和卷心菜吗？婆娘们一边画十字，一边大声问："兵娃子，怎么回事啊，世界末日了吗？"

农舍里炉火正旺，炖着肥猪膘。你用辐射测量仪一量：那不是炉子，而是一座小反应堆。"请坐吧，孩子们，坐到桌前来吧，"他们招呼我们，我们只能谢绝。他们又说："我们还有二两酒的，请坐吧，说说话。"说什么呢？消防员在反应堆踩着软化了的燃料，它们在发光，可他们却不知道那是什么。我们又上哪里去知道？

我们是以班为单位走过去的，一个班只有一台辐射剂量检测仪。但是不同的位置辐射强度不同：我们中有人在两伦琴的地方工作，另一些人在十伦琴的地方。一方面，我们像囚徒一样没有权利；另一方面，我们又很害怕，很疑惑。但我不害怕，我只是冷眼旁观……

专家小组坐直升飞机来了。他们穿着特制的橡胶服装，高筒靴，戴着防护眼镜，像宇航员……一位农妇走到一个人跟前："你是谁？""我是专家。""呵呵，你是专家啊！看看你包成什么样了，还戴着面具。可我们呢？"她举着棍子追他。我脑海里不止一次闪过这样的念头，有朝一日学者都会被一网打尽，就像中世纪巫医被人抓去溺死一样，要不就是架在火堆上烧死。

我见过一个人，人们当着他的面埋了他的房子……（站起身，走向窗口）只剩下一个土堆……露着大橡子。我们填了井，毁掉了园子……（沉默）我们掩埋了土地……把它切成碎块，裹在大塑料布里……我跟您说过的，什么英雄事迹也没有……

我们晚上很晚才回来，因为一天要工作十二个小时。也没有休息日，休息只能在半夜。有一天晚上，我们坐在装甲车里，看到有个人走在空落落的村子里，开近了一看，原来是个肩上扛着地毯的年轻人，不远处还停着一辆"日古利"轿车……我们停了车。他的后备厢里塞满电视机和揪下来的电话。装甲车掉过头一撞，"日古利"就像罐头瓶一样被挤扁了。所有人都没说话……

我们埋葬了树林……把树干锯成一米半长短的木桩，用塑料薄膜包上，抛入掩埋坑。晚上我睡不着，我一闭上眼睛，就会看到有个黑乎乎的东西在扭动、翻滚……像是一种动物……在地球的生物圈中，有甲虫、蜘蛛、蚯蚓……我一个也不认识，也不知道它们的名字……就知道是甲虫、蜘蛛、蚯蚓。它们有大有小，有黄有黑，颜色各异。我读过一位诗人的诗，说动物是另一种人类。我杀了它们，有数十、数百、数千只，我甚至不知道它们叫什么。我毁掉了它们的家园，它们的秘密。我们埋呀，埋呀……

我喜欢列昂尼德·安德烈耶夫[01]，他写过一则关于拉撒路的寓言。他望了一眼不该看的魔鬼，结果他就成了一个陌生人，他再也不能成为人群中的自己人了，虽然是基督让他复活的……

也许，这就足够了？我知道，你们没有去过，所以总是好奇。有一种切尔诺贝利在明斯克，另一种在隔离区，第三种则在欧洲的某个地方。隔离区内的漠然令人震惊，人们就是那样谈论着灾难。我们在一片死寂的村里遇见一个鳏居的老头。我问他："你不害怕吗？"他回答说："有什么可怕的？"人不能总沉浸在恐惧中，不能这样，过一段时间，就要开始普通人的生活……正常的生

---

01 列昂尼德·安德烈耶夫（1871—1919），俄国白银时代小说家、戏剧家。——编者注

活……男人喝伏特加、打牌、追女人，很多人谈着钱。但是人们不是为了钱而在那里工作，很少有人是为了钱。工作只是工作而已。让他们去工作，他们就去工作，问也不问。他们会幻想着升职，会干点儿偷奸耍滑、顺手牵羊的事，希望得到承诺中的优惠：不用排队就能得到住房，搬出简易房，安顿孩子上幼儿园，买汽车。我们中有个人胆怯了，害怕走出帐篷，还穿着自己缝制的橡胶衣睡觉。胆小鬼！他被开除出党时喊道："我要活命！"什么人都有……我在那里还见过一些自愿来的女人。但她们遭到了拒绝，他们对她们解释说，这里需要的是司机、钳工、消防员，可她们还是来了。什么人都有……有成千的志愿者，大学生志愿者分队和用特殊的"沃伦诺克"送来整晚看守预备役的人。人们为灾区捐助物资，汇款给受难者基金会，数百人无偿捐献血液和骨髓……但在那个时候，什么都可以用一瓶伏特加买到。奖状、假条……一位集体农庄主席给辐射检测专家分队送来一箱伏特加，希望不要把他的村子写进疏散名单里；另一位也送来了一箱伏特加，想让他的农庄迁走，因为有人已经承诺给他一套明斯克的三居室住房。没有人相信辐射测量结果。这是司空见惯的俄罗斯式的混乱。我们就这样生活……某件物品被注销了，实则是被卖掉了……一方面，这些事情很让人厌恶；另一方面……他妈的，你们都去死吧！

上面派来了大学生，让他们拔田里的野滨藜，割麦秸。其中有几对小两口，年纪轻得很，他们走路还牵手呢。这可不应该让我们看见。这些地方那么漂亮！那么壮美！正是因为它漂亮，这就更可怕了。他们应该马上从这儿离开，像凶手那样逃跑，像罪犯那样逃跑。

每天我们会收到报纸。我只看标题:"切尔诺贝利——建功之地","反应堆被战胜了","生活还在继续"。我们有副政委,他组织了政治学习。他们告诉我们,我们会取得胜利。战胜谁?原子,物理,还是宇宙?对我们而言,胜利不是事件,而是过程。生活就是斗争。这就是我们酷爱洪水、火灾、地震的原因,我们需要一个用武之地,以便"表现勇敢精神和英雄主义",以便对着旗帜宣誓。副政委读了报纸上"关于高度的觉悟和精准的组织性"的简讯,上面说灾难仅四天后,红旗就已经飘扬在四号反应堆的上空了。但反应堆一直在燃烧,几个月后高强度辐射便吞噬了红旗。之后旗帜重新竖起,再后来又是新的……他们把旧旗子撕碎了留作纪念,塞进呢子大衣里贴着心脏的地方,然后送回家……骄傲地拿给孩子看……再把它埋起来……英雄主义的疯狂!可我也是这样的人……我也好不到哪儿去,我想象着士兵登上反应堆的屋顶……那些抱定必死信念的人。可是他们心中充满了情感……第一是责任感,第二是爱国之情。试问,这是"苏联教"吗?那时候如果交到我手里一面旗帜,我也会爬上去。为什么?我说不上来。当然,这也不是我当时不怕死的唯一原因……老婆甚至没给我寄过信。半年没有一封信……(他停下了)

您想听个笑话吗?有个犯人越狱了,藏在距离反应堆三十公里的区域内。他被抓住了,带到辐射检测员那里。检测仪的指示灯爆闪,结果他既不能回监牢,也不能去医院,更不能见人了。(笑)我们那里喜欢幽默,黑色幽默。

我到那里的时候，小鸟还在窝里，离开的时候，苹果已经落在雪地里。我们来不及掩埋一切……我们以土埋土，里面还带着甲虫、蜘蛛、蠕虫……带着这些"另一种人类"，还有它们的世界。我最强烈的印象就是这个……它们那里的世界……

我跟您什么也没讲……都是些片段……列昂尼德·安德烈耶夫还写过一个故事：耶路撒冷有个人，从关押基督的那间房子经过时，看见了一切，也听到一切，可是那时他牙疼。他眼看着基督背十字架的时候跌倒并大声喊叫，他看到了这一切，可是他牙疼，他没有跑到街上去。两天后他的牙不疼了，有人告诉他基督复活了，他就想："要知道我本来可以亲眼见证，可我牙疼来着。"

难道事情历来如此？人总是配不上大事件，它从不使人胜任。我父亲在 1942 年参加了莫斯科保卫战。直到数十年之后，他才从书里、从电影中理解他所参与的事。而他只记得："我坐在战壕里，射击。爆炸弄得我们浑身是土。卫生员们把半死的人拖出来。"这就是他的全部描述。

就是那时候，妻子抛弃了我。

——阿尔卡季·菲林，清理员

"行走的骨灰"和
"说话的泥土"

霍伊尼克猎人、渔夫志愿者协会主席维克托·约瑟福维奇·维尔日科夫斯基与两位不愿透露姓氏的猎人——安德烈和弗拉基米尔。

——我第一次杀了一只狐狸……是我小时候;第二次是一头母驼鹿……我发誓,我再也没有杀过母驼鹿,它们的眼神是那么的意味深长……

——只有我们,人类,明白事理,而牲畜就是活着,鸟儿也一样……

——秋天,狍子特别敏感,要是风从人这边刮来,那就完了,你根本无法接近它。而狐狸,它们很狡猾。

——以前有一个人经常在这里游荡……他好喝酒,给所有人上课。他在哲学系学习过,后来还坐过牢。你在隔离区遇见的人,从来不会跟你说实话,或者很少说实话。可这位,是个绝顶聪明的哥们儿……"切尔诺贝利,"他说,"是为了制造哲学家。"他管动物叫"行走的骨灰",管人叫"说话的泥土"。之所以叫"说话的泥土",是因为我们是泥巴捏成的……

——隔离区对人有吸引力……就像磁石,我来给你说一说。嘿,不管谁在那里待过,他的灵魂都会被吸引……

——我读过一本书……书上说这世上曾有过与鸟儿和野兽说话的圣人。可我们以为它们不懂得人类。

——我说,小伙子们,得按顺序来……

——主席,您讲您讲。我们抽口烟。

——事情是这样的……我被叫到区执委会:"听着,主席猎手,隔离区留下很多家养宠物——猫啊、狗啊,为了预防传染病,得把它们都杀了。行动吧!"第二天,我把所有猎手都叫来了。我告诉他们,要这样做……谁也不想去,因为没有发放任何护具。我找过民防部门——他们什么也没有,一件防毒面具都没有。我只能去水泥厂取口罩。只有那么薄的一片,是挡水泥粉尘的……我们还是没有防毒面具。

——我们在那里遇到了士兵。他们蒙着面罩,戴着手套,坐着装甲车,可我们呢,穿着衬衫,鼻子上就蒙块布。我们就穿着这样的衬衫和靴子转身回去了。回家了。

——我把猎人分成两支小队……还找到了志愿者。两支小队,二十人一队,每个小队配备了兽医和卫生防疫站的人,还有挖掘机和自卸卡车。遗憾的是,没有防护装备,他们就没考虑到人……

——不过给我们发了奖金——三十卢布。一瓶伏特加在那个年代卖三卢布。我们用酒来消除污染……也不知道从哪里讨到个方子:鹅粪就一瓶伏特加,坚持喝两天就行了。知道吗,我们的男人没遭罪……您还记得歌谣吗？有好多呢。

"'扎波罗热人'——不是小汽车，基辅人——不是老大哥。你要想当爹，蛋子裹铅袋。"哈哈……

——我们乘车在隔离区走了两个月，我们区有一半的村子都疏散了。好几十座村子：巴巴钦、图尔戈维奇……我们第一次来的时候，还看到狗在自家房子周围跑来跑去，看护家院，等着主人回来。狗看见我们，很高兴，迎着人声跑……他们在迎候……而人朝着房子、柴棚和菜园开了枪。然后将它们拖到马路上，用自卸卡车运走。这当然是一件不愉快的事情。它们无法理解：我们为什么要杀它们？杀戮很简单。全是宠物……它们没有对武器的恐惧，更不怕人……它们会迎着人声跑……

有一次在空房子里，我看到有一只乌龟在爬……有些房子里有水族箱，里面有鱼……

——我们没有杀乌龟。就算你用吉普车前轮去碾乌龟，龟甲也扛得住，不会爆裂。当然，人们喝醉了以后才会这么干，用前轮去碾乌龟。

——院子里，笼子门大敞……兔子四处跑……河狸鼠还关着，我们把它们放了出来，旁边要是有水——湖泊、小河，它们就会游走。为了赶时间，一切都被匆忙地抛弃了。这都是因为疏散的命令："三天之内撤离。"女人喊，孩子哭，畜生叫。人们哄骗小孩儿："我们去看马戏。"人们以为还能回来，他们没想到"永远"这个词。

嘿，我跟你们说，当时就和战争状态一样……猫瞪着眼睛看，狗在号叫，它们往大轿车上冲。有杂种狗，还有纯种的牧羊犬……

士兵们连踢带打地将它们拖走。它们久久地跟在汽车后面奔跑……疏散……太可怕了！

——这种事情，在日本的广岛也发生过，是全世界最早的。就是说……

——我们得到了开枪的机会，而且是对奔跑的动物，这给人带来了狩猎的亢奋。我们喝完酒就出发，而且这还能算作工作日，给发工资。为这样的工作完全可以加薪。酬金是三十卢布，但这已经不是在共产党人那里挣的钱了。都已经变了。

——事情是这样的……一开始房子都是封着的，有铅封。我们没有撤掉铅封。猫坐在窗子后面，你怎么捉它？我们就没动它。后来劫匪爬进去了——门被打掉了，窗户被砸烂了，所有东西被洗劫一空。刚开始丢的只是录音机、电视机、皮毛制品，后来就什么都拿光了，只有铝制的勺子扔在地板上。活下来的狗住进了楼房……如果你走进去，它们会向你扑来……它们已经不再相信人类……那次我走进一间屋子，屋子中央有一只母狗，四周围着小狗崽。是不是很可怜？我当然也觉得不舒服……我比较了一下……事实上我们做的事就跟宪兵差不多，就像是参加战争。那是根据制订的方案执行的军事行动……我们也是参加者，将村庄围起来，狗听到第一声枪响，便开始狂奔，往树林里狂奔。猫更机灵，它们更会藏。一只小猫钻进了瓦罐，我把它摇晃出来了……我们还从炉子里把猫抓出来……这感觉不舒服……你在房子里，而猫就像子弹一样掠过你的靴子，你拎着猎枪在它后面追。它们又瘦又脏，毛都打了绺。一开始还有好多蛋，是母鸡下的，狗和猫就吃蛋，蛋没了，它们就吃鸡。狐狸也吃鸡，狐狸已经在村子里和狗生活在一起了。后来鸡没了，狗就开始吃猫。有时候，我们会在柴棚里找到猪……我们把它们放出来……地窖里什么都有：酸黄瓜、腌西红柿……我们打开来丢进食槽里。我们没有杀猪……

——我们遇见一个老太婆……她把自己关在农舍里：她有五只猫和三只狗。"别杀狗，它也是人。"她不交出它们……她咒骂我们。我们强行进去把猫和狗抢走，但是给她留下了一只猫和一只狗。她还是骂我们："土匪！狱吏！"

——哈哈……"拖拉机耕地山脚下，反应堆燃烧在山头。要是瑞典人不说，我们就耕地耕到老。"[01]哈哈……

——空空荡荡的村庄……只有炉子立在那里。在哈丁村，有一对老头儿和老太太住在那里，就像在童话里一样。他们不害怕。换了别人早就疯了！夜晚，他们点燃老树根。狼群怕火。

——还有这么一件事……我一直不理解，村里的味道从哪里来。距离反应堆六公里的马萨雷村……就像透视室里的味道，一股碘酒味，有点儿酸酸的……可有人说，辐射没有味道，我不知道。在那里，我顶着脑门开枪杀狗……母狗躺在屋子中间，小狗崽围在一旁……我一进去它就扑向我，我立即开枪……小狗崽舔着爪子，想和人亲近，我只能顶着脑门射杀它……唉，有一只黑色的卷毛狮子狗……我现在还可怜它。我们把它们装了满满一卡车，连车

---

01 切尔诺贝利核电站发生爆炸后，苏联政府没有公布消息。直到瑞典发现大气中放射物含量过高，事件才公诸于世。——编者注

顶上都是猫狗。我们把它们拉到"坟地",坦白地说,就是一个普通的深坑。尽管按说应该在没有地下水的地方挖坑,并用塑料布铺坑底,还得找地势高的地方……但您知道,这事做得没一个地方不违规:没有塑料布,也没有花时间选地方。它们没被完全打死,有些受了伤,还在惨叫……哭泣……我们把它们从自卸载重车倒进深坑,可那只卷毛狮子狗拼命往上爬,还爬了上来。当时谁都没有子弹,没法打……一颗子弹都没有……人们又把它推回了深坑,用土埋了起来。至今我还觉得它可怜。

猫比狗少多了。也许它们都跟着人走了?还是它们都藏起来了?有很多家养的卷毛狮子狗,它们被宠坏了……

——最好从远处开枪,免得跟它们眼神交汇。

——要想打死,就得学会一枪毙命,不然还得补一枪。

——我们是人,明白事理,它们只不过是活着。"行走的骨灰"。

——马……把它们牵去屠宰……它们会哭……

——我还要补充一点……所有生命都有灵魂。父亲从小就教我打猎。当时,那只狍子受了伤,躺在那里……它想让人可怜它,可你却要打死它。它在最后一刻明白过来,眼睛里几乎有了人类的目光。它恨你,或者是在哀求:我也想活!想活!

——我告诉你们,活活把他们打死比开枪杀死还要坏。狩猎是运动,一项运动形式。为什么没有人骂渔民,所有人都骂猎人,这不公平!

——狩猎和战争,是男人的主要活动,自古以来就是这样。

——我不敢跟儿子,跟小孩子说……我到过哪儿,做了什么。

他直到今天还以为爸爸去保家卫国了，曾坚守在战斗岗位上，就像电视里演的那样：军事装备，还有很多士兵。儿子问我："爸爸，你也像士兵一样吗？"

——一位电视台的摄影师与我们同行……记得吗？他一直扛着摄像机。他哭了。他是个男子汉，可是他哭了……他一直想看看三只头的野猪……

——哈哈……有个笑话，说狐狸看见圆面包滚过树林。"圆面包，你要去哪里？""我不是圆面包，我是切尔诺贝利的刺猬。"哈哈……正如他们所说……原子和平地走进了每个家庭！

——我跟您说，人死的时候跟动物一样。我见过好多次了……在阿富汗……我被伤到了肚子，躺在太阳底下，热得难以忍受，只想喝水！我想，我要像畜生一样死了。我跟您说，血流得都一样，就和动物一样。疼痛也是。

——和我们在一起的警察……精神失常，住进了医院。他一直可怜暹罗猫，这种猫在市场上有卖的，又漂亮又可爱。这小伙子喜欢那种猫……

——一头黄牛领着牛犊走着。我们没开枪。我们也没有射马。它们怕狼，不怕人。可是马也许会更好地保护自己，而牛很容易被狼咬死。这是丛林法则。

——白俄罗斯的牛被贩运到俄罗斯，那些牛犊有白血病，所以卖得便宜。

——老人最让人可怜……他们走到我们的汽车跟前："年轻人，替我们去看看我的房子。"或者把钥匙塞过来："能让我拿一件西装回来吗？还有帽子。"或给我几个钢镚……"我的狗在那儿怎么样了？"狗被杀了，房子被抢了。他们永远也回不去了。这怎么告诉他们？我没拿钥匙，因为不想骗人。但别人拿了："烧酒藏哪里了？你把它放什么地方了？"老头就跟他说……他们找到一堆铁罐子……盛牛奶的大铁罐子，里面全是烧酒。

——为了办婚礼，他们要求我们杀野猪。这是请求！猪肝在手中摊开来……反正是他们要的……为了婚礼，为了洗礼宴。

——我们为科学开枪。有一次在街上打死了两只狐狸，两只兔子，两只狍子。它们都被污染了。可不管怎么说，我们也会打来自己吃。开始我们还会害怕，后来也就习惯了。人还得吃东西，大家不可能搬到月球上去，也不可能去别的星球。

——有个人在市场买了一顶狐狸皮帽子——头就秃了。有个亚美尼亚人从"坟场"买回一把便宜的冲锋枪——就死了。大家互相吓唬。

——我在那里的时候，无论心灵还是脑子，都空空如也……猫啊，狗啊，唉，我都得开枪打。这是工作。

——我跟从那里把房子运出去的司机聊天。隔离区遭到了抢劫和贩卖。尽管这不是学校，不是楼房，也不是幼儿园，而是有编号的放射性污染目标，污染还没消除，他们还是把东西运出去了！我们和他们要么在浴室，要么在啤酒摊相遇，现在我记不清楚了。他讲：他们将"卡玛兹"载重卡车开进去，花三个小时拆房子，在城市边上有人跟他们碰头。房子被拆成几部分运出去，他们将隔离区当别墅卖了。

——我们当中就有强盗……猎人强盗……其他人不过是喜欢待在森林里。打些小动物。打鸟。

——我跟您说吧……有多少人受到了伤害，可没人为此负责。把核电站的领导关进监狱，这就完了。在这种体制里……很难说谁有过错。如果上面命令您，您该怎么做？只有一条——去做。他们在那里做了什么试验。我读过报纸，说是在提取军事用钚，用来制造原子弹……所以就"轰隆"一声……简言之，问题在于：为什么是切尔诺贝利呢？为什么是在我们这里，而不是在法国人或者德国人那里？

——有件事，深藏在我的记忆中……当时，可惜我们谁都没有子弹了，没法射击，打死那只卷毛狗……我们二十个人，一天下来一颗子弹都没剩……

没有契诃夫和托尔斯泰，
我们无法生活

我祈祷什么？你会问我，我祈祷什么？我不去教堂祈祷，而是在家……早晨或者晚上，所有人都睡下之后。

我想要爱，想要爱！我为我的爱情祈祷。可我……（话头断了。我看得出她不想说）回忆？也许无论如何我该抛开自己的这些念头……抛开……我没读过这方面的书，没看过这方面的电影……我看过打仗的电影。我奶奶和我爷爷回忆说，他们没有童年，只有战争。他们的童年就是战争，而我的童年就是切尔诺贝利。我就从那里来……你就这么写，没有一本书帮过我，书里什么也没说。剧院和电影也一样。我搞懂这些不靠它们，只能靠自己。我们亲身体验了这一切，我们不知道怎么办。我靠脑子无法理解。我的妈妈不知所措，她在中学教俄语和文学，老让我按照书本生活。突然这些书都没了，妈妈就张皇失措……她没有书就不会生活。没有了契诃夫和托尔斯泰她不会生活……

回忆？我想，也不想回忆……（这句话好像是说给自己的，也可能是和自己争辩）假如学者一无所知，假如作家一无所知，我们就用我们的生与死帮助他们了解。我妈妈是这样认为的……而我不想考虑这些事情,我想做幸福的人。我为什么不能幸福?

我们住在普利皮亚季,核电站旁边,我在那里出生和长大。我家在一栋大楼的五层,窗户就对着电站。四月二十六日……很多人后来说,他们确实听见了爆炸声……我不知道,我们家谁也没有听到。早晨我像平常一样醒来,去看书。我听到了嗡嗡声,隔窗望去,看到楼顶上悬着一架直升飞机。天哪!在班上又有人说了!我们那时完全无法料到……我们以前的生活,到这时就只剩两天了——我们城市的最后两天……如今它已经没了。剩下来的,已经不是我们的城市。我还记得,邻居举着望远镜坐在阳台上,察看火情。我们跟核电站的直线距离大概就三公里。而我们,女孩子和男孩子,我们白天骑自行车去看电站,没有自行车的人还嫉妒我们。没人骂我们。没人!无论家长还是老师。午饭时分,河岸上已经没有渔夫了,他们回来的时候都黑黢黢的,在索契晒一个月也晒不成这样。这是核辐射!电站上的烟云不是黑的,不是黄的,而是蓝的,淡蓝色的。可是谁也没有骂我们……也许,我们的教育就是这样的……我们习惯了危险只来自战争:左边炸,右边炸……我们只当这是普通的火灾,普通的消防队员在扑救。

男孩们开玩笑说:"在墓地里排好长队。个子高的先死。"我是小女孩。我不记得恐怖,但我记得很多奇怪的事情。噢,都是不寻常的事情……女友告诉我,她和她妈妈晚上在院子里把钱和金饰埋起来,她们害怕忘记埋的位置。我姥姥退休的时候,有人送她一只图拉产的茶炊,她不知为什么特别惦记那只茶炊和爷爷的奖章，还有一台老式"辛格尔"牌的缝纫机。可我们要把它藏什么地方？我们很快就要疏散了……"疏散"这个词是爸爸从班上带回来的："我们要疏散了。"就像军事书里描写的……我们已经坐上了大客车，爸爸才想起他忘了东西。他就跑回家，回来的时候拎着两件他的新衬衫，还挂在衣架上，显得很怪异……这不像爸爸会做的事……所有人在大客车上沉默不语，看着窗外。士兵们都是一副阴森森的面孔，他们穿着白色的防护服，戴着口罩。"我们会怎么样？"人们走向他们。"你们干嘛问我们，"他们厉声道，"白色'伏尔加'就停在那里，当官的就在那儿呢，去问他们。"

我们就这样走了……那天天空湛蓝湛蓝的。我们去哪儿？我们的提包和网兜里是复活节的甜面包和彩蛋。这是战争吗？我只在书上见到过另一种：左边炸，右边炸……轰炸……我们的车开得非常缓慢，因为路上的牲口碍事。牛和马都被赶上了路，空气中充斥着尘土和牛奶的味道……司机们在骂街，冲着放牲口的人嚷嚷："你们怎么在路上放牲口，娘的？！把放射尘都搅起来了！去田里放，去草地上放多好。"那些人回答说，他们没错，因为踩踏绿油油的庄稼和草，太可惜了。谁也不相信，我们不会回来。人们不返回家园的事从来没有发生过。那天我的头有点儿晕，嗓子里发干。老大妈们没哭，哭的都是年轻的。我妈也哭了……

我们到了明斯克……车票是我们花了三倍的价格从女列车员手里买的。她给所有人端茶，却对我们说："拿你们自己的缸子或者杯子来。"她没有给我们倒茶……是杯子不够，还是什么原因？

不！是害怕我们……邻座的人问我们："你们是哪里来的？""切尔诺贝利。"那人便离开了我们的包厢，也不让孩子们过来。我们到了明斯克，来到妈妈的女友家。我妈妈至今还羞愧难当，我们穿着自己的"脏"衣服和鞋进了别人家。但是他们接待了我们，还给了我们吃的。邻居过来问："你家有客人？从哪里来？""从切尔诺贝利。"他们也匆忙离开……

一个月以后，父母获准去以前的房子。他们带回了厚棉被、我的夹大衣和契诃夫书信全集——妈妈的最爱，好像是七卷本。姥姥，我们的姥姥……她搞不懂为什么不带两罐我喜欢的草莓酱，它们封在罐子里，盖着盖儿，是金属盖……我们在被子上发现了"污渍"……妈妈洗过，用吸尘器清理过，不见效。就交给了洗衣店……可它照样"发亮"……最后，只能将这块"污渍"用剪刀剪去。一切都是我熟悉的，习惯的：被子、夹大衣……可我已经不能盖着条被子睡觉了，也不能再穿这件大衣……我们没钱再买新的，而我又不能穿它……我憎恶这些东西！这件大衣！不是害怕，您知道，是憎恶！这些都可能杀死我！杀死我妈妈！我感到仇恨……但我无法理解这件事……到处都在谈论事故：在家，在学校，在公交车上，在街头。都在和广岛做比较，但谁也不信。要是都不明白的话，怎么信呢？无论你多努力，多努力要去搞明白，可就是搞不明白。我记得，我们从这个城市离开的时候——天湛蓝湛蓝的……

我的姥姥……她在新地方住不惯，一直想家。她在临终前说："我想吃酸模。"已经好几年不让吃酸模了，因为它最容易吸收辐射。我们把她的遗体运到老家杜布罗夫卡村安葬……那里已经是铁丝网拦起来的隔离区。端着自动步枪的士兵站在那儿,只让大人进去……爸爸、妈妈、亲戚们都过去了,却不让我过:"孩子不行。"我明白,我永远不会再来探望姥姥了……我明白了……在什么书上能读到这些?妈妈承认:"你知道,我恨花草和树木。"她那样说,连自己也害怕,因为她在乡下长大,认识这里所有的草木,而且喜欢它们……以前,我和她在郊外散步的时候,她可以说出每种花和每种小草的名字,冬花、茅香……在墓地……在草坪上……我们铺上台布,摆上吃的和伏特加酒……士兵们用探测仪一量,就把所有东西都扔了,埋了。草和花朵——所有东西都会让检测仪"劈啪"作响。我们还能把我们的姥姥运到哪儿去?

我想恋爱,但我害怕……我害怕爱……我有过未婚夫,但我们取消了婚姻登记申请。您听说过广岛"被炸者"吗?就是那些在原子弹爆炸之后活下来的人……他们只能与同为幸存者的人结婚。我们对切尔诺贝利不写作,也不谈论。我们是……切尔诺贝利的"被炸者"。他带我回家,见了他妈妈……他的好妈妈……在工厂里做经济师,是一个社会活动家。她参加反共产主义集会,读索尔仁尼琴。就是这样一个好妈妈,当她知道我来自切尔诺贝利移民家庭的时候,惊讶地说道:"亲爱的,难道你能生育吗?"那时我们已经在婚姻登记处递交了申请……他恳求说:"我可以离开家。我们去租房子住。"但是他妈妈对我说:"亲爱的,对有些人来说生孩子也是罪孽。"恋爱就是罪孽……

在他之前我有过一个男友,是个画家。我们也做过结婚的打算。在那件事发生之前一切都好。我到他的画室去,听见他冲着电话狂喊:"你真走运!你不知道你多走运!"他平常是一个平静的人,甚至完全不会冲动,说话连个叹号都没有!为什么突然会这样?后来才知道,他的朋友住在大学生宿舍,他往隔壁房间瞧了一眼,发现那里有个小姑娘上吊了。她用丝袜在通气小窗上上吊……他的朋友把女孩脖子上的丝袜解下来,叫了救护车……我的男朋友上气不接下气,浑身战栗地说:"你不能想象,他看见了什么!经受了什么!他双手托着她……她口吐白沫……"他没有提及女孩的死,并不可怜她。他只是想看见,想记住……然后画下来……我忽然想到,他曾问我电站的火是什么颜色的,问我是否看见了被射死的猫和狗,它们是怎么躺在大街上的,问我人们是怎么哭的,我有没有见过他们是怎么死的。

这件事以后……我再也不能和他在一起……回答他的问题……(一阵沉默之后)我不知道我还想不想和你再见面。我觉得,你看待我的方式,就和他看待我的一样。你就是在观察,记录,对我们做着某种实验,满足人们的好奇心。我无法从这种情感中解脱……您不知道这种罪孽为何而来?就是生孩子的罪孽……我没做错什么。

难道我错在想成为幸福的人……

——卡佳·П.

圣方济各
曾给鸟儿布道

这是我的秘密，再没有人知道它。我只和一个朋友讲过。

我是电影摄影师。我去过那里。我们曾被教育：真正的作家出自战争。这话没错。我喜欢的作家是海明威，最喜欢的书是《永别了，武器！》。所以，我去了。可是我到了那里，看到人们在翻菜园子，田里有拖拉机、播种机。拍什么？我搞不懂。看上去没有什么地方爆炸……

第一场拍摄在村里的俱乐部。他们在舞台上放了一台电视机，召集村民过来。人们听戈尔巴乔夫讲话：一切都好，尽在掌控之中。我们拍摄的村子在清除放射性污染，就是清理房顶，运来干净的土壤。但是怎么清洗房顶啊，要是老人们的房顶漏水怎么办？土地得铲掉一锹，要铲掉整个肥沃层，下面只剩黄沙。一个老太太为完成村委会的指示，用铁锹铲走了土，却把厩肥扒拉出来。遗憾的是，我没有拍下这一幕……

不论你走到哪里，人们都会说："啊，拍电影的。我们这就给你找几个英雄主人公。"主人公就是老头儿带着个孙子，他俩花两天时间从切尔诺贝利赶来了集体农庄的牛。拍摄后,畜牧工作者再带我去看巨大的深坑——人们用推土机把牛埋在了那里。但是,我不想拍这些。我背对着深坑,以国产纪录片的优良传统拍摄了片段:推土机手正在读《真理报》——标题字写得斗大:"灾难中的国家不会放弃。"甚至还更走运:我看见一只鹳落在田野里。这便是象征!无论什么灾难降临,我们最终都会胜利!生活还在继续……

乡村的道路上尘土飞扬,我已经知道,这不是一般的尘土,而是放射性尘埃。我把摄影机藏起来,以免落上灰尘,它毕竟是光学器材。五月的天气很干燥,我不知道我们吸了多少灰尘。一周后,我的淋巴发炎了。我们像节省子弹那样节省胶卷,因为中央委员会第一书记斯柳尼科夫要到这里来。事前谁也没告诉我们他会到什么地方,可我们自己猜到了。比如昨天,乘车在路上走的时候还烟尘四起,可今天正在铺柏油,好家伙,铺了两三层呢!于是我就明白了:那里正在等着高层领导呢!我后来就拍摄了这位高层领导,他们迈着方步走在新铺的柏油路上,一丝一毫也不偏离!这些都摄入了我的镜头,但没有放进片子里……

谁都不知道是怎么回事,这才是最可怕的。辐射检测员说的是一组数字,我们在报纸上读到的则是另一组。好吧,那里有些事我慢慢才弄明白。啊——啊——啊,我家有小宝宝,有我亲爱的妻子……我得多笨才会到这儿来啊!就算领到一个奖章……妻子也会出走……只能靠笑话缓解心情,用段子麻醉自己。有个流浪汉在废弃的村子里住下来,那里住着四个娘儿们。她们互相问道:"你家男人怎么样?""这条公狗还往别的村跑呢。"要是你想试着认真到底……你已经在这里了。你已经明白切尔诺贝利……正在铺路……溪水还在流淌。可这事发生了。蝴蝶在飞……美女伫立河畔……可这事发生了。我亲近的人死了以后,我就是这种感觉……太阳照常升起,隔壁人家传来音乐声,燕子在房檐上打架……他却死了。天在下雨……他却死了。您知道吗?我想找到表达情感的词,告诉您我当时怎么想的。说到另外的层面了……

我开始拍摄开花的苹果树,嗡嗡作响的野蜂在周围飞来飞去……苹果花是白色的,那是婚纱的颜色……人们又在干活了,果园里鲜花盛开……我双手举着摄像机,但我无法理解……总感觉什么地方不太对劲!曝光正常,画面漂亮,可不是那么回事。后来我恍然大悟:我闻不到任何气味。果园开花,却没有香味儿!我后来才知道,在高辐射状态下身体存在某种生理反应,即某些器官的功能会发生阻断。我妈妈七十四岁,我记得,她曾经抱怨闻不到味。没想到这事现在发生在我身上了。我问组里的人——我们一共有三个人:"苹果树有味吗?""什么味也没有。"……丁香也没味……丁香!我有一种感觉:周围的事物是不真实的,我在虚幻之中……我无法理解,真是不可思议!

我童年时候的女邻居,从前是一名游击队员,她讲述过战争时代他们分队突破重围的过程。当时她抱着一个月大的婴儿,走在沼泽里,四周都是伪宪兵……孩子在哭……他会招来敌人,他们整个分队都会暴露。于是她就把他掐死了。她冷冷地讲述这件事，好像这不是她，而是另外一个女人所为，好像孩子也是别人的。她为什么会回忆这件事，我已经忘了。我清楚记得的是我当时的恐惧：她都干了什么啊？她怎么下得了手呢？我似乎觉得，整个游击队分队是为了保护那个婴儿才要冲出重围的，他们的责任是救他。可是，为了让健壮和正常的男人们活下来，他们却掐死了孩子。那么生活的意义何在？如果是我，我肯定不想活了。我当时还是一个小毛孩子，看那女人就非常不顺眼，因为我从她那里知道了这些……总而言之，我知道了人可怕的一面。她是怎么看我的？（沉默片刻）所以我不想回忆在隔离区的那些日子……我给自己寻找各种借口，我不想打开那扇门……我想知道，真实的我和不真实的我的区别在哪里。我也有过几个孩子。第一个是儿子。有了儿子，我就不再恐惧死亡。我找到了生命的意义……

一天夜里，我在酒店睡觉的时候……忽然醒了，窗外传来单调的噪音，还有莫名其妙的蓝光。我拉开窗帘：街上开来十余辆画着红十字闪着顶灯的汽车，除此之外万籁俱寂。我觉得有点儿震撼，脑海里闪过电影中的镜头……我仿佛瞬间回到了童年……我们战后的孩子很喜欢战争片。眼前的景象就像那些片子里的那些镜头，还夹杂着童年的恐惧……自己人都从这座城市离开了，只有你一个人留下来，并且要作出决定。什么是正确的决定？装死，还是别的办法？应该怎么做呢？

在霍伊尼基市中心有一块光荣榜，上面刻着地区优秀人士的名字。但是将污染区幼儿园的孩子带出来的却不是光荣榜上的人，而是一位酒鬼司机。在危急的处境下，人人都显出了他的本性，疏散也一样。孩子首先撤离，很多是坐大"伊卡鲁斯"[01]走的。我发现我拍摄的场景就像军事电影见过的画面，并且我马上发现，不是我一个人，而是参与整个行动的人都在那样做。他们的举止，您知道，就像某一个时刻，就像我们所有人都喜欢的电影《雁南飞》里一样：眼里饱含热泪，简短的临别赠言，挥舞的手臂……原来，我们都想着我们已经熟悉的方式，并尽量使拍摄的内容与之相符。小女孩向妈妈挥手，就好像在说，一切正常，她会勇敢的。我们会取得胜利！我们……就是那样的……

我也想过要去明斯克，那里也在疏散。我们怎么与自己的家人——妻子、儿子告别呢？我想象身在其中的这个场景：我们会取得胜利！我们是战士。我记得我父亲穿军装的样子，尽管他没当过兵。想钱，那是小市民习气；惜命，就是不爱国。饥饿才是正常状态。他们，我们的父母，经历了大崩溃，我们也应该受这份罪。要不然，你就成不了真正的人。我们被教会了在任何条件下作战和生存。在军队服役之后，普通人的生活对我来说变得平淡无常，于是我们就在夜晚成群结伙地走上街头寻求刺激。我童年时候读过一本好书《清洁工》——作者我已经忘了，情节是抓捕阴谋破坏者和间谍。刺激！就像狩猎！我们就是被这样教育的。如果每天都有工作和好的食物，便不能忍受，感觉不舒服！

我们曾和清理员们住在一个技工学校的宿舍里，都是年轻人。他们给了我们一箱伏特加——为了消除辐射。有一天，我们突然

---

01 匈牙利生产的公交客车品牌。——译者注

听说，在这个宿舍区里住着一个医疗分队，全是女孩儿。"走，看看去！"男人们说。有两个人跑过去了，但马上又瞪着那么大的眼珠子跑了回来……几个小姑娘走在走廊上……军服下面露出罩裤和裤带拖到地面的衬裤……她们聊着天，谁也不害羞。都是旧衣服，二手的（别人穿过的），不合身，就像挂在衣架上。有人穿着拖鞋，有人穿着哐当哐当的靴子。军服的上半部分还套着特种橡胶服，里面渗透了某种化学物质，那个味道啊……有些人半夜也不脱，看着很吓人……她们根本就不是什么护士，而是从军事学院、从军事研究所拉出来的。上面跟她们说的是就去两天，可我们到那里的时候，她们已经待了一个月。还说，送她们去反应堆，让她们在那里诊疗烧伤的人，可是我只从她们那里听到过烧伤。此刻我仿佛又见到了她们——在宿舍里闲逛，好像梦游一样……

报纸上说，幸亏风往另一方向吹……没往城里吹，没往基辅吹……不过谁也不知道，谁也没想到的是它吹向白俄罗斯了……吹向我和我的尤里卡。那天我和他正树林里玩，采摘山酢浆草。上帝啊，谁也没告诉我呀！

我出差后回到明斯克，乘无轨电车上班。旁边传来聊天乘客的只言片语：切尔诺贝利在拍电影，有一位摄影师就死在那里，是被烧死的。于是我就想："这是谁呀？"接着我又听到：是年轻人，有两个孩子。名字叫维嘉·古列维奇。我们有这么个摄影师，非常年轻的小伙子，至于两个孩子，他为什么要隐瞒呢？我们就去了工作室，有人纠正道：不是古列维奇，而是古林，名字是谢尔盖。天哪，这不就是我吗！现在想起来真可笑，但我当时正走出地铁去工作室,我害怕一打开门就看到我的告别仪式……最荒唐的想法:"他们从哪里弄到我的照片?是在人事处吗?"这个传言从何而起?因为并没有出现相应的大规模死亡。就像库尔斯克大会战,数千人死亡……这很明确。而在这里头几天似乎就死了七个消防队员……然后又有几个人……然后,对我们的意识而言是太抽象的概念:"几代人以后"、"永远"、"不详"。于是流言四起:三头鸟在天上飞,鸡群啄了狐狸,刺猬掉了刺……

那么后来呢……后来需要派人再去一趟隔离区。有位摄影师拿来了假条,说他有胃溃疡,第二位跑去休假了……他们就把我叫去说:"你应该去!""我刚回来呀。""你知道,你都去过一次了,反正都一样。还有,你已经有孩子了。可他们还年轻。"我的天哪,我没准想要五六个孩子呢!他们开始施压,说是很快就要评定工资等级,你够资格涨工资……悲喜交加的故事。我记不清了……

我曾经拍过集中营的人。一般来说,这些人回避与集中营里的其他人见面。见面和回忆战争有某种反常的东西:需要回忆别人被杀和他们杀人。了解并经历屈辱的人们,这些人相互逃避。他们在逃避自己,逃避他们所知道的人……逃避因为他而浮出水面的事情。从皮肤下面冒出来。在切尔诺贝利……也有某种东西在那里……我也会感受到那些人们不想说出的话。比如说,我们所有的人道主义概念都是相对的……人在极端情况下的本质上完全不像书里写的那样。我在书中没有找到过这样的人,我没有遇到过,一切都是相反的。人不是英雄。我们都是《启示录》的传播者。

大大小小的传播者。各种事件的片段和画面在脑海中闪过：集体农庄主席想用两辆汽车将自己的家小和物件运走，党小组长给自己要了一辆汽车。公平在哪里？我可以做证，那时因为没有交通工具，已经好几天不能把孩子们运走了，一群托儿所的孩子。而这边的两辆汽车还不够运送家里的物件，包括几个三升罐装的腌菜。我看见他们第二天运走了这些东西。我也没拍……（突然笑起来）我们在商店里买了香肠和罐头，可是不敢吃。又觉得扔了可惜，就带在身边。（变得严肃起来）《启示录》恶的机制将会启动。我懂得这点。人们会在领导面前造谣中伤和阿谀奉承，为的是拯救自家的电视机和卡拉库里羔皮大衣。人在世界末日前与现在无异。永远如此。

我有点儿不好意思，因为我从没给自己的摄影队争取过任何优待。我们有位小伙子要住房，我就去找工会："帮个忙吧，我们在隔离区蹲了半年了。应该享受优待。""可以啊，"他们回答说，"拿证明来。证明要盖章。"我们就去了隔离区的工会，只有娜斯佳阿姨拿着拖把在走廊走来走去，大家都跑光了。但我们有个导演，他有一摞证明：去过哪儿，拍过什么。真是个英雄！

我的记忆中有一部宏大的长电影，有很多集。不过我没有真正把它拍出来……（沉默）我们所有人都是《启示录》的传播者……

有一次，我们和士兵来到农舍。这里住着一位大娘。

"怎么样？大娘，我们走吧。"

"走吧，孩子。"

"那您收拾东西吧，大娘。"

我们在街上等着她，抽着烟。这位大娘走出来了：她双手抱着一幅圣像、一只小猫和一个小包袱。这就是她随身携带的所有东西。

"大娘，不能带猫。不允许。它的毛有辐射。"

"不行啊，孩子，没有猫我不走。我怎么能把它自己留下啊？这是我的家人啊。"

从这位大娘这里……从开花的苹果树这里……一切从他们这里开始……我现在只拍动物……我跟你说过了：我找到了我生命的意义……

有一次，我把切尔诺贝利的故事放给孩子们看。有人指责我说：何必呢？别这样，没必要。他们就这样生活在恐惧中，活在这些谈话中，他们的血液发生了变化，免疫系统遭到了破坏。我本来预计会来五六个人，结果观众塞满了整个大厅。他们提了不同的问题，其中一个问题触动了我的记忆。一个男孩结结巴巴，羞红了脸，明显属于那种文静和寡言的孩子，他问道："为什么不能帮助留下来的动物呢？"为什么？我自己的头脑里没有这样的问题。我没法回答他……我们的艺术都是关于人的苦难和爱情，而没有包括任何动物。只说人！我们并不屈尊垂顾它们：动物、植物……另一个世界……要知道，人会毁灭一切，杀死一切。现在这已经不是神话。有人告诉我，事故发生后的第一个月，刚开始讨论疏散的时候，就有了动物与人一起搬迁的方案。但是怎么实行呢？怎么全部带走呢？也许可以把地上的动物迁走，可那些住在地下的甲虫和蚯蚓呢？那些在天上的呢？怎么疏散麻雀或者鸽子呢？

拿它们怎么办？我们没有办法向他们传递需要的信息。

我想拍一部电影……片名叫作"人质"……是关于动物的……您还记得《红岛飘在大洋上》那首歌吧。船要沉了，人们坐进了救生筏。马却不知道，救生筏没有马的地方……

这是一个当代寓言……故事发生在一个遥远的星球上。宇航员身穿密闭的飞行服。他从耳机里听到声音，然后看见一个庞然大物正朝他走近，庞大无比。是恐龙吗？！他还没有弄清是什么，就开枪了。瞬间之后，又有某物朝他接近，他也干掉了它。随即，又来了一群，他便实施大屠杀。核电站燃起大火，动物得救了，夺路而逃，路上却站着宇航员，也就是人！

至于我嘛……我跟您说，我身上发生了一件非同寻常的事情。我开始用另一种眼光看动物，看树木，看鸟儿……这些年我常去隔离区，会看到野猪从废弃的、被毁坏的住房中跑出来……母驼鹿也跑出来了……这就是我所拍摄的，这就是我所寻找的。我想拍摄一部新电影，用动物的眼睛看一切……"你在拍什么？"人们问我，"看看你的四周吧，车臣可正在打仗啊。"而圣方济各正在给鸟儿布道，就像跟普通信徒说话一样跟鸟儿们讲话。要是鸟儿用它们的语言跟他讲话，他懂得它们秘密的语言吗？

您还记得吧……陀思妥耶夫斯基写的……人抽打马那双温顺的眼睛。疯狂的人！不打马屁股，而是抽马眼睛。

——谢尔盖·古林，电影摄影师

无题
——呐喊

善良的人……别再招惹我们了！住手吧！你说完了就走了，我们还得在这儿生活……

医疗卡就放在那里……我每天把它们捧在手里。看着……

安妮娅·布黛——一九八五年出生——三百八十贝克。

维嘉·格林凯维奇——一九八六年出生——七百八十五贝克。

娜斯佳·沙布洛夫斯卡娅——一九八六年出生——五百七十贝克。

阿廖沙·普列宁——一九八五年出生——五百七十贝克。

安德烈·科特钦科——一九八七年出生——四百五十贝克……

今天一位妈妈领着一个小姑娘来门诊见我。

"哪里疼？""全身都疼，就像奶奶一样——心脏、后背，还头晕。"

他们小时候就知道"谢顶"这个词，因为很多人都是秃子，没有头发，也没有眉毛和睫毛。大家对此都习以为常了。但我们村只有小学,他们要上五年级,就要坐大客车去十公里以外的地方上课。他们都哭了——不想去。那里的孩子会嘲笑他们。

您亲眼所见……我这里满满一条走廊的病人,他们在等待。我一整天都能听到电视里那些恐怖主角的声音——一群废物。您就这样转告首都当官的,他们是一群废物!

现代派……后现代主义……半夜急诊呼叫我。我开车赶到医院……一个母亲跪在床边——她的孩子快死了。我听到了她的哭诉:"儿子呀,如果非得这样的话,也等到夏天再走吧。夏天暖和,四处开花,土地软和。可现在是冬天……至少也等到春天……"您会这样写吗?

我不想用他们的不幸来做交易,发表一番哲学议论。我应该闪到一旁。而我却不能……我每天都听到他们在讲什么……他们怎么抱怨和哭泣……善良的人们……你想知道真相吗?请坐在我身边,记下来吧……

这样的书谁也不会读……

最好别再骚扰我们了……我们还在这里生活……

——阿尔卡季·帕夫洛维奇·博格丹克维奇,农村卫生员

两种声音
——男人的和女人的

尼娜·康斯坦丁诺夫娜和尼古拉·普罗霍罗维奇·扎尔科夫教师一家。他是劳动学教师，她教文学。

她：

我就这样经常想到死亡的事，我不想再看它。您听过孩子们谈论死亡吗？

我就听过……他们上七年级的时候，就已经在争论和讨论了：死亡这事可怕不可怕？如果以前小孩们感兴趣的是他们是怎么生出来的，孩子是从哪儿来的；那么，他们现在担心的就是：核战争之后会发生什么。他们已经不再喜欢经典文学，我可以背诵普希金的作品，看到的却是他们一双双冷漠、躲闪、空洞的眼睛……他们身处的已经是另一个世界……他们读科幻小说，这个吸引他们，在那里人脱离了地球，使用太空时间，是一个不同的世界。他们不会像成年人那样恐惧死亡，比如我，死亡反而像某种奇妙的东西令他们激动不已……

我在思考……我常想起这个问题……周遭的死亡让我想了很多。我教孩子们俄罗斯文学，但他们不像十年前的孩子。这些孩子总是会看到那些熟悉的人，房屋和树木……看着一切都被埋葬……这些孩子排队的时候，会昏厥倒地，他们站上十五到二十分钟，就会流鼻血。没有什么事令他们惊奇，也没有什么事让他们高兴。他们总是萎靡不振，疲惫不堪，面色苍白、灰暗。他们不玩耍也不嬉闹。假如他们打架或者不小心打破了窗户，老师们反而会觉得庆幸。更不会责骂他们，因为他们的表现并不像孩子。他们就这样慢慢长大。你在课堂上让他们重复什么，他们也做不到，甚至你说一个句子，让他跟着念他都记不住。"你在听课吗？你在想什么呢？"你去扯他。我一直在想……我想了很多……就像在玻璃上用水画画，只有我知道我画的是什么，别人谁也看不见，谁也猜不到……谁也不能想象……

我们的生活只围绕着一件事旋转，那就是切尔诺贝利……当时你在哪儿，你住得离反应堆多远？你看见什么了？谁死了？谁走了？去了哪里？我记得头几个月餐厅又热闹起来，晚会又喧闹起来："人就这么一辈子"，"要死就死在音乐里"。士兵和军官也来了。如今，切尔诺贝利不留我们了……年轻的孕妇突然死去，没有诊断，就连解剖学家的诊断也没有。小女孩上了吊……五年级的女生……死得不明不白。父母都疯了。万事只有一个说法——切尔诺贝利，不管出了什么事，大家都说是切尔诺贝利。有人指责我们说："你们生病是因为害怕，因为恐惧，这是辐射恐惧症。"但是为什么小孩子也会生病和死去呢？他们不知道恐惧，他们还不懂呢。

　　我记得那些天……咽喉灼痛，难受，全身都难受。"您神经过敏，"医生说，"您现在神经过敏，是因为切尔诺贝利出事了。"什么神经过敏啊！全身都在痛啊！我浑身没劲。我和丈夫彼此羞于承认，但是我们的双腿都开始发麻。身边的人都在抱怨，所有人……你走在路上，似乎突然就会倒下，倒下就会睡着。学生趴在课桌上，上课的时候睡觉。所有人都变得很不快乐，面色阴郁，一整天你也见不到一张和善的脸，谁都不笑。孩子们从早八点到晚九点都待在学校，严禁上街玩耍。学校给学生们发了校服：女孩们是裙子和短衫，男孩们是西服套装，可是他们穿着这身衣服回家后，在哪里还穿过这身衣服，我们就不得而知了。按照学校发的"注意事项"，妈妈们应该每天洗衣服，让孩子从头到脚干干净净地上学。但是，首先，校服只发了一套，比如一件短衫和一条裙子，换洗的没给；其次，妈妈们忙于家里的活儿——鸡、牛、小猪仔，她们根本不知道这些东西应该天天洗。对她们来说，脏东西就是墨水、泥土、油点，而不是某种具有半衰期的放射性同位素。我试着给学生家长解释，可在他们看来，我就像非洲部落来的巫师一样，难以理解。"辐射是什么？它听不见也看不见……我们的钱不够，总是捉襟见肘。没等到发工资就不够用了，发工资之前三天，我们只能靠牛奶和土豆过日子。"妈妈摆摆手。可牛奶不能喝，土豆也不能吃。商店进了中国的肉罐头和荞麦，可是拿什么买呢？丧葬费——就是对我们还住在这里的补偿，但没几个钱，只够买两听罐头……我们寄望于有文化的人，寄望于特定日常文化的规则。但是它并不存在！我们没有可以遵守规则的人民。除此之外，给每个人解释人体贝克和伦琴的区别也并不容易。还有小剂量理论……

在我看来……这只能用我们的宿命论来解释，如此这般的、微不足道的宿命论。比如说菜园子里第一年长出来的东西都不能吃，可人们还是照吃不误，还会储藏起来。这些菜都长势极好！你试着告诉他们黄瓜不能吃……还有西红柿也不能吃。他们说：什么叫不能吃？味道正常啊。他吃了，肚子也不疼，在黑暗中也不会"发光"……我们的邻居那年铺了用当地产的木材制造的地板，他们测过了，辐射超过标准一百倍。但谁也没有拆掉地板，他们就这样过日子。他们说，一切都会解决，顺其自然，总会好起来的，不需要他们掺和。开始还有人还将某些食品送交辐射检测员，一检测，超标好几十倍。后来他们就不送检了。"眼不见为净。去他的吧，都是科学家编的！"一切照旧：翻地、下种、收获……尽管发生了不可思议的灾难，可是人们该怎么活还怎么活。对他们来说，不能吃自家菜园子里的黄瓜比切尔诺贝利事件还要严重。孩子们整个夏天都关在学校里，军人用特殊的"洗衣粉"清洗学校，还铲走了学校四周的表层土……可秋天呢？秋天学校就打发学生去收红菜头，还把综合技术学校的学生带到田里去。所有人都被轰过去了。切尔诺贝利并不那么可怕，比不上田里那些没收获的土豆……

这是谁的过错？呵呵，除了我们自己，还能是谁的错？

我们从前没有在意自己身边的世界，它就像天空，就像空气,就像某人将它永远赐予我们的,它不依赖我们而存在,并且将永远存在下去。我以前喜欢躺在树林里的草地上仰望天空,我觉得太美好了,太惬意了,舒服得都忘记了自己叫什么。可现在呢?树林依然美丽,长满蓝莓,可是谁也不会采摘。秋天的树林里,难得听到人声。恐怖渗入内心,进入了潜意识层面……现在我们只有电视和书籍,还有想象……孩子们在房子里长大,没有森林与河流……只能隔窗而望。这完全是另外一群孩子。我走近他们,念起普希金的诗:"忧郁的季节。迷人的眼神……"这是永恒的经典。我偶尔会有亵渎的想法:我们的文化突然变成了一只装着旧手稿的箱子。而所有这一切,都是我所爱的……

他:

出现了另一种敌人……敌人在我们面前换了一种面目……

我们受过军事教育,都有军事思维。我们学会了防范和清理核弹打击,我们应该能够对付化学战、生物战以及核战争。但是我们没学过怎么将放射性核素从身体里去除,我们清理不掉铯和锶……切尔诺贝利与战争无法类比,这么比不准确,可大家都在类比。我小时候经历过列宁格勒围困,那没法跟这类比。我们在那里就像生活在前线,子弹在不停地扫射。还有饥荒,连续几年的饥荒,那时人已经沦落到只剩动物本能,无异于禽兽。可是这里呢,请便吧,走出去,院子里万物生长!生长!田野里什么都没有改变,树林里也是一样。两者无法相比!但是我想说的,是另外一个问题……我想不起来了……啊,对了……敌军开始扫射的时候,老天开恩！你可不是在将来的某个时候死去，而是现在就死，当场就死。冬季的列宁格勒，人们焚烧家具取暖，我们把家里的所有木制品都烧了，书也都烧了，我记得，甚至把旧衣服也拿来生火了。有的人走在街上，就地坐了下来。你第二天出去，看到他还坐着，那就说明他冻死了，他就在那里坐一星期甚至坐到春天，坐到天暖和了。谁也不能将他从冰上搬开。要是谁在街上跌倒，偶尔还会有人走过来帮忙。多数时候人们都是擦身而过，或者擦身爬过。我记得，人们不是在走，而是在爬，他们是在那里非常缓慢地移动。没有什么事能和这相比！

反应堆爆炸的时候，妈妈……我妈妈还和我们住在一起，她常说："儿子，咱们经历了最可怕的事情。我们经历了围困，不可能有更可怕的事情了。"她就是这么认为的……

我们做好了战争准备，包括发生核战争的准备，我们修建了核弹避难所。我们想像躲避弹片那样躲避原子，但它无所不在……在面包里，在盐里……我们呼吸辐射，我们吃着辐射……饥饿的时候你可能吃不到面包和盐，但你还可以吃其他东西，甚至水煮皮带，就算不吃，闻闻也觉得饱——我可以理解这些。可是这个我不理解：所有的东西都有毒……我们该怎么活？搞清楚状况很重要。头几个月人们还很恐惧，特别是医生和教师，简而言之，就是知识分子，有学问的人，他们丢下了所有家当，落荒而逃。后来他们遭到恫吓，不准离开。这是军纪。党证放在了桌上。我想弄明白……这一切是谁的错？我们该如何在这里生活？我们应该知道：这是谁的错？他是谁？是科学家、电站的工作人员，还是我们自己，或我们看世界的观点？我们不能停留在自己的愿望上……我们找到了负罪者——经理、值班操作员、科学家。但请告诉我，为什么我们不与汽车斗争，而要与反应堆做斗争。我们要求关闭所有核电站，将原子专家都送上法庭。我们诅咒！我崇尚人类的知识，还有人所创造的一切。知识本身不是罪恶。那些学者到今天也是切尔诺贝利的牺牲品。我想在切尔诺贝利之后活下去，而不是在切尔诺贝利事件之后就送命。我想知道，什么能给我力量，让我坚持信仰？

我们大家都在想这件事……现在人们的反应各有不同，无论如何，十年过去了。他们把这视为战争，战争延宕了四年……您算算，我这已经经历两场战争了。我跟您说说人们有哪些反应："一切都已过去。""总会过去的。""十年过去了。已经不可怕了。""我们都会死！我们很快就会死。""我想出国。""人们应该帮助我们。""啊，无所谓！得活下去啊。"我想，这些已经概括了人们的看法吧？这些话我每天都会听到……我认为，我们成了位于欧洲的国际实验室的科学研究材料。我们白俄罗斯有一千万人，两百多万人住在污染的土地上。这个国家成了一个自然实验室，人们从世界各国到我们这儿来，录数据，做实验。他们做论文答辩，写学术专题。从莫斯科和圣彼得堡来，从日本、德国、奥地利来……他们都来了，因为他们害怕未来。（谈话长久停顿）

我刚才在想什么？我又在比较了……我想，切尔诺贝利可以讲，但围困我不能讲。我收到了列宁格勒的来信——抱歉，我意识里还不习惯彼得堡这个词，因为我差点儿死在列宁格勒。您瞧，信里面是"列宁格勒围困战的孩子们"聚会邀请函。我去了……但是我在那里一句话都说不出来。只是谈恐惧吗？那是远远不够的……只谈恐惧……这种恐惧对我做了些什么？我至今不知道……我们在家从不回忆围困的事，妈妈不愿意我们回忆。可我们会谈论切尔诺贝利……不……（停顿）我们彼此之间也不谈论，这样的谈话只在有人来访的时候才有：外国人、记者，还有外地的亲戚。我们为什么不谈切尔诺贝利？因为我们没有这个主题。在学校里面，和学生们一起的时候，在家的时候，这个主题都被冻结了，被封掉了。孩子们去奥地利、法国、德国治病，别人跟他们谈这个。我问孩子们，他们想知道什么，对那里的什么感兴趣。可孩子们常常连城市、乡村和收留他们的人的名字都记不住。但他们说得出收到的玩具，吃过的好东西。有人得到了录音机，有人没有。他们回来的时候穿的漂亮衣服，都不是自己挣来的，他们的父母买不起。他们就像去参加了一次展览，或是去了一次大商场……昂贵的超市……他们一直在等着再次被带到那里去，把自己展示给外国人看，然后收到礼物。他们对此习以为常，这已经是他们生活的方式，是他们认识生活的方式。在走过名为"出国"的大商场之后，在昂贵的展览之后，孩子们还要走进他们的学校，回到课堂上。我看得出来，他们成了观察者……是在观察，不是在生活。我应该帮助他们……我应该告诉他们，世界不是超市。生活是某种别的东西，更复杂、更美丽的东西。我带他们去我的工作室，那里有我做的木雕，他们很喜欢。我说："这里所有的东西都是用普通的木头做出来的。你们也可以试试。"木雕唤醒了我！它帮我走出经历围困战的阴影，我花了几年才走出来……

世界分裂了：有我们——切尔诺贝利人，还有你们，其他所有人。您发现了吗？我们这里没人强调，我是白俄罗斯人，我是乌克兰人，我是俄罗斯人……大家都称自己是切尔诺贝利人。"我们——来自切尔诺贝利。""我是切尔诺贝利人。"我们就像一个单独的人群……一个全新的民族……

神秘的东西在爬，
往你身体里爬

蚂蚁……一群小蚂蚁在树干上爬行……

军事装备在四周轰鸣。士兵高喊着脏话。迷彩直升机在空中盘旋。而小蚂蚁只管在树干上爬行……

我是从隔离区回来的，当天看到的一切最后只留下那一刻，成为留在脑海里的一幅清晰的画面……当时在森林里，我停下来，在一棵桦树旁吸烟。我走近桦树，靠在树干上。蚂蚁直接就从树干爬到了我的脸上，既不在乎我的声音，也不在意我的目光，继续坚持它们自己前进的道路……我们马上就要走，而它们毫不在乎。一个念头在脑海中闪过……这么多印象，我无法理出头绪。我看着它们……我从来没有这么近距离地注视过它们……就在我的眼前……

一开始，人们都在谈论"灾害"，然后是"核战争"。我读过关于广岛和长崎的报道，也看到纪录片。那很可怕，但不难理解：核战争，爆炸半径……我甚至可以想象到当时的情景。但是，发生在我们这里的，我却无法描绘……我的知识不够，我只靠读过的书还不足以理解眼前的事实。我出差回来，怀着困惑在办公室的书架上搜索……我读过，也可以说没有读过……一些莫名其妙的东西打乱了我从前的整个世界。它在爬，在你身上乱爬，不会顾及你的感受……我记得与一位科学家的谈话："这要以千年来计，"他解释说，"铀会衰变，我指的是铀-238的半衰期。它需要的时间是十亿年，而钍是一百四十亿年。"我可以理解五十年、一百年、二百年……后面呢？更大的数字……我已经无法理解那是一个时间概念！那时我会在哪里？

现在写的这件事刚刚过去十年……不过是一眨眼的工夫……该怎么写？我觉得，这是不可靠的，我们还没法解释。我们总会去思考与我们的生活相似的某种东西。留下图纸，我尝试过，但办不到……切尔诺贝利灾难之后留下了一个切尔诺贝利神话。报纸和杂志在比赛，看谁写的更可怕，而那些特别喜欢骇人听闻的报道的人，都不曾在那里待过。所有人都读到过人头蘑菇的报道，蘑菇像人头那么大，但是谁也没有见过这样的蘑菇。还有两个嘴巴的鸟……所以，不应该去写，而应该照实记录下来，制作纪录片。至于以切尔诺贝利为题材的科幻小说……没有！也不会有！我可以向你保证！不会有……

我有一个专用笔记本……从第一天起，我就在记录这里的谈话、传言和笑话。这是最有趣、最可信的记录，是真实历史留下的痕迹。古希腊留下了什么？古希腊神话……

我把这个笔记本给你……它在我这里只能躺在废纸中间，也许，等孩子们长大了，我会给他们看。那时，这就是历史了……

摘自笔记本上的记录：

电台已经连续三个月广播同样的话了：情况在稳定……情况在稳定……情况在稳定……

已经被遗忘的斯大林时代的话语又出现了："西方情报机构"，"社会主义的死敌"，"间谍攻击"，"暗中破坏行为"，"背后偷袭"，"企图破坏牢不可破的苏联各族人民联盟"。我们周围的人都在谈论秘密派遣的间谍和破坏分子，没有人谈碘防护。任何非官方的信息都被视为来自西方的意识形态。

昨天，编辑部主任从我的采访中删去了一篇报道，写的是一位那天夜里参与灭火的消防员母亲的故事……就是那场核电站火灾。消防员死于急性放射病。在莫斯科埋葬了儿子后，他的父母亲返回村庄，村子没过多久就被疏散了。但是到了秋天，他们偷偷地穿过树林，潜入自家的园子，收了一袋西红柿和黄瓜。母亲高兴地说："这下就可以装满二十个罐子了。"他们对土地充满信心……这是农民长久以来不曾改变的经验……就连儿子的死也不会改变他们习惯……

"你听了自由欧洲电台的广播？"编辑部主任问我。我沉默了。"我不希望危言耸听的东西出现在报纸上。你要去写英雄……要去写爬到反应堆顶上的士兵……"

英雄……英雄……谁是今天的英雄？在我看来就是医生，尽管上面有命令，但他们还是把实情告诉了人们。还有记者和科学家。不过，正如编辑主任在编务会上说的："你们要记住！我们没有医生，没有教师，没有记者，没有科学家，我们所有人只有一个职业，那就是苏联人。"

他自己相信他说的话吗？难道他不觉得可怕？我的信仰每天都在遭受侵蚀。

中央委员会来人了。他们的路线：乘车从宾馆出来，到州党委会，再乘车回去。他们靠阅读当地的报纸来了解情况。他们的旅行包里装满了从明斯克带来的三明治，用烧开的矿泉水泡茶喝——矿泉水当然也是他们自己带来的，这是宾馆的服务员告诉我的。人们不会再相信报纸、电视和广播了，人们从这些官员的行为中找到了信息，这是最可靠的信息。

——可孩子该怎么办？我想抱着孩子跑得远远的。但是我口袋里有党证。我不能走！

在隔离区最流行的说法是这样的：对付锶和铯，最有效的就是"首都牌"伏特加。

事故发生后，乡村商店里偶然也会出现少见的紧俏商品。州党委书记发表讲话："我们要为你们创造天堂般的生活。你们要留下来，还要工作。我们会用香肠和荞麦把这里堆满。最高级的专供商店里有什么，你们这里就有什么。"他说的那是州党委的食品店。对待老百姓，有足够的伏特加和香肠了就行了。

真见鬼！我从来没有在一家乡村商店见过香肠的种类超过三种。我自己在那里买了进口连裤袜，给我老婆买的……

辐射剂量检测仪卖了一个月就不见了。这是不能写出来的。辐射量有多少，下降了多少，也是不能写出来的。更不能写出来的是村子里只剩下了一些男人，女人和孩子都走了。整个夏天都是男人在洗衣服、挤牛奶、挖菜园。当然，还有喝酒、打架。没有女人的世界……可惜，我不是作家。这里发生的事情简直就是电影的剧情……斯皮尔伯格在哪里？我喜欢的阿列克谢·格尔曼在哪里？我写了这里的情况……然而，编辑部主任毫不留情地画上红线："你别忘了，我们有敌人。我们还有很多敌人，就在大海的那一边。"所以，我们只能写好的，不能写坏的。也不能有不可理解的。

但是，那些特供食品究竟派发到了哪里？有人在当官的手提箱里看到过……

一位老奶奶在警察执勤岗亭旁边拦住了我："你去那边看一下我的房子吧。该挖土豆了，但是士兵不让过去。"这些人已经被疏散了。他们还骗人说只需要大家离开三天时间。现在就是不让通过。这些人活在真空中，他们一无所有了。他们会穿过军事封锁线回到自己的村子里……趁着夜色穿过森林和沼泽……而警察会乘着汽车和直升机驱赶他们，逮捕他们。"就像德国人占领的时候一样。"老人们感慨地说。感觉和打仗的时候一个样……

我第一次看见趁火打劫的强盗，是一个小伙子，穿着两件毛皮大衣。他对军方巡逻队辩解说，他是用这个办法对付坐骨神经痛的。等到巡逻队对他不客气，他才承认："第一次还挺害怕的，后来就习惯了。喝一杯酒就去了。"自我保护是人的本能。在正常状态下这是不可能的。我们人就是这样走向功勋,也是这样走向犯罪的。

他们走进空空的住家,白色的桌布上放着圣像……"留给上帝,"有人说……

另一个住户家里,只有白色的桌布……"留给人,"有人说……

一年后,我回到村子里。狗已经成了野狗。我找到我家的雷克斯,我叫它,它不理我。不认识?还是不想认识?我心里难过。

在事情发生的第一周,乃至前几个月里,大家都很郁闷,一言不发,心情沮丧。该离开了,到了最后一天,这种感觉却没有了。意识断开了。我记不住那些严肃的谈话,只记得一些笑话:"现在所有的商店都有无线电[01]产品卖。""阳痿可以分成两种,放射活性阳痿和无放射钝性阳痿。"后来笑话就突然消失了……

在医院里,听到一个小女孩告诉她的母亲:
"男孩死了,昨天他还给了我糖果。"

排队买糖时听到的:
"哦,今年蘑菇有好多。蘑菇多,浆果也多,就像种出来的

---

01 无线电,又可理解为放射性,此处为双关语。——编者注

一样。"

"那些都是被污染的……"

"你这人傻了……谁让你吃了？把它们收起来，晾干，再运到明斯克的集贸市场卖。你马上就是百万富翁了。"

可以帮我们一个忙吗？行吗？移民去澳大利亚或加拿大？好像这样的谈话有时候就在最高层流传。

给教堂选址要看上天的意思。教会的人都是这样做的。建造之前要完成一系列神秘的仪式。而他们建造核电站，就跟建一家普通工厂一样，跟盖养猪场也没两样。盖好以后，屋顶上覆盖一层沥青。结果火烧起来了，沥青熔化了……

你看报纸了吗？他们在切尔诺贝利抓了一个逃兵。他在反应堆附近挖了一个土洞，在里面住了一年。他就吃那些废弃房子里的东西，有猪油，还有酸黄瓜罐头。他设下了捕兽夹子抓活物。他当逃兵，是因为那些老兵快要把他活活打死了。他活下来，因为逃到了切尔诺贝利……

我们是宿命论者。我们不会去做任何事情，因为我们相信：一切该怎么样，就会怎么样。我们相信命运。我们的故事就是这样……战争落到了每一代人身上……鲜血……我们会有所不同吗？我们是宿命论者……

母狼和逃进森林的狗生下的第一群狼狗出现了。它们比狼的个头大,它们不会在乎那些小旗子,也不害怕火光和人,不会寻着"唔"声走向猎人。野猫已经成群结队,根本不怕人。它们脑袋里关于服从人类的记忆已经消失。现实和虚幻之间的界限已经消失……

昨天是我父亲的八十大寿……一家人聚在一起祝寿。我看着他,心里想他的一生经历了多少坎坷——斯大林的集中营、战争,再加上现在的切尔诺贝利。所有这一切都落在了他这一代人的身上。他爱钓鱼,爱在园子里干活……年轻时,他总惹我母亲生气。他喜欢美女,用妈妈的话说:"他不会放过认识女孩子的任何机会。"现在,我注意到,遇到年轻漂亮的女人,他只会低头走过……

我们对人知道些什么?也许……像他这样的人生也就够了……

传闻:

他们在为切尔诺贝利建造集中营,要把遭受辐射的人都关在那里。关在那里,接受观察研究,直到埋葬。

车站附近村庄的死者已经被装上大客车,直接运到墓地,那里开挖了一个容纳数千人的坟场。就像列宁格勒围困期间一样……

爆炸前一晚,有人看见核电站上空发出奇怪的亮光。有人甚至拍了下来。底片上看得见,像是一个不明物体在冒气……

在明斯克，火车和货运列车都清洗过了。它们要把整个城市的人运到西伯利亚。那里已经在对斯大林时代留下来的集中营房舍进行维修。先安排妇女和儿童过去。乌克兰人已经被运去了……

渔民经常碰到一些可以在水中和陆地生活的两栖鱼类。在地上，它们靠鳍—脚掌行走。还会捕到没有头没有鳍的狗鱼，露着一侧肚子漂浮……

类似的事情很快也会发生在人类身上。白俄罗斯人会变成人形动物……

这不是意外，而是一场地震，发生在地壳深处的一场地震。是地质爆炸。是地球运动和宇宙运动的力量共同引发的爆炸。军方事先就已经知道，他们可以发出警告，但他们有严格的保密纪律。

森林里的动物也患上了放射病。它们忧郁地四处流浪，眼睛里满是悲伤。猎人们也感到害怕，不忍心对它们开枪。野兽不再害怕人类。狐狸和狼会跑来村里，和孩子们一起玩耍。

切尔诺贝利人生下来的孩子，身体里流淌的不是血，而是一种未知的黄色液体。在辐射环境下生活的猴子，变得更聪明了。人类生出的孩子经过三四代以后，都会变得像爱因斯坦那么聪明。这是一场发生在我们人类身上的太空实验……

——阿纳托利·希曼斯基，记者

笛卡儿的哲学：
和别人一起吃污染的面包片，不用觉得尴尬

我生活在书堆里……我在大学教了二十年书……

科学院的学者……他们是这样的人，为自己选择了历史，就在历史中生活。完全沉浸在自己的学术之中。理想……理想，当然……因为哲学在我们那个时代就是马克思列宁主义，论文的题目都是这样的："论马克思列宁主义在农业发展或处女地开发中的作用"。强调世界无产阶级的领袖作用……总之，这里不需要笛卡尔学派的思考。不过，我是幸运的……我大学时代的科研成果被送到莫斯科参加竞赛，而且那里发了话："不要打扰这个年轻人，让他去写作。"而我写了那个想从理性思维的角度来解释《圣经》的法国宗教哲学家马勒伯朗士。十八世纪是一个启蒙时代，崇信理性的时代，相信我们能够解释世界，就像我现在理解的……我是走运的……我没有落到打掉牙齿的机器里……没有落到混凝土搅拌机里……奇迹！在那之前，他们多次警告过我：对于大学生的科研著作来说，马勒伯朗士也许是有趣的研究对象。但是对于论文是必须思考题目的，这是严肃的。我们要把你留在马克思

列宁主义哲学教研室做研究人员……放在从前,你是要移民国外的……你应该明白……

戈尔巴乔夫的改革开始了……我们一直在等待这一刻。我注意到的第一件事,就是人们的表情立即开始改变了,不知道从什么地方突然又冒出来另一些表情。生活发生了一些变化,他们会看着对方微笑了,感觉整个社会有了生机。有些事情发生了变化。我现在还感到惊讶,变化的速度竟然会这么快。而我……总算把自己从笛卡儿生活中拔了出来。我不再读哲学,看起了最新的报纸和杂志,焦急地等待着改革后的每一期《火星》杂志。一大早,人们就在"中央报刊零售"报刊亭前排起长队,这是以前从来看不到的现象,也是人们从来不敢相信的现象。信息像雪崩一般接踵而来……半个世纪以来保存在专门档案馆的列宁政治遗嘱公布了。索尔仁尼琴的书出现在书架上,紧接其后又有了沙拉莫夫、布哈林……就是不久之前,藏有这些书还是要被逮捕,会被判刑的。他们还解除了萨哈罗夫院士的流放。苏联最高苏维埃会议第一次在电视上播放。整个国家,屏息静气坐在屏幕前面……我们说啊,说啊……大家在厨房里大声地谈论着那些不久前还要轻声耳语的话题。我们多少代人都是在厨房里说话!全都一去不复返了!全部苏联历史……就是这七十年多一点儿的时间啊……现在所有人都去参加集会,参加游行。可以赞成,也可以投票反对。我记得,一个历史学家出现在电视上……他带来一张斯大林时代的劳改营分布图……整个西伯利亚在红旗中燃烧。我们知道了库罗帕特森林惨案[01]的真相。令人震撼！多么麻木的社会！白俄罗斯的库罗帕特，一九三七年的烈士墓。那里埋葬着数万白俄罗斯人、俄罗斯人、波兰人、立陶宛人……两米深的壕沟中，堆着两三层尸体。这里本来离明斯克很远，后来划入了市区，通了电车。二十世纪五十年代，这里长成了一片新森林，栽种的松树长高了，城里的人什么也没有去怀疑，"五一"假日在这里举行野外活动，冬天在这里滑雪。挖掘工作开始了……当局……当局在说谎，竭力为自己开脱。一到夜里，警察就去把挖开的墓穴填平，白天，人们接着再去开挖。我看到过纪录片的镜头：一排排擦掉了泥土的头骨……每个头骨后面都有一个孔……

当然，我们现在就感觉自己生活在一场革命之中，一场新的历史下的革命……

我没有脱离我们谈话的主题……你别担心……我想记住我们切尔诺贝利发生的那些事情。因为它们会一起留在历史上——社会主义崩溃和切尔诺贝利灾难，它们永远相伴。切尔诺贝利加速了苏联的崩溃，切尔诺贝利炸毁了整个帝国。

而政策就是对我们制定的……

五月四日……事故之后第九天戈尔巴乔夫才出面讲话，实在是怯懦。手忙脚乱。就像一九四一年战争刚开始的日子里，报纸上说这是敌人的阴谋和西方的歇斯底里，这是反苏活动和我们的敌人

01　库罗帕特森林惨案：1930 年末至 1940 年初，在白俄罗斯明斯克东北部库罗帕特森林里，苏联内务部杀害了数万当地人。——译者注

散布的挑衅性谣言。都是来自国外的谣言。我记得,在那些日子里,我们惶恐不安,几乎一个月的时间里每个人都在盼望,政府最终对我们宣布:在共产党的领导下,我们的科学家……我们英勇的消防队员和士兵……再次征服了灾难,赢得了空前的胜利。宇宙之火被他们赶进了试管,恐惧没有出现,我们永远不会允许它出现。这一点确信无疑……是的!我现在理解了……我们的意识无法与和平的原子能联系在一起,与学校的教科书,与读过的书籍联系在一起……在我们的概念里,世界的图景是这样的:军事的原子能,那是广岛和长崎上空不祥的蘑菇云,人们在瞬间就化成灰烬;而和平的原子能,那是无害的电灯泡。我们头脑里的和平就像是一幅儿童画。我们浑浑噩噩地活着。不只是我们这些人,整个人类在切尔诺贝利之后都变得更加聪明、成熟了,进入了另一个年龄段。

在最初的日子里,人们这样议论:

"核反应堆在燃烧。但是在一个好远的地方,在乌克兰。"

"我在报纸上看到,军事装备在往那里去,还有军队。我们会胜利的!"

"白俄罗斯没有核电站。我们没事。"

我第一次进入隔离区……

我在车上想象,那里可能完全被灰白色的灰尘所覆盖,或者满是黑色的烟尘,就像卡尔·布留洛夫的《庞贝城的末日》里的画面。而等我到达目的地,才发现那里太美了,真是美不胜收!鲜花盛开的草原,春天嫩绿色的森林。在我最爱的这个季节,一切都生机盎然……万物在茁壮生长和歌唱……最让我惊叹的是美丽和恐惧的结合。恐惧不再与美丽分开，美丽不再与恐惧分开。一切都颠倒了……我眼前的景色带有了一种与死亡有关的陌生感觉。

  我们组成一个小组前往隔离区……但没有一个人走过来打招呼。我们是一个白俄罗斯反对派议员小组。临时组合！就是一个临时组合！大家都在动摇。地方行政机关的人见面也不够友好："你们有什么解决办法吗？你们还有搅动人心的权利吗？要提什么问题？有谁还会委托你们呢？"他们借口收到上面的指示："不要挑动恐慌。等待指示。"意思是，你们要留意，别恐吓群众，我们还要完成上级的任务，谷物和肉类的生产任务。他们担心的不是人们的健康，而是生产计划。国家的计划，联盟的计划……怕的是上级领导。而那些上级怕的是链条上更高的上级，直到总书记。一个高高在上的人决定一切。权力的金字塔就是这样建造的，领导就是国王。"这里的一切都被污染了。"我们解释说，"你们生产的所有食品都不能吃了。""你们这是挑动生事。你们要停止敌视宣传。我们要打电话……打报告……"他们打了电话，应该也打了报告……

  马林诺夫卡村。每平方米五十九居里。

  我们去了学校：

  "生活好吗？"

  "人们都吓坏了，当然了。他们安慰我们：只需要清洗屋顶、用薄膜盖住水井、铺上沥青路面就行了。活下去是没问题的！可是，不知道为什么猫一直在抓痒，而马的鼻涕一直流到地上。"

  学校的班主任老师请我们去她家吃午饭。她两个月前才办了乔迁新居的聚会。白俄罗斯语管这叫"进家",就是说,人们才刚刚走进新房。房子旁边是一座气派的谷仓,还有地窖。这样的所谓富农家产,当年可是要被没收的。令人喜爱,令人嫉妒。

"可是,你住不了多久就要离开这里的。"

"我绝对不会走的!我们花费了这么多力气。"

"你来看看辐射剂量计……"

"他们都来了……那些科学家,妈的!就不想让人安安静静生活!"主人一挥手,就骑上马去草原了。连一句"再见"也没有说。

丘加努村……每平方米一百五十居里。

妇女在自家的菜园里干活,孩子们在大街上跑来跑去。男人们在村子那头还在修的壁框下面修整圆木。我们把车子停在他们旁边。他们围过来,找我们要香烟抽。

"首都那里怎么样?有伏特加吗?我们这里没有卖的了。他在卖自家的烧酒。戈尔巴乔夫本人不喝酒,还不让我们喝。"

"哈——哈——哈!这么说来,议员们……我们这里抽烟也要被禁了。"

"小伙子们,"我们给他们解释说,"你们很快就要被疏散,离开这里了。这是剂量检测计……你们来看:这里的放射性,就我们所在的地方,超过允许值的一百倍。"

"去你的……哈——哈——哈!谁信你的什么剂量检测计!你走吧,我们还得留在这里。让剂量计见鬼去吧!"

我看过几次电影《泰坦尼克号》,它让我想起了我亲眼看到的那些东西,它们仿佛一直就在我眼前……我经历了切尔诺贝利早期那些日子……那一切都像是《泰坦尼克号》，尤其是人们的行为，他们和电影里的人是完全一样的心理。我了解过，甚至比较过……巨轮的底部已经破了洞，海水淹没了底舱，冲得木桶和箱子四处漂浮……已经穿过了途经的所有障碍。而楼上灯火通明，乐声飞扬。香槟、红酒。家庭争吵在继续，浪漫的爱情刚刚开始。与此同时，海水在上涌……沿着楼梯漫上来……涌进了客舱……

灯火通明，乐声飞扬。香槟、红酒……

我们的精神状态，特殊的谈话……以及初次见面时的那些感觉，都带出一种气魄，一种我们生活的高度，但与此同时也带来一些危害。而对我们来说，合情合理的选择永远是不正常的。自己的行为由心来检验，而不是理智。你走进村子，进到院子里，就是客人了。应该高高兴兴的。他们感到为难，摇着头："唉，没有新鲜的鱼，也没有别的东西。"或者"来一杯牛奶？我这就给你倒。"我们没让他倒。他们又招呼我们进家。有几个人害怕了，但我不怕，我进去了。坐在桌子旁边，我吃了被污染的面包片，大家都在吃。我还喝了一小盅酒。我甚至有一种自豪感：你们可以，我一样可以。我一样能做到！就是这样……我告诉自己：既然我无法改变一个人的生活，那么我能做的一切，就是和他一起吃被污染的面包片，不要让场面难堪，一起分享命运。我们就是这样看待自己的生活的。我有妻子，还有两个孩子，我要对他们负责。我口袋里有一个剂量检测计……正如我现在理解的……这是我们的世界，这就是我们。十年前，我喜欢这样，我为此感到自豪；而今天，我喜欢这样，我为此感到惭愧。但是，我一样会坐在桌子旁边，一样会吃这个该死的面包片。我在想……在想，我们想过这些人吗？这个该死的面包片并没有从我的头脑中消失。应该用心，而不是用理智去吃掉它。有人写道，在二十世纪——现在我们已经生活在二十一世纪，而教导我们的依然是十九世纪的文学。主啊！这个问题依然经常困扰着我……我和很多人讨论过……我们是谁？是谁？

我和我的前妻有过一次有趣的谈话，她现在是已故直升机飞行员的寡妇。一个聪明的女人。我们坐了很长时间。她也想理解并发现她丈夫死亡的意义。她在忍受，但是她难以忍受。我在报纸上多次读到过直升机飞行员在反应堆上空工作的报道。一开始他们抛下铅板，但是铅板立即消失在洞里，当时有谁会想到，那里的温度有两千摄氏度，而铅在七百摄氏度就会变成蒸气。然后他们又抛下装着白云石和砂子的麻袋。漆黑的夜晚，烟尘飞腾。为了"投中"目标，他们必须打开驾驶室的窗口，探出头去用眼睛瞄准：向左向右，向上向下。他们受到的辐射剂量高得不可思议！我还记得那些报道的名字：《空中英雄》《切尔诺贝利猎鹰》。就是这个女人，她向我讲述了自己的疑惑："他们写道，我的丈夫现在是英雄了。是的，他是英雄。但英雄是什么？我知道，我的丈夫是一个诚实、勤勉的军人。是一个守纪律的军人。他从切尔诺贝利回来几个月后就生病了。他在克里姆林宫受到嘉奖，他在那里见到了战友们，他们也都生病了，但是大家都为了重逢而高兴。他们带着勋章高高兴兴地回家了……我当时问他：'你们是不是就一定得受这么多痛苦？执行任务之后就不能保持健康吗？'他回答：'也许可以，如果当时想得多一些就好了。需要很好的防护服，佩戴特殊眼镜和面罩。但我们既没有第一项，也没有第二项，也没有第三项。我们自己也没有遵守个人安全规则。我们没有多想……'我们当时很少去考虑这些……很遗憾，我们完全没想到……"我同意她的观点。从我们的文化上看，这么考虑自己是自私。是精神上的弱点。但总有一样东西对你来说是更重要的，那就是你的生命。

一九八九年四月二十六日，三周年纪念日。这场灾难已经过去三年了……人们被迁移到三十公里以外的隔离区，但仍然有超过二百万名白俄罗斯人生活在污染地区，他们被遗忘了。白俄罗斯反对派计划在那一天发动游行，而当局的回答是宣布当天为义务劳动星期六。城里到处悬挂着红旗，流动小吃亭推出了当时紧缺的产品：萨拉米香肠、巧克力、罐装速溶咖啡。街头随处都可以看到警车。警察穿着便衣……在拍照……不过，出现了新的现象：没有人去注意他们，也不再害怕他们。人们开始在切柳斯金采夫公园附近聚集……行进，行进。到十点钟，已经有两三万人（我使用了随后在电视上报道的警方数据），每分钟，人群都在增加。我们自己也不希望是这样的……一切都在上升……谁能够阻止这大海一样的人群？十点整，按我们的计划，队伍沿着列宁大道向市中心移动，将那里举行一次集会。一路上，不断有新的人群加入，他们就在旁边平行的街上、胡同里、门洞里等待着。传来一个消息：警察和军人巡逻封锁了通往市内的道路，阻止了运送其他地方的游行队伍的大客车和卡车，迫使他们返回。但是没有人惊慌，人们停下车，步行前往集会地点。他们用扩音器通知全体队伍。人群头顶的"乌拉!"四处回响。阳台上挤满了人……加入的人越来越多……阳台上挤满了,他们打开窗户,爬上窗台,朝着我们挥手,挥着头巾欢呼,挥着儿童的小旗子。我这时注意到,四周的人在议论……警察在后撤,包括那些身穿便衣、带着照相机的小伙子……我马上就想到:他们得到命令,退走了,回到盖着篷布的汽车里躲了起来。当局躲起来了……我们在观望……当局害怕了……人们边走边哭,大家手拉着手。他们战胜了自己的恐惧,从恐惧中解脱了出来。

集会开始了……虽然我们准备了很长时间,讨论过演说者的名单,但没有人记得住。这些来自切尔诺贝利地区的普通人,自己走到仓促搭好的讲台上,不用讲稿,就开始讲起来。他们排队轮流发言。这是证人的发言……证人在作证。发言人中的只有韦利霍夫院士一位名人,他曾经是事故现场清理总部的领导人之一。但是他的发言,我没有记住。我记得别人的发言……

带着两个孩子的母亲……女孩和男孩……

妇女带着两个孩子走上讲台:"我的两个孩子从小就不会笑。不会玩耍。不会在院子里跑跳。他们没有力气,就像老人一样。"

一名女性清理员……

她卷起衣服袖子给人们看,那是一双溃疡的手臂,上面满是疮疤。她说:"我的工作是给男人们洗衣服,他们在反应堆附近工作。我们都是用手洗,因为运到那里的洗衣机很少,要洗的衣服量又很大,机器很快就坏掉了。"

一个年轻的医生……

他先读了一遍"希波克拉底誓词"……他说,所有的病患资料都印有"秘密"和"最高机密"。他们让医学和科学卷入政治……

这就是切尔诺贝利的讲台。

我承认……我不会隐藏:这是我生命中最重要的一天,我们最快乐的一天……我承认……

第二天,游行的组织者被传唤到警察局。警察指责我们人数众多的游行队伍阻塞道路,扰乱公共交通秩序。他们搬出了未经核准的规定,以"流氓行为"的条款判处我们每人十五天的监禁。对于审判我们的法官和押送我们到拘留中心的警官来说,这是耻辱。不折不扣的羞耻。而我们笑了……是的……是的!因为我们都很高兴……

现在摆在我们面前的问题是:现在我们能做什么?接下来该做什么?

在切尔诺贝利的一个村庄,人们听说我们来自明斯克后,一个妇女跪在我们面前:"救救我的孩子!你们带他走吧!我们的医生诊断不出他得了什么病。他喘不上气来,脸色发青。他会死的。"

(沉默)

我来到医院……那是一个七岁的男孩,患有甲状腺癌。我想转移他的注意力,同他开玩笑。他却转身面对着墙壁:"不要告诉我不会死。我知道我会死。"

在科学院……我看到了被"热粒子"灼伤的人的肺部造影。那肺部就像星斗满天的天空。"热粒子"是非常小的微粒,来自燃烧的反应堆中充斥的铅和沙子。铅原子、沙子和石墨粘合在一起,被高高地抛到空中,然后微粒会散布到很远的地方……可达几百公里……它们通过呼吸道进入人体。那些在田间犁地的拖拉机手，驾车行驶在乡村公路上的司机，大多都会因此而死。这些微粒沉降在机体中，造影的片子上就会看到"亮光"。数百个小孔，就像细筛子一样。人被它烧伤，甚至死去……人会死，但是"热粒子"不会死。人们死去，千年后变成尘土，而"热粒子"还活着，它们还会杀人……（沉默）

我旅行回来……带着满满的收获。我一直在讲述那些事情……我的妻子是一名语言学家，从来对政治、对体育不感兴趣，而现在总是要问我同样一个问题："现在我们能做什么？接下来该做什么？"于是，我们开始谈论那些从正常思维角度不可能理解的事情。人在动乱的瞬间，在内部完全解放的时刻，能够对这样的事情做出决定。而当时是那样一个时代……戈尔巴乔夫时代……一个希望的时代！我们有信念！我们决定拯救孩子。我们向世界发出信息，白俄罗斯孩子生活在危险之中，我们请求帮助。我们敲响了所有的钟！当局在沉默，它背叛了自己的人民，而我们不会再保持沉默。而且……很快……非常快……一个志同道合的圈子马上就聚集起来。口令是："你在读什么书？是索尔仁尼琴，普拉托诺夫？来我们这里……"我们一天工作十二个小时。我们决定给我们的组织想出一个名字来。名字起了几十个，最后选用了一个最简单的——"切尔诺贝利儿童"基金会。现如今已经不需要解释，不需要打消别人对我们的疑虑……不需要争论……不需要恐惧……像我们这样的基金会，今天已经不可胜数。但在十年前，我们是第一个。第一次民间倡议……没有经过上面的任何人核准……所有官员的反应都是相同的:"基金?什么样的基金?我们只有卫生部。"

正如我现在理解的,切尔诺贝利事故解放了我们……我们学会了解放……

在我的眼前……(笑起来)它一直就在我的眼前……第一批载着人道主义援助物资的冷藏卡车驶进了我们家的院子。我从自己家的窗口就看见它们了,可是,这些东西怎么卸下来?放到哪里?我记得清清楚楚,汽车是从摩尔多瓦来的,车上装了十七至二十吨果汁,混合水果汁,还有婴儿食品。一种说法已经广为流传:要把辐射带走,就要多吃水果,多吃有果肉的食品。我打电话给朋友,有的人在乡下,有的人在工作。一对夫妻开始卸货,渐渐地,我们这栋楼里的人(这里是一栋九层公寓楼)鱼贯而出。偶然路过的人停下来问:"车上装的是什么?""是给切尔诺贝利儿童提供的援助物资。"人们放下手里的事情,加入到卸车工作中来。到晚上援助物资卸完了,都分散放到地下室和车库里,而且跟学校方面也说好了。然后大家都笑起来……之后这些物资被送到感染地区,开始分发……通常情况下,人们都聚集在学校或者文化活动室。我刚刚想起来一个例子……在韦特卡区……一个年轻的家庭,他们得到许多婴儿食品,还有一大袋果汁。男人坐在那里哭了。婴儿食品和果汁不能拯救他的孩子,你可以手一挥——扯淡!但他哭了,因为事实证明,他们没有被世界遗忘,有人惦记着他们。也就是说,希望,还有。

整个世界都有响应……意大利、法国、德国已经同意接收我们的孩子进行治疗……汉莎航空公司免费搭载他们去德国。德国飞行员之间展开了一场比赛，他们进行了长时间的选拔，由最好的飞行员执行这次航班。当孩子们走进机舱，他们看上去都面色苍白，安安静静的。但没有必要不开心……（笑声）一个男孩的父亲冲到我的办公室，要求返回他儿子的资料："他们那里要取我们孩子的血。他们要拿孩子做实验。"当然，人们对那场可怕战争的记忆还没有消失……人们还记得……但在这里是另外一回事：我们长时间生活在铁丝网后面，在苏联社会主义里。我们害怕另一个世界。他们不知道他们——切尔诺贝利的妈妈和爸爸——这时候已经有一个组织了。还是继续来谈论我们的心态……苏联的心态。轰然一声，苏联解体了……然而，许多人还在等待来自那个已经不存在的大国、强国的援助。我的诊断是：你想要的是什么？是监狱和幼儿园的混合物——这就是苏联的社会主义。人把灵魂、良心、忠心交给国家，换得他的口粮。这里有些人是那么幸运——他得到一大份口粮，而另一些人却只有一小份。但他们得到的灵魂上的回报是相同的。最让我们害怕的是，我们的基金会也去分配这一口粮——我们不能分配切尔诺贝利的口粮。人们已经习惯了等待，而且在抱怨："我是切尔诺贝利人。这是应当应分的，我是切尔诺贝利人。"正如我现在理解的……切尔诺贝利，这是一个对我们精神的重要考验，对我们文化的重要考验。

　　第一年我们把五千名儿童送到国外，第二年是一万名，第三年是一万五千名儿童……

　　你和孩子们谈过切尔诺贝利吗？不是与成年人，而是与儿童谈。他们那里会有你想象不到的议论。我作为一个哲学家，对此总是有兴趣的。例如……一个女孩告诉过我,她们班一九八六年秋天如何被送到田野,去收割甜菜和胡萝卜。她们到处都会碰到死老鼠,她们还在笑。老鼠、昆虫、蚯蚓都要死了,然后野兔、狼就该开始死了,它们之后就是我们了。人会最后死的。她们幻想着没有了动物和鸟类的世界会是什么样子。没有了老鼠,即使苍蝇也不再飞了,世界也不会有什么不同。她们当时是十二岁到十五岁左右。她们想象的未来就是这样的。

我与另一个女孩谈话……她去了夏令营,在那里与一个男孩成了朋友。她回忆说:"多好的男孩啊,我们难分难舍,所有的时间都在一起。"后来,他的朋友告诉他,她来自切尔诺贝利,他就再也没有来见过她。我们甚至与这个女孩子通了信。她写道:"我想到自己的未来,我现在的梦想是中学毕业后就远走高飞,走到一个没有人知道我来自哪里的地方。那里会有人爱上我,我会忘掉一切……"

你要记下来,记下来……是的……是的!一切都会从记忆中清除,都会忘记的。我希望你记下来……还有一个故事……我们来到一个受污染的村庄。学校附近的孩子们在玩球。球滚进花坛,孩子们围着花坛,走来走去,但都害怕去捡球。一开始,我也不明白怎么会这样。理论上说,我知道,但我没有在这里生活过,我缺乏那种时刻保持的警惕性,因为我是从正常世界来的。我朝着花坛走去,孩子们就叫起来:"别去!别去!叔叔,别去!"三年了(这是一九八九年的事),他们已经习惯了这样的思维:不可以坐在草地上,不可以摘花,不可以爬树。当我们把他们送到国外,就告诉他们:"你们要去森林里,要去河边。要去游泳,晒日光浴。"当时我看到,他们如何小心翼翼地走进水里……如何抚摸花草……到后来……后来……他们感受了快乐!他们去潜水,躺在沙滩上……他们随时都可以去采鲜花,用野花编花环。我在考虑的问题是什么?……是的,我们可以送他们去治疗,但是如何让他们返回他们原来的世界?如何让他们返回他们的过去,还有他们的未来?

这里还有一个问题……需要我们回答的问题:我们是谁?不回答这个问题,什么都不会发生,什么也不会改变。对我们来说,什么是生活?对我们来说,什么是自由?我们知道的自由只在梦想中存在。我们曾经可能成为自由的人,但并没有成为自由人。我们不曾得到过。我们建设共产主义花了七十年,现在我们在建设资本主义。从前崇拜马克思,现在崇拜的是美元。我们在历史中迷失了。当你思考切尔诺贝利时,就会返回到这里,返回到这一点:我们是谁?我们如何理解自己?我们如何理解世界?我们的军事博物馆比艺术博物馆要多。在军事博物馆里保存着老式枪械、刺刀、手榴弹,馆外场地上停放着坦克和迫击炮。学生们可以来这里游览,馆员告诉他们:这就是战争。战争过去是这样的……而今天已经不一样了……一九八六年四月二十六日,我们又经历了一场战争。战争还没有结束……

我们……我们是谁?

——根纳季·格鲁舍沃伊,白俄罗斯议会议员,
"切尔诺贝利儿童"基金会主席

我们早已从树上下来，
但没想到它很快长出年轮

坐下吧……坐过来一点儿……不过，我坦率地告诉你：我不喜欢记者，他们也不会喜欢我。

（为什么？）

你不知道？他们没有提醒你吗？那我就明白为什么你会在这里了，在我的办公室。我不是一个讨人喜欢的人，但你们这些记者会颂扬我。四周都在呐喊：不能在这片土地上生活。而我的回答是：能。应该学会在这片土地上生活。要有勇气。来吧，我们把被污染的地段都封锁起来，用铁丝网围起来（那是国土的三分之一！），抛掉一切，人都离开，反正我们还有许多土地。这样不行！一方面，我们的文明是反自然的。人是大自然最可怕的敌人，但另一方面，他是世界的创造者，他在改变世界。例如，埃菲尔铁塔、太空飞船……不过，进步需要有牺牲；进一步说，需要很大的牺牲。牺牲不会小于战争，这一点在今天是很明白的。空气污染、土壤毒化、臭氧空洞……地球气候正在发生改变。我们感到震惊。但知识本身不是错误或犯罪。切尔诺贝利是谁的错，是反应堆的错，还是人的错？无须讨论，是人，是人的错误操作，造成了一个可怕的错误。关于事故的分析没有深入到工艺方面……但是这已经是事实……数以百计的专业委员会和专家在为此工作。遭遇人类历史上最大的人为灾难，我们的损失大得不可思议。物质的损失，是可以计算的，但还有非物质的损失。切尔诺贝利在冲击我们的想象力，冲击我们的未来……它让我们害怕未来，让我们以为当时就不该从树上下来——也许，我们本来就应该想到的，树会立即长出年轮来的。就牺牲人数而论，最多的不是切尔诺贝利灾难，而是汽车交通事故。那为什么不禁止汽车生产呢？去骑自行车，或者骑毛驴要更安全……坐马车……

他们这时候沉默了……我的对手沉默了……

他们责难我……问我："你如何看待孩子们在喝放射性牛奶，吃放射性浆果这件事？"我觉得这种事情不好，很不好！但是我认为，孩子有他们的爸爸和妈妈，我们有政府，政府应该去考虑这种事情。我反对的是那些不知道或者忘记了化学元素周期表的人，那些教授别人如何生活的人。他们在恐吓我们。我们的人民一直生活在恐惧之中——革命，战争。这些该死的吸血鬼……魔鬼！原来……现在是切尔诺贝利……然后，我们感到惊奇，为什么我们有这样的人？为什么他们不是自由的？为什么害怕自由？他们习惯于生活在上有君王的社会，在君王—父亲的统治下生活——也可以叫作总书记，也可以叫作总统，没有什么差别。但我不是政治家，我是科学家。我一生考虑的是地球，研究的是地球。地球同样是一个令人费解的物质，就像血液一样。似乎我们已经知道它的全部,其实仍然存在一些神秘之处。我们的分歧不是赞成生活在这里,或者反对生活在这里,而是科学与不科学的分歧。如果你有阑尾炎,需要做手术,你会去找谁?当然是去找医生,不会去找社会活动家。你会去听专家的建议。我不是政客。我在想……白俄罗斯除了土地、水、森林,还有什么。有大量的石油吗?有钻石吗?什么都没有。因此,必须保护你现在所拥有的。是的……当然……世界上有许多人愿意帮助我们,同情我们,但我们不会去靠西方的施舍生活,不会依靠别人的钱包。所有愿意离开的人,都已经离开了,留下了那些希望生活,而不想在切尔诺贝利之后死去的人。这里是他们的家园。

(作为生活在这里的人,你有什么建议吗?)

人需要治疗……被污染的土地也需要治疗……

我们应该工作,思考。哪怕是一小步,也应该向上攀爬,向前进发。而我们……我们又在做什么?我们习惯于可怕的斯拉夫懒惰,宁愿相信奇迹,也不愿相信自己双手完成的创造。看一看大自然吧……应该向它学习……大自然在工作,她可以自洁,可以帮助我们。它的所作所为比人类更理性。它努力寻找原始的平衡,寻找永恒。

他们叫我去省执行委员会,对我说:

"有一件不寻常的事……你会理解我们的。斯拉娃·康斯坦丁诺夫娜,我们不知道该相信谁。几十个科学家都认可了,但你的说法与他们不同。你有没有听说过一个很出名的女巫帕拉斯卡?我们决定邀请她来我们这里,她能在夏天降低伽马辐射。"

你觉得好笑……但是跟我说这些话的人是认真的，已经有几个农场同帕拉斯卡签了合同，给了她很大一笔钱。那是一次群情激奋的经历……人都看晕了……大家都歇斯底里……你记得吗？成千上万人坐在电视前面，还有巫师，他们自称为神人，卡什皮罗夫斯基[01]给他们"装好"水。我的同事都是具有学位的学者，倒好了三罐头瓶的水。他们喝了水，洗过手……然后声称，这水可以治病。巫师们来到体育场，这里已经汇聚了众多仰慕阿拉·普加乔娃的粉丝。人们有的是走来的，有的是乘车来的，还有的是爬着来的。不可想象的热情！我们按照魔杖的指点医治所有的疾病！这是什么？是新的布尔什维克计划……他们头脑里全是新的乌托邦……我在想："现在，巫师可以拯救我们的切尔诺贝利了。"

有人问我："你对此是什么看法？当然，我们都是无神论者，但他们是这么说的……在报纸上写了……我们给你安排一次见面？"

我见到了这个帕拉斯卡……她是从哪里来的，我不知道。可能是从乌克兰来的。这两年她四处活动，在降低伽马辐射。

"你打算做什么？"我问。

"我有这样的内在力量……我觉得，我能够降低伽马辐射。"

"你完成降低伽马辐射需要什么条件？"

"我需要一架直升机。"

我一听就火了。

---

01 阿纳托利·卡什皮罗夫斯基，俄罗斯当代精神疗法医师。——译者注

"好吧，"我说，"马上给你一架直升机。我们这就把被污染的泥土运来，堆在地板上。就堆半米吧。你来……你来降低伽马辐射……"

我们就这样着手准备了。泥土运来了……她低声说了几句，吐了一口，然后做出挥手赶走空气的动作。接下来出现了什么？什么也没有出现。帕拉斯卡现在蹲在乌克兰的监狱里，她犯了欺诈罪。另外一个巫师……她宣称能让一百公顷土地上的锶和铯加速衰变。为什么会出现这些人？我想，他们来自我们对奇迹的希冀，来自我们的愿望。报纸上有他们的照片，还有对他们的采访。有人给了他们整版的报纸篇幅，给了他们电视上的黄金时段。如果一个人对理性不再抱有信心，那么恐惧就在他的思维里安了家，就像与野兽为邻，就像怪物爬到了身上……

他们这时候沉默了……我的对手沉默了……

我只记得一个大领导要见我，他说："我这就去你们研究所，你能给我解释一下什么是居里，什么是微伦琴吗？比如说，这个微伦琴，是怎么发展成脉冲的？我到村里的时候，人们会问我，而我就像一个白痴，就像一个小学生。"还有这么件事。阿列克谢·阿列克谢耶维奇·沙赫诺夫……你记下他的名字……大多数领导根本不想知道什么物理、数学，他们都是在高级党校毕业的，那里只教给他们一门课。如何激励和发动群众，这是政治委员的思维……不会随着布琼尼骑兵时代的退出而改变的……

至于有什么建议……我们是怎么在这个地球上生活的？我担心，你会和其他记者一样觉得无聊。你找不到感觉，找不到光鲜亮丽的东西。多少次我站在记者面前，我对他讲的是一，而第二天读到的却是二。难怪读者要被吓死。有人在隔离区看见过罂粟种植，还有吸毒的窝点。有人在隔离区还看见过三条尾巴的猫……在事故发生那天，上天是有预兆的……

这是我们研究所制作的，为集体农庄和居民打印的小册子。我可以给你一份……你也来宣传……

这是给集体农庄的小册子……（读起来）

我们的建议是什么？学会对付放射性物质，就像对待电流一样，让它顺着一条线路从人体绕过去。为此，我们就需要改变我们的生产模式，调整生产加工文化，不要让被污染的牛奶和肉类摆上餐桌。油菜籽可以榨油，菜籽油可以用于引擎润滑，还可以用作发动机的燃料。种子和幼苗可以培育。在实验室条件下对种子进行特别的辐射处理，保持纯净的品种，这是安全的。这是一种方法。还有第二种……如果我们仍然要生产肉类……我们没有办法净化作为饲料的粮食，我们找到了方法——喂养牲畜，先经过动物过滤再供应给它们。就是所谓的个体活化。牛被屠宰前的两到三个月，我们转为单栏饲养法，喂给它"干净的"饲料，它们就被净化了……

我想，这就足够了……我不用再给你读了吧？我们谈论一些科学的思想吧……我称之为"生存哲学"……

这是给个体户的小册子……

我到村里看望那些老爷爷、老奶奶……我给他们读，他们却要轰我走。他们拒绝听我读，他们希望就像祖辈那样生活。他们想喝牛奶，但牛奶不能喝，要买来分离器，用它分出奶渣，搅出黄油，将乳清倒掉。他们想晒蘑菇……那就先要泡蘑菇，在木盆里泡一宿，然后把水倒去，再晒干。一般来说，最好不要吃。法国的洋蘑菇好吃，那都不是在外面种的，而是在温室里培养的。我们的温室在哪儿？只有白俄罗斯的木头房子，自古以来，白俄罗斯人就生活在森林里。房子最好用砖块来搭建，砖块是很好的屏障，也就是说，可以消散电离辐射（是木头的二十倍）。住宅旁的地面每五年要施用石灰一次。锶和铯是很难对付的，它们会伺机而动。不可以用自己家奶牛的粪便施肥，最好去买化肥……

别人对我说："那是其他国家，是那些国家的人和官员，他们需要你们完成生产计划。对于我们这儿的老人，他们的退休金还不够买面包和食糖，而你还建议他们买化肥，买分离器……"

"我可以回答……我是在捍卫科学。我可以向你证明，切尔诺贝利事故的责任不在科学，而在人。不在反应堆，而在人。至于政治问题，不是我这里要说的。你找错了地方……"

还有……还有一件事我几乎忘了，我把它记在了纸片上……一位年轻的科学家从莫斯科来到我们这儿，他有一个参加切尔诺贝利项目的计划。尤拉·茹琴科……他带来了已经有五个月身孕的妻子……所有的人都在耸肩——为什么？为什么？我们自己的人走了，外面的人却来了。因为他是一个科学家，他想证明：有学识的人可以在这里生活。有学识和忠于职守，这两个品质在我们这里值得称赞，就像赤裸胸膛面对敌人的枪弹，或者手持火炬带来光明……而现在呢，蘑菇要泡，第一次煮土豆的水要倒掉……要定期服用维生素，到实验室检验浆果，把灰土埋在地下……我在德国看到，每个德国人都会对垃圾仔细分类，这个垃圾箱里面是白色的玻璃瓶，那个里面是红色的……牛奶包装单独放在顶上，这里是塑料袋的地方，那里是纸袋的地方，照相机电池放到专门的地方，生物废弃物要单独放……有人在做分类工作……我不敢想象，我们的人会做这样的工作：区分白色玻璃和红色玻璃——对他们来说，这是多么无聊和屈辱，肯定要骂出口的。怎么可以让西伯利亚的河流朝向相反的方向？"晃动你的肩，摊开你的手……"为了生存，我们应该改变了。

不过，这已经不是我的问题……是你们的……这是文化问题，心态问题。是我们所有人生活的问题。

他们这时候沉默了……我的对手沉默了……（沉思）

我希望……尽快关闭切尔诺贝利核电站。尽快吧！把反应堆的屋顶变成一个绿色的草坪……

——斯拉娃·康斯坦丁诺夫娜·菲尔萨科娃，农学博士

在封死的
水井边

春天冰雪消融,我总算来到了老农庄。我们这辆破警车又熄火了,好在已经开到了离庄园不远处。庄园四周栽满了橡树和枫树。我要去找波列西耶著名的歌手和讲故事人玛利亚·费多托夫娜·韦利奇科。

我在院子里见到了她的儿子们。大儿子马特维是一名教师,小儿子安德烈是一名工程师。大家开始愉快地交谈,很快就进入一个话题——他们马上就要搬家。

"客人进了家,主人却要离开家了。我们就要带着母亲搬到镇上去了,车子已经等着了……你要写什么书?"

"关于切尔诺贝利的吗?"

"关于切尔诺贝利,今天那些回忆很有趣……我一直关注报纸上的报道,相关的书倒是很少见。我作为教师,应该知道这些,但没有人告诉我们应该怎么给孩子们讲这些。让我不安的不是物理学……我教的是文学,让我不安的是这些问题……列加索夫院士,他是事故清理工作领导人之一，为什么他要自杀——他回到莫斯科的家里就开枪自杀了。而核电站总工程师精神失常了……贝塔粒子，阿尔法粒子……铯、锶……这些粒子都在散发，都在放射，都在转移……它们对人有什么影响？"

"我看，这是人类的进步！对于科学不应该拒绝！没有人会拒绝电灯……恐惧可以进行交易……他们出售切尔诺贝利的恐惧，因为我们没有什么可卖的，也许可以把恐惧卖到国际市场去。这是一种新产品——出售我们自己的痛苦。"

"我们已经搬迁了数百个村庄，成千上万的人民……伟大的农民亚特兰蒂斯，它随着苏联崩溃了。无可挽回。我们失去了整个世界……这个世界将不会再有，无法重来。你来听一听我妈妈说的吧……"

这次意想不到的对话，一开始就如此沉重，我很遗憾没有能继续下去。她还有急事。我想，他们就要永远离开自己的家了。

这一刻，女主人出现在门口。她像亲人一般拥抱了我，吻了我。

冬妮娅，我一个人在这里过了两个冬天。人不会来，动物倒是常来常往……有一次狐狸跑进来，看见我，非常惊奇。冬季，长长的白天和夜晚，就像生命一样，我真想给你唱歌，真想给你讲故事。老年人的生活孤寂，说话就是他们的工作。曾经几个大学生从首都来我这里，他们还带来了录音机。那是以前的事情了……在切尔诺贝利事故之前……

该对你说些什么呢？也许我还有一点儿时间……这几天我用

水来占卜，结果是我在路上……我们的根离开了土地。我的祖父、曾祖父都在这里生活。他们刚刚好像在森林里出现了，祖父、曾祖父轮流着出现。现在，时间到了，灾难要把我们从自己的土地上赶走。童话故事里有没有这样的灾难，我不知道。呵呵……

我记起了你，冬妮娅，我记起了那时，我们女孩子都想占卜爱情……多开心啊……无忧无虑，就像生命刚刚开始的时候……我在妈妈爸爸身边一直长到十七岁，那是该嫁人的年龄。夏天用水来占卜，冬天用烟来占卜，烟囱冒出来的炊烟飘去的方向，就是你要嫁去的方向。我喜欢用水占卜……在河边……水是最先来到大地的，水什么都知道。它会告诉我。我们把蜡烛放入水中，让熔化的石蜡滴在水中。蜡烛要是漂着，那就是爱情到了；如果沉入水中，那这一年还要继续等，你还要做姑娘。属于我的另一半在哪里？我的幸福在哪里？我一次次地占卜……拿着镜子去洗澡，一整夜都坐在那里，如果镜子里有人出现，就要马上把镜子放到桌子上，不然魔鬼就会跳出来。魔鬼喜欢穿过镜子出来……我们还用阴影占卜，在一个水杯之上点燃一张纸，看投到墙上的影子。如果影子是十字架，就代表死亡；如果是教堂的圆顶，就代表婚礼。有人在哭泣，有人在微笑……我的另一半是谁？晚上脱下鞋子，将一只鞋放在枕头底下。夜里未婚夫会来找鞋，你看着他，要记住他的面孔。来找我的人，不是我的安德烈，他是高个子，白脸庞，而我的安德烈个头不算高，黑眉毛，一直在笑："哎呦，小娘们儿……你是我的小心肝儿……"（笑了）我们一起生活了六十年……我们生了三个孩子……爷爷去世了……儿子们送他去墓地……他在去世前最后一次吻我:"哦,小心肝儿,留下你一个人……"我知道什么?因为长寿,忘记了生命,也忘记了爱。呵呵……上帝保佑!还是女孩子的时候,她们就会把梳子放在枕头下。头发散开来,就睡着了。未婚夫会在梦中到来。他会来讨水喝,或者饮马……

他们把罂粟籽撒在水井四周……撒成一个圆圈……到晚上,我们就走来对着水井大声喊:"运气,呜——呜——呜!运气,哦——哦——哦!"响起了回声,你能听出来:是谁,在说什么。我就想走到水井跟前,求问我的运气……尽管我当时已经不抱什么希望,只有一点点。但我们的水井都被士兵封上了,钉上了木板,已经是死井了……被封死了……只在集体农庄办公室旁边留了一个铸铁的给水柱。村里有一个巫婆,她给人算命,她去了镇上女儿家。她自己带了两大袋子草药。谢天谢地!呵呵……她就在那些死者的头骨里煮草药汁……装在白色的粗麻布袋子里……镇上谁会要这些东西?镇上的人都坐着看电视,要不就是看报纸。就像我们在这里的人看鸟,或者在田里溜达,莳弄花草。如果春天田地里的冰雪没有消融,那就要等到夏季干旱时才能耕种。月亮的光线昏暗,在这样的暗夜,牲畜不会下崽,鹳在上冻之前早早就飞走了……(她讲着,合着故事节拍轻轻地摇摆着)

我有几个好儿子,儿媳们也贤惠。还有孙子。但是,搬到镇上去我能跟谁说话?成了一个外乡人,心里空落落的。你想到与陌生人打交道的感觉吗?我喜欢一个人走在森林里,喜欢在树林里生活,总觉得那有人气。现在,森林不允许去了……警察在看守,守卫着辐射……

两年了……上帝保佑！儿子已经问了我两年："妈妈，去镇上吧。"他们最终说服了我。而说到底……我们这里多美呀，周围是森林，有湖泊。湖水干干净净，还有美人鱼。老人告诉我，死去的小女孩会变成美人鱼活着。人们把送给她们的内衣、裙子留在灌木丛里。把衣服挂在庄稼地和灌木丛里的绳子上，她们会从水里出来，会在庄稼地奔跑。我说的故事你相信吗？人们都爱听，都相信……当时还没有电视机，还没有发明出来呢。（笑了）

噢……我们还有美丽的土地！我们在这里生活，但是我们的孩子们不会在这里生活了。不……我爱这里的时光……太阳高高地升起，鸟儿都飞回来了。冬天，让人烦恼，晚上不能出门。野猪在村里互相追逐，就像在它们的树林里一般。我去刨一些土豆……我想种洋葱……总得干一点儿活，不能只坐在那里等着死吧！

冬妮娅，我还记得……家神早就住在我们家里了，只是我不知道它究竟住哪里，但它总是从炉子下面出来。一身黑衣服，黑帽子，衣服上的纽扣亮闪闪的。它没有身体，但会走。我有时候以为，是我那个当家的来找我了，要告诉我什么事。哦，哦……不是这样的……冬妮娅……我一个人生活，没有人可说话，到了夜里我就把白天的心情告诉他："我一大早就出去了……直到太阳升起，我站在那里，感到惊叹和喜悦。我心里充满了幸福……"而现在我要走了，要离开自己的土地……在复活节前的星期日我总会去采折柳条回来。父亲不在了，我会去河边点好蜡烛。大门口也有蜡烛。家里也有，收拾得干干净净。墙上、房门、天花板、屋顶，我都插了柳条。我再说上一句："柳条呀，你要救我的奶牛。

你要让庄稼丰收，苹果高产。鸡仔遍地，鹅蛋多多。"我就这样一边走，一边嘱咐着。

以前，我们会快活地迎接春天的到来……我们会游戏，会唱歌。从男人们把奶牛带到草地上的第一天就开始了。要把女巫赶走。为了不让女巫伤害奶牛，不让女巫挤走牛奶，一定要把它们赶走……不然，女巫还会跑到家里去挤奶，引起一片恐慌。

你记住，事情可能会全部重来的，教堂的书籍里就说到过。在我们这里侍奉的一位神父，他就读到过。生活可能会结束，然后再重新开始。你继续听我说……很少有人会记得这些，也很少有人会对你说。在第一批牲畜面前……应该把白布铺在路上，先让牲畜走过，再让牧人跟在后面走过。他们一边走，嘴里还要念着："邪恶的巫婆，你去啃石头……去啃泥土……而我们的奶牛，你们就放心去草地和池塘吧！什么也别怕，没有恶人，也不会有猛兽。"春天，不是一处草地在蜕化，而是全部在蜕化。到处都是坏家伙。而这些东西本来在偏远的地方，在房子背后的畜栏里，那里暖和。那些坏蛋从湖里爬到院里，借着晨露在蔓延。人们要保护自己。门口那块有蚁丘的好地被挖了，而最有效的办法是填埋掉大门口的那个老城堡。封上所有坏蛋的牙齿，所有坏蛋的嘴。而土地？它不仅需要犁和耙，还需要保护，以免被邪恶的人毁坏。你要在自家的田地上走上两圈，对它说："我要下种，我要下种……我在等着好收成，也为了老鼠有吃的……"

你还记得吗？春天，鹳也飞来了。该对它说声感谢，因为它又飞回了老地方。鹳急着筑窝，生下了一群小鸟。小鸟在叫："咯咯咯……过来！过来！"长大的小鸟结婚了，又来叫："咯咯咯……我们相爱了！孩子们长得白白胖胖！就像柳芽一样。"

复活节了，所有的鸡蛋都涂成了彩色的……红的、蓝的、黄的。家里有人去世时，用一个黑色的鸡蛋表示，那是一个哀伤的鸡蛋，代表家人的悲痛。而红色的鸡蛋代表爱情，蓝色的鸡蛋寓意长寿。呵呵！就像我一样……或者，或者。我什么都知道：春天要来了，夏天……然后是秋天，冬天……我为什么还活着？因为我要看世界……我不会说我不快活。冬妮娅……你要听我说下去……你要把一颗红蛋放入水中，看它沉入水底，然后你再去洗脸，面庞就会变得美丽、清洁。如果你想让死去的人到你梦中来，你就到墓地去，把鸡蛋放在地上滚，同时说："我的妈妈，到我这里来。我想你。"你再把想说的话告诉她，把自己的生活告诉她。如果丈夫让你受了委屈，她会告诉你该怎么办。滚鸡蛋之前，你要把蛋拿在手里，闭上眼睛，心中默念。坟墓不可怕，可怕的是送死者去墓地。那时要关闭窗户、房门，不让死神飞进来。死神总是穿着白袍，举着镰刀。我自己也没有看到过，是别人告诉我的……谁会跟它见过面呢……千万不要碰上它。它对着你会笑："哈——哈——哈……"

我去了墓地，带了两个鸡蛋，一个红蛋，一个黑蛋，黑色是悼念的颜色。我坐在丈夫旁边，纪念碑上有他的照片，不是年轻时的，也不是年老时的，挺好的一张照片。"我来了，安德烈。我们来说说话。"我把所有的事情都说了。有人在叫我……好像是从什么地方传来他的声音："哦，我的小娘们儿……"我走到女儿的墓碑那里,她是四十岁去世的,得了癌症,我们四处求医,一点儿办法也没有。她那么年轻,那么美丽,就这样离开了我们……在那个世界一样也会有老有少,有美有丑,甚至也会有小孩子。谁会在这里呼喊呢?莫非,他们在那个世界可以跟这个世界说话?我不明白……我不明白,就连聪明人,城里的教授,也不会明白。教堂的神父也许会知道,到时我会问他的。哦,哦……我对女儿这样说:"我的冬妮娅!我的宝贝女儿!你会和哪些小鸟一起从远处飞回来?是和夜莺一起飞来,还是与杜鹃一起?我该在哪个方向等着你……"我就这样唱着歌,等着。突然……我得到了一个暗示……在墓地一直等到夜里是不行的,五点钟就得走……太阳还高高地挂着,但也开始西斜了……西斜了……该说再见了。他们两人都在那边,虽说待在一起,但其实和我们一样,也是孤独的……死者也有各自的生命,与我们一样。我说不清楚,但我可以猜得到。我想是这样的。我再对你说几句……人快要去世,而一直受折磨的时候,这时候如果家里有很多人,所有人都应该到外面去,只留下他一个人。即使是妈妈和爸爸也应该出去,孩子也应该出去。

天刚亮,我就到院子里去,到菜园里去,我在回忆自己的一生。我的儿子长得可壮实了,就像院里的橡树一样。幸福是有过,但是不多,我一生都在工作。我的双手不知道刨过多少土豆。犁地,播种……(重复)犁地,播种……现在……这个筛子我要带走。留下的种子有青豆、向日葵、红甜菜……我会把它们抛到光秃秃的地里,任由它们自己去生存。我把院里的花撒开来……你知道秋英[01]在秋天夜里的气味吗？尤其在下雨之前，它们的气味特别明显。还有香豌豆……现在，这一刻到了，再摸一下那些种子吧，把它们抛到地里，它们会发芽，会长大，但不再是为了人。这一刻……上帝给了我们暗示……就在那一天，这个该死的切尔诺贝利出事了，我梦到了蜜蜂，好多好多的蜜蜂，飞呀，飞呀，一群接着一群。蜜蜂在赶着去救火。地球烧起来了……上帝给了暗示……人类只是来地球做客的，这里不是他的家，是来做客的……（她哭了）

（"妈妈，"一个儿子在叫她，"妈妈，车子来了……"）

01　秋英，即波斯菊。——编者注

角色与
情节之苦

人们写了几十本书……拍了许多电影，写过无数评论。然而事件本身的严重性远远超过我们的理解，超过任何评论……

有一次，我听别人说——也可能是我读到的，说切尔诺贝利问题对于我们来说，首先是一个需要自我觉悟的问题。我赞同这个说法，它与我自己的感觉相符合。我一直在等待一个聪明人给我一个有说服力的解释……分析……他们会如何解释，如何蒙骗我？或者再没完没了地重复那些口号："市场！市场！自由市场！"而我们……我们身在没有了切尔诺贝利的世界，生活中还是无法摆脱切尔诺贝利的影响。

而我，我的专业是导弹，是火箭燃料专家。我曾经在拜科努尔服役。我整天琢磨的就是"宇宙号"啊，"太空计划"啊，这是我生活的主要内容。那是美好的时光！我献给了蓝天！献给了北极！献给了处女地！献给了宇宙！全体苏联人民与加加林一起飞上了太空，脱离了地球……那是我们的一切！我至今还爱着他！最可爱的俄罗斯人！他那灿烂的微笑！甚至他那经过导演的死。梦想飞翔,飞翔,梦想自由的飞翔……梦想着脱离地球飞走……这是一段多么美好的时光!因为家庭的原因我来到了白俄罗斯,一直到退役。当我来到这里……沉浸在这片叫做切尔诺贝利的空间中,我的感觉变了。虽然我一直在与最现代的技术、与先进的空间技术在打交道,但这里发生的事情超乎我的想象。这很难描述……很难想象……(思考)就在一秒钟以前,我刚刚突然觉得我想明白了,但是它马上让我产生了哲学思考。你不要跟人们谈论切尔诺贝利,无论和谁谈,最后都会变成哲学范畴的讨论。

不过,我还是把我的工作讲给你听吧。我们做了我们应该做的!我们要建立一个教堂……切尔诺贝利教堂,以供奉怜悯圣母。我们四处募捐,慰问病人和不久于世的人们。我们要书写历史,建立一座博物馆。以前我有时候也在想,以我那样的心态,不能再在这种地方工作了。我接到的第一项任务是:"这些钱,要分给三十五个家庭。三十五个寡妇家庭,她们的丈夫都死了。"她们的丈夫都是清理员。一定要公正分配。怎么分才算公平?有一个寡妇,带着生病的小女儿讨生活;另一个寡妇有两个孩子;第三个寡妇自己就生着病,房子还是租来的;还有一个女人,她有四个孩子。夜里,我会突然醒过来,辗转反侧:"怎么才能公正地分配呢?"我左思右想,算来算去……我想不出办法,最后还是把钱平均分给了名单上每家人。而博物馆,那是我的孩子。切尔诺贝利博物馆。(沉默)有时我觉得,这里不会是博物馆,而是一座殡仪馆。我简直是在治丧委员会干活!今天上午,我刚到,还没有脱下外套,门就开了,一个妇女哭着冲进来,她不是在哭,而是在哀号:"你们把他的奖章和证书都拿走吧！把所有的抚恤金都拿走！把我的丈夫还给我！"她哭喊了好长时间。她把丈夫的奖章留下了，把那些证书也留下了。它们会被博物馆收藏，陈列在玻璃柜子里面……人们会在那里看到这些展品……但是她的哭声，除了我，谁也没有听到，只有我。摆放这些证书的时候，我会想起她的哭声。

现在，雅罗舒克上校也要死了……他是放射化学家。曾经魁梧健壮的他，现在瘫痪在床。妻子给他翻身，就像翻枕头一样，拿着汤匙给他喂饭……他还有肾结石，必须进行碎石手术，可我们没有钱为他支付手术费。我们是穷人，需要靠施舍生活。而国家的所为就像一个骗子一样，它抛弃了这些人。等到他去世了，就以他的名字命名一条街道、一座学校，或者一支部队，但这些都要等到他死了以后……雅罗舒克上校，他走遍了隔离区，标出最严重的污染区，也就是说，他们彻底地利用了他，把他当作一个机器人。他也明白这一点，但他去了，他从核电站中心出发，一步一步走遍了放射半径以内的所有地方。他带着辐射剂量检测仪，探索着"污点"，沿着"污点"的边界移动，绘出了一张准确的地图……

而那些在反应堆屋顶上工作的士兵呢？参加清理工作的军事单位总共有二百一十个，也就是将近三十四万名军人。那些清理屋顶的士兵受害最为严重……派发给他们的只有铅制围裙，而辐射来自下面，他们下面没有一点儿防护。他们穿的是普通的人造革靴子……他们每天要在屋顶工作一分半到两分钟……清理工作完成后，就让他们就从军队退役，发给他们一份证书和奖金——

一百卢布。于是,这些人就在我们祖国广袤的土地上消失了。他们在反应堆顶上清理可燃物,以及反应堆的石墨、混凝土碎片和钢筋,在二十至三十秒内装满小推车,再把这些"垃圾"从顶上倒掉。这样的专用小车仅自重就达到四十公斤。你可以想象一下:穿着铅围裙,戴着面罩,推着这些小车狂奔。你能想象到吗?在基辅的博物馆里展示有反应堆中石墨块的蜡模,有军帽大小,人们说,如果这是真的石墨,重量可以达到十六公斤,可见它的密度和重量之高。无线遥控机械手经常失灵,要么就发生错误,执行相反的指令,因为它们的电路板在高辐射环境下一样会遭受破坏。最可靠的"机器人"还是士兵——他们被戏称为"绿色机器人"(因为军装制服是绿色的)。有三千六百名士兵曾在发生事故的反应堆顶部作业,他们夜晚就睡在地上。他们中的很多人都讲过,刚开始他们还把麦秸铺在帐篷里的地上,而麦秸都是从反应堆附近的麦秸大垛上拿来的。

这些年轻人……他们现在正在死去,但他们明白,假如不是他们的话……他们都是特殊文化下培养出来的人,一种功勋文化。他们都是牺牲品。

在事故发生后,一度有发生核爆炸的危险,因为必须把反应堆底部的冷却水排出,否则一旦铀和石墨的熔融体落入底部,与水接触,就会达到临界值,导致爆炸,三百万至五百万吨TNT当量的爆炸。如果爆炸发生,不但基辅和明斯克将没有生命存在,就连欧洲的绝大部分也将不会存在生命。你能想象吗?!那是整个欧洲的大灾难。所以,摆在人们面前的问题就是:谁潜入水中打开底部的排水阀门？他们许诺了汽车、公寓、别墅，还有全家人一生的赡养费，在士兵中寻找志愿者。最后，他们找到了！几个小伙子跳进水里，多次下潜，打开了阀门。他们得到了七千卢布的奖金，而许诺的汽车和公寓却被忘记了。是啊，士兵们潜水抢险不是为了别的，不是为了这些物质奖励，他们对物质的要求并不高。我们这些年轻人不是那样的人……不能只从表面去理解……

（他激动起来）

　　这些人已经不在了……只在我们的博物馆还留有他们的材料……还写着他们的名字……但是，如果他们当初没有这样做呢？这些人的自我牺牲精神……无人可以相比……

　　我曾经与一个人争论……他认为，这些行为反映了他们将生命的价值看得太低，是亚洲式的宿命论。一个牺牲自我的人，并没有把自己看作一个独特、不可重复的个体。他们渴望成为主角。此前，他们是一个个没有台词的人，不能说话的配角。没有属于他们的剧情，只是作为背景存在。后来，他们突然间成了主角，渴望人生意义。我们宣传的是什么？是我们的意识形态吗？你付出了生命的代价，却获得了人生的意义。你的人生升华了，他们给了你一个角色！这样的死亡很有价值，因为它换来了永恒，换来了你的永垂不朽。这就是这个人的观点，他还给我举出例子……但是我不赞同！绝不赞同！

　　我们是被当作士兵培养起来的，从小到大，他们就是这样教育我们的。时刻处于动员状态，时刻准备着去完成不可能的任务。我高中毕业，想要去读大学，我的父亲震惊了："我是一名职业军人，而你要去穿西装？祖国需要有人来保卫！"他因此好几个月不肯和我说话，直到我递交了报考军校的申请。我的父亲参加过战争，他已经去世了。他几乎没有任何物质财产，与他那一代人一样。他去世后，什么也没有留下：房子、车子、土地……给我留下了什么呢？一个军用挎包，那是他在芬兰战争前得到的，里面是他的军功章。还有一个塑料袋子，里面是父亲当年从前线寄回来的三百封信，那是母亲从一九四一年开始一直保存着的。这就是父亲留给我的全部遗产……在我看来，这是无价的财富！

现在您该明白我是怎么看待我们的博物馆了。那个骨灰罐里装的是切尔诺贝利的土……只有一把土。还有矿工的头盔，也是从那里来的……农具也是从隔离区拿来的……这里不会允许辐射剂量检测员来。这里的东西件件都会发光！但是这里收藏的所有东西都是真的！没有塑料模型。我们确信这一点：人们只会相信真实的东西。因为关于切尔诺贝利的谎言太多了，过去有，现在也有。有这样一个说法：原子，不仅可以用于军事与和平的目的，还会被个人所利用。于是，各种基金会和商业机构四处生长……

既然您在写这样的书，您一定要看看我们独一无二的视频资料，这是我们一点一滴收集起来的。您以为这是切尔诺贝利的纪录片，错了！他们不允许拍摄，摄像都是被禁止的。如果有人拍摄了什么东西，那么有关部门马上就会收缴这些资料，再把消磁后的带子交还给你。我们没有纪录片反映被疏散的人群，带走的牲畜……悲剧是被禁止拍摄的，他们拍摄的只有英雄事迹！切尔诺贝利的摄影集一直在出版，但是电影和电视摄像师的设备不知道被他们毁坏了多少。他们在各级机关奔波不休……为了诚实地讲述切尔诺贝利，当时需要勇气，现在一样需要勇气。请相信我！你应该看看这些镜头……这些第一批消防队员乌黑的面孔，就像石墨一样。而他们的眼睛呢？这是那些知道自己将要离开我们的人的眼睛，只有他们才有这样的眼神。有一个片段是一个妇女的腿，在事故发生的那天早上，她去到核电站附近自家的菜园里干活。当时她走在满是露水的草地里……现在她的双腿就像筛子一样，膝盖以下都是洞眼……您应该看看这段片子，因为您要写这样的书……

我回到家后，却不能触碰我的小儿子。我得去喝五十克到一百克伏特加，然后才能去抱小孩……

博物馆中有一个部分就是纪念直升机飞行员的……沃多拉日斯基上校，葬于白俄罗斯的茹科夫·卢格村。他受到超过安全剂量上限的辐射，本来应该尽快撤离，但是他还是留下来，又坚持训练了三十三个飞行员。他自己完成了一百二十次飞行任务，投放了两三百吨物资，他每天在反应堆上空三百米的高度飞行四五次，机舱内的温度达到六十摄氏度。当沙包投下的时候，下面正在发生什么？你可以想象一下……炙热的反应堆……每小时的辐射量达到一千八百伦琴。飞行员在空中受到辐射的伤害也非常严重。为了使投放命中着火点，他们要把头伸出机舱，靠肉眼来观察……没有别的办法……在政府委员会的会议上，对这项任务的描述就是一个简单的日常报告："完成这一任务，需要牺牲二至三人。而另外一项，牺牲一人。"就这么简单，稀松平常……

沃多拉日斯基上校已经死了。在他的反应堆累积辐射剂量记录卡片上，医生写的是七贝克，实际上是六百贝克！

而那四百名不分白天黑夜在反应堆底部挖掘隧道的矿工呢？他们需要挖掘一条隧道，向其中灌入液氮以冻结地下的土壤。不然，反应堆就会接触到地下水……来自莫斯科、基辅和第聂伯彼得罗夫斯克的矿工……我一直没有看到过有关他们的任何消息。在狭窄的隧道中，他们冒着五十摄氏度以上的高温，裸露着身体，推着小车前进。那里的辐射，同样有数以百计伦琴……

他们正在死去，时日无多了……假如他们没有去做这样的工作呢？我相信他们都是英雄，而不是这场本不应该发生的战争的牺牲品。他们将这称为事故，称为灾难；其实这是一场战争……而我们的切尔诺贝利纪念碑，看上去就好似一座战争纪念碑……

有些事情我们是不会拿来讨论的，这就是斯拉夫人的羞耻心理。你在写这本书，你应该是知道的……那些在反应堆或者反应堆附近工作的人，他们也有与抢险人员类似的症状，这是显而易见的事情……男性的泌尿生殖系统受到了损害……但他们没有公开地对我们说到这样的事，这是他们无法接受的。有一次我陪同英国记者采访，他准备了一个很有趣的话题，就与这个问题有关——他对有关人性的题材很感兴趣。话题涉及生活的各个方面，比如人们在家里是什么样、日常生活什么样，以及亲密行为等。但是他连一个坦率的回答也没有得到。他请我召集一些人，比如说，召集直升机驾驶员来接受采访……说一些男人之间的事情……来了几个人，其中有的三十五岁或四十岁就已经退休了；还推来一个断腿的人，走起路来一摇一晃，因为辐射的伤害，骨骼被软化了。

英国人向他们提了一个问题：你们现在同自己年轻妻子的夫妻生活怎么样？直升机驾驶员沉默不语——他们以为来这里是要谈他们如何在一天之内完成五次飞行任务。而现在……要谈妻子？要说到那样的事情……他又把他们一个个单独叫到一边去问……但他们的回答都是一样的：健康正常，国家器重，家人相亲相爱。没有一个人……没有一个人正面回答他。他们离开后，我觉得他有一点儿沮丧，他说："现在你该明白了，为什么没有人会相信你们。你们在欺骗自己。"当时，我们是在一家咖啡馆见的面，两位漂亮的女招待在为我们服务，她们已经在收拾台子了，他问她们："我可以问你们几个问题吗？"两个女孩答应了。他问："你想结婚吗？""想，但是不会在这里结。我们这里每个女孩都想嫁给外国人，生个健康的孩子。"于是他问了更多的问题："那你们有男朋友了吗？他们怎么样？能满足你们吗？你们明白我的意思吗？""你旁边就坐着几个小伙子，"她们笑了，"直升机驾驶员，两米的个头，勋章闪亮。他们放在主席台上挺好的，但在床上可不怎么样。"你想象一下……他给两个女孩拍了照片，转身又对我重复了一遍："现在你该明白为什么没有人相信你们了吧？你们在欺骗自己。"

我陪着他去了隔离区。据统计，切尔诺贝利周围有八百个"坟场"，就是掩埋放射性废物的地方。他以为会看到一些新奇的工程建筑，结果看到的就是一个个寻常的土坑。从反应堆周围一百五十公顷的土地上砍下来的"棕色林子"（事故发生后的头两天，反应堆附近的松树和枞树变成了红色，然后就变成了棕色）就埋在这些坑里。坑里还有上千吨金属和钢材、管道碎片、专用防护服、混凝土块……他给我看英国杂志上的照片,空中俯拍的全景图片,那是反应堆附近最大的"坟场",里面有数千台汽车和航空设备,消防车和救护车……距离照片的拍摄时间已经过去十年了,但他想还是去拍摄一组照片。他们答应他,如果拍到了,就给他一大笔报酬。所以我们两人四处奔走寻找这个地方,后来一个官员向我们指出了一个位置,地图上没有这个地方,当然就不存在允许不允许的问题。我们来到这个地方,却什么也没发现,我明白过来:没有这样一处"坟场",它已经不存在了,而只在报告中出现过,里面的东西早就被挖出来拉到市场上了,拆下来的零部件变成了集体或自家的用品。它们被偷走,运到了各处。英国人无法理解这一点。他无法相信!当我把真相告诉他时,他还是不相信!甚至我自己现在读到这些勇敢的文章时,也不敢相信,总是下意识地想:"如果这也是谎言呢?要不,就是在编故事。"我们这些记住悲剧的人……成为日常生活的印记!我们成了怪物!(最后他陷入绝望,一阵沉默)

我把所有的东西都搬进博物馆……一点一点地,一次一次地搬进去……但是,有时候我也会想:"算了!不干了!"怎么撑得下去啊?!

我曾经与一个年轻的神父交谈……

我们站在刚刚去世的萨沙·贡恰罗夫准尉的墓前……他曾经站在反应堆的屋顶上抢险……那天下着雪,寒风凛冽,天气恶劣。神父在祭祷,诵读悼词。他没有戴帽子。"你不冷吗?"我事后问他。"不,"他回答说,"在这样的时刻,我充满能量。其他任何教堂仪式都不能像祭祷这样，给予我如此强大的能量。"我记住了这个经常与死神打交道的人所说的话。我不止一次地问过外国记者，他们来到我们这里——许多人来过好几次，为什么要求去隔离区？你不要愚蠢地以为他们是为了金钱和事业。"我们喜欢你们这里，"他们说，"我们在这里可以获得强大的能量。"你想象一下……一个意外的回答，对吗？对他们来说，也许，我们的人，我们的感受，我们的世界，还有某种未知的东西，神秘的俄罗斯精神……吸引着他们。我们自己也喜欢在厨房里喝酒，争论这个问题……我的朋友有一次说："如果我们吃饱了，忘记了痛苦，谁还会对我们感兴趣？"我忘不了这句话……但我不明白，别人为什么对我们感兴趣，是对我们本身感兴趣？还是对我们提供的写作素材感兴趣？抑或是，可以通过我们去理解什么？

我们怎么总是围着死亡问题打转呢？

切尔诺贝利事故之后……我们不会再有别的世界了……起初，当脚下的土地被夺去的时候，人们厚颜无耻地从来不提自己感受的疼痛。而今回想才意识到别的世界不会再有了，我们无处可去。在这片切尔诺贝利的土地上定居，带有一种悲剧色彩，你会具备一种截然不同的处世态度，就像经历过战争的"迷惘的一代"……还记得雷马克[01]吗？"迷惘的一代"就生活在切尔诺贝利……我们迷茫……不变的只有人类的痛苦……这是我们唯一的资本，是无

---

[01] 埃里希·玛利亚·雷马克（1898—1970），德国小说家，代表作为《西线无战事》。——编者注

价的!

　　……经历这一切之后,我回到家,对妻子诉说……而后她轻声说:"我爱你,但不能把儿子给你。我不会把他交给任何人。无论是切尔诺贝利,还是车臣……谁也不行!"恐惧已经在她心里扎了根……

——谢尔盖·瓦西里耶维奇·索博列夫,
"保护切尔诺贝利"协会理事会副主席

人民的
合唱

克拉夫季娅·格里戈里耶夫娜·巴尔苏克，清理人的妻子；塔玛拉·瓦西里耶夫娜·别洛奥卡娅，医生；叶卡捷琳娜·费多罗夫娜·博布罗娃，来自普里皮亚季镇的移民；安德烈·布尔特斯，记者；伊万·瑙莫维奇·韦尔格奇克，儿科医生；叶莲娜·伊利尼奇娜·沃龙科，布拉金镇居民；斯维特兰娜·戈沃尔，清理人的妻子；纳塔利娅·马克西莫夫娜·贡恰连科，移民；塔玛拉·伊利尼奇娜·杜比科夫斯卡娅，纳罗夫利亚镇居民；阿尔伯特·尼古拉耶维奇·扎里茨基，医生；亚历山德拉·伊万诺夫娜·克拉夫佐娃，医生；埃列奥诺拉·伊万诺夫娜·拉杜坚科，放射学家；伊琳娜·尤里耶夫娜·卢卡舍维奇，助产士；安东尼娅·马克西莫夫娜·拉里翁奇克，移民；阿纳托利·伊万诺维奇·波利修克，水文气象学家；玛丽亚·雅科夫列夫娜·萨韦利耶夫娜，母亲；尼娜·汉采维奇，清理人的妻子。

我很长时间没有看到快乐的孕妇……也很久没见过幸福的妈妈了……

她刚刚生了孩子，刚缓过劲儿来就喊："大夫，给我看一下孩子！抱过来！"她摸着婴儿的头、前额、娇小的身体和四肢。她用手指在感觉……摸到腿脚,摸到手臂……她要证实孩子没有问题。她想确定一下:"大夫,我的孩子正常吗?一切都没有问题吧?"护士带婴儿去喂食。她担心地说:"我住的地方离切尔诺贝利不远……我被黑雨淋到了……"

她梦到过这样的事情:她生了八条腿的小牛,生了长着刺猬头的小狗……各种可怕的噩梦。妇女们从前没有做过这样的梦,我也没有听说过。

我当助产士已经三十多年了……

* * *

我一生都生活在一个词里……一个词……

我在中学教俄语和文学。这件事好像发生在六月初,当时学校正在考试。突然,校长把我们召集到一起,宣布说:"明天,大家都要带铲子来。"他只告诉我们要把校舍周围被污染的草皮都铲掉,而后,士兵会来铺上沥青。大家提出这样的问题:"他们会给我们配发什么防护设备?会给我们带来专业防护服和防毒面具吗?"而得到的回答是:没有。"你们带铲子来,要来铲平草皮。"只有两个年轻教师拒绝了,其余的老师都来干活了。我们心情沮丧,但同时感觉这是在履行义务。我们的生活就是:哪里苦难,哪里危险,我们就在哪里,保卫祖国。我也是一直这样教导我的学生:冲进大火里,保卫国家,牺牲生命。我教文学,我们的文学不讲生活,只讲战争和死亡。肖洛霍夫、绥拉菲莫维奇、富尔曼诺夫、法捷耶夫、鲍里斯·波列沃伊……只有两个年轻教师拒绝了,他们是新一代……他们已经是另一种人了……

我们从早到晚都在外面铲地。回家时，觉得奇怪，镇上的商店还在营业，妇女们都在挑选丝袜和香水。我们感觉到了战争的气息。之后又看到人们在排队买面包、食盐、火柴……这样的感觉便更加强烈。人们都在忙着做面包干，每天要把地板洗上五六次，还要填上窗户的缝隙。大家整天都在听收音机。虽然我生于战后，但这一切对我来说很熟悉。我想分析一下我的感觉。让我感到震惊的是，我的心理会如此快速地重组，不可思议的画面出现在我的头脑里，那是战争的经验。我已经想象出，我怎么抛弃自己的房子，怎么带着孩子出走，带什么东西，写给妈妈的信里会说什么。尽管在当时，生活看似平静如常，电视里还在播放喜剧。

记忆在提醒我们……我们一直生活在恐惧之中，我们也学会了在恐惧中生活，这就是我们生存的环境。

平等并没有给予我们这里的人民……

* * *

我没有见过战争……但是眼前的事实让我觉得这就像战争……

士兵们开进村庄，开始疏散居民。村道上挤满了军事装备：装甲运输车、蒙着绿色帆布的载重卡车，甚至还有坦克。居民在士兵的监督下撤离家园，那场面让人感到压抑，尤其是对那些战争幸存者来说。一开始，人们怪罪俄罗斯人，他们应该负责，是他们的核电站……而后变成："那些共产党员应该负责……"超自然的恐惧在撞击我的心脏……

他们欺骗了我们。他们答应说,我们三天后就会回来。我们抛下房子、浴房、雕花水井,还有旧花园。离开前的一个晚上,我去了花园,那里鲜花盛开,而第二天它们都凋谢了。妈妈无法习惯迁居后的生活,一年后就去世了。夜里我经常交替做两个梦:一个是我看见了我们的空房子,另一个是我们家院门旁边,妈妈站在大丽花中间……她活着……在微笑……

人们总是拿战争说事。但是,战争是可以理解的,而切尔诺贝利呢……父亲给我讲过战争,我也读过关于战争的书……可现在呢?我们原来的村子里有三座坟场:一座是人的,是老旧的墓地;第二座是被枪杀的狗和猫的,它们被我们抛在了这里;第三座是我们的房子的。

就连我们的房子也要被他们埋葬……

* * *

每天……我每天都走在自己的回忆中……

我仿佛还走在当年的街道上,旁边是熟悉的房子。这是我们安静的小镇。没有别的工厂,只有一个糖果厂。那是一个星期天……我正躺着晒太阳,妈妈跑了过来:"儿子,切尔诺贝利爆炸了,人们都回家躲着呢,你怎么还在这里晒太阳!"我笑了——纳罗夫利亚离切尔诺贝利还有四十公里呢。

晚上,一辆"日古丽"牌轿车停在了我们家旁边,我的朋友和她丈夫走了进来:她穿着浴袍,而他是一身运动服,脚上是一双旧拖鞋。他们是穿过森林，沿着乡村土路，从普里皮亚季逃出来……逃到这里的……警察在路上值守，还有军事岗哨，任何人都不许通行。她一进门就喊："我们需要牛奶和伏特加，快！快点儿！"她叫个不停："我们刚刚买了新家具，买了新冰箱。我还给自己做了一件裘皮大衣。所有东西都留在家里，我把它们用玻璃纸包起来了……我们一夜没睡……还会发生什么？到底还会出什么事？"她丈夫在安慰她。他说，直升机在城市上空飞行，街道上跑着军用车辆，军人在喷洒泡沫。他们召集男人们去军队服役半年，就像战争时期一样。人们整天坐在电视机前面等着，等着戈尔巴乔夫出来讲话，但当局一直沉默着……

一直到"五一"节过后，戈尔巴乔夫才说："不要担心，同志们，局势在控制中……火灾，就是简单的火灾。没有什么特别的……当地人在正常生活，正常工作……"

我们相信了。

* * *

看到那样的画面……夜里我不敢入睡……害怕闭上眼睛……

他们赶着牲畜……所有要迁移的村庄的牲畜，都被赶到了我们区中心的集中点。发疯的牛、羊、仔猪，在街上乱窜……谁想要，谁就去抓……肉类加工厂的货车把肉类制品运往卡林科维奇车站，再运到莫斯科，但莫斯科不接受这些货物。这些载有肉类的车厢已经成了坟场，只得又运回我们这里。整整一个车队，就地进行埋葬。腐肉的气味几夜也没消散……"难道这就是核战争的气味吗？"

我在想。我以为战争应该有硝烟味……

一开始，他们在夜里运送我们的孩子，夜里不会有人看到。他们隐藏灾难，隐瞒视听。其实人们早晚会知道。他们在路上把牛奶桶搬到我们的大客车上，还有烤好的包子。

就像在战争中一样……还有什么比这更像？

* * *

州执委会召开会议……研究军事形势……

所有人都在等待民防部门负责人发言，因为，即使有人懂得一点儿辐射的知识，那也只是十年级物理教科书中的片段，不会太多。民防负责人走上讲台，告诉我们的都是书本和教科书上有关核战争的常识：士兵受到五十伦琴的辐射就应该退出战斗，如何建设掩蔽所，如何使用防毒面具，如何确定爆炸半径……但这里不是广岛和长崎，我们已经意识到，这里完全是另一码事……

我们搭乘直升飞机飞往污染区，按规定穿上全套装备：不穿内衣，直接穿上连体衣裤，样子看着就像厨师，再套上保护薄膜，戴上手套、纱布口罩，所有的设备都挂在身上。我们降落在一个村子附近，孩子们就像麻雀一样在沙堆里玩耍。一个孩子嘴里衔着一块石头，另一个叼着一根树枝，还有更小的孩子，连裤子都没穿，光着屁股在外面玩……我们有上级的命令：不可以和人们交流，不能引起恐慌……

我现在就与这一切生活在一起……

* * *

我想起电视节目中一闪而过的片段……一个老太太在挤牛奶,她把挤好的奶倒进瓶子里,记者带着军用辐射检测仪走过去,检测瓶子里的牛奶……旁白说:你看,完全正常,而这里距离反应堆只有十公里。还有普里皮亚季河的场景,人们在河里游泳,在河边晒太阳……远处可以看见反应堆和冒出的烟雾……旁白说:西方媒体在散布恐慌,传播关于这场事故的谣言。辐射剂量检测员再次出现,他把仪器对着盘子里的鱼、巧克力,还有露天小卖部的烤包子。这些都是假的,是骗局。军用辐射检测仪,是我们当时军队的装备,它不是用来检验食品的,只是用来检测环境。

与切尔诺贝利相关的谎言如此之多,堪比一九四一年……

* * *

我想生孩子……

我们在等待第一个孩子出生。我的丈夫想要一个男孩,可我想要女孩。

医生劝我:"你要下决心堕胎。因为你丈夫在切尔诺贝利待了很长时间。"他是一名司机,事故刚发生时就被召去了那里,运送沙土和混凝土。但谁的话我都不相信,也不愿意相信。我在书里读到过,爱会战胜一切,甚至死亡。

婴儿生下就是死胎。少了两根手指头。是个女孩。我哭了。"至少也要给她手指呀。她毕竟是个女孩……"

*　*　*

没人知道发生了什么事……

我打电话给军事委员会，我们是医生，都有服兵役的义务，我愿意去帮忙。是一位少校接的，我不记得他的名字，他对我说："我们需要年轻的医务人员。"我想说服他："首先，年轻医生没有什么经验，其次，他们承担的风险更大，年轻人的身体更容易受辐射影响。"但他回答："我们接到命令，需要派年轻人去。"

我记得，患者的伤口愈合速度越来越慢，还有第一场放射雨过后的黄色水洼。雨水在阳光下变成黄色，现在这种颜色总是让我担心。一方面，对这类东西我们在思想上没有任何准备；另一方面，我们毕竟是最好、最杰出的人民，我们有世界上最强大的国家。我的丈夫受过高等教育，是一名工程师，他认真地想让我相信，这是一场恐怖袭击，是敌人的破坏活动。我们就是这样认为的……我们就是这样被教育的……但我也想起一件事，我在火车上与一位经济部门负责人聊天，他告诉我斯摩棱斯克核电站建设的事：多少水泥、板材、钉子、砂子从工地被偷运到临近村子换钱，换一瓶伏特加酒……

在村庄……在工厂……区党委的人发表讲话，下乡走访，与群众交流。但他们没有一个人能够回答这些问题：什么是降低辐射活度？如何保护儿童？放射性核素进入食物链的转移系数是多少？他们不知道阿尔法、贝塔和伽马射线，也不知道放射生物学、电离辐射，更别提同位素了。对他们来说，这些都是另一个世界的事情。他们只知道颂扬苏联人民的英雄主义，塑造军人的英勇形象，揭露西方间谍组织的阴谋。

我在党的会议上发问：那些专业人员在哪里？物理学家在哪里？放射学家在哪里？他们却威胁要收我的党证……

* * *

有很多死亡是原因不明的……意外死亡……

我姐姐有心脏病……当她听到切尔诺贝利发生事故时，她就说："你们熬得过去，但我不行。"几个月后她就死了……医生什么也解释不了。而之前对她的诊断认为，她还可以活很长时间……

据说，老年妇女就像产妇一样有了奶水。医学上对这一现象有一个术语——松弛。在农民看来，这就是上帝的惩罚……这种症状就发生在一位孤独生活的老奶奶身上。她没有丈夫，没有孩子，疯疯癫癫的。她走在村子里，两手乱摇，手抓一块劈柴，要不就是用头巾包着一个玩具皮球……唉……

* * *

我害怕生活在这片土地上……

他们给了我一个辐射剂量检测仪，它对我又有什么用？我洗内衣，把我的内衣洗得洁白干净，但检测仪响了；我去做饭，烤肉饼，检测仪又响了；我去铺床，检测仪还是会响。我要它有什么用？喂孩子的时候，我哭了。"你怎么了，妈妈，你为什么要哭？"

我有两个孩子，都是男孩。我整天要带着他们去医院，找医生。老大看不出来是女孩还是男孩，因为他没有头发。我带他去看过专家,找过接生婆,找过巫婆,也找过巫医。他是班里个子最小的,他不能跑,不能玩,如果有人不小心撞到他,他就会流血,就可能会死。他得的是一种血液病,我也说不上名字来。我和他一起躺在医院里,心里想着:"他要死了。"随后我又想,不能这样想,不然,死神会听到的。我躲到卫生间里哭。所有的妈妈都不在病房里哭,都在卫生间或者浴室里哭。我装出快乐的样子回来:

"你的小脸红扑扑的,你会好起来的。"

"妈妈,你带我离开医院回家吧。我在这里会死的。这里所有人都会死。"

我该去哪里哭呢?去卫生间?可是那里要排队……大家和我一样,都要去那里哭泣……

* * *

……在墓地……亡者追悼日……

他们允许我们去墓地祭祷……但是警察不准我们回自家院子。他们的直升飞机就在我们的头顶上。我们只能在远处看着我们的院落……我们为它们祈祷……

我从家乡带了一棵丁香来,已经在我这里栽了一年了……

* * *

我告诉你,我们苏联人是些什么人……

在那些"污染"地区……头几年,商店里满是荞麦、中国产的肉罐头,人们非常高兴,得意地说,现在这样多好,可别让我们走了。

我们就留在这里了！土地被污染的程度不同，在同一个集体农庄，可能这块地是"干净的"，而旁边的一块可能就是"脏的"。在"脏的"土地上劳作，得到的报酬更高，他们都想去，而不愿意去"干净的"地里干活……

不久前，我弟弟从远东来做客。他说："你们这里就像一个'黑匣子'……这里的人也都是'黑匣子'。"每一架飞机上都有"黑匣子"，它会记录有关飞行的所有信息。一旦飞机发生事故，人们就会来寻找"黑匣子"。

我们曾经以为，我们像别人一样生活着……一样在行走，在工作，在相爱……不！我们是为未来记录信息的黑匣子……

* * *

我是一名儿科医生……

孩子的情况完全不同于成人。比如说，他们没有癌症就意味着死亡这样的概念。他们不知道这之间会有联系。他们对自己的一切都一清二楚：诊断结果、所有的诊疗过程、药物的名称。他们知道的比他们的妈妈还要多。而他们的游戏，就是在病房里互相追逐，叫喊："我是辐射！我是辐射！"当他们要离开这个世界的时候，脸上会出现惊讶的表情……他们感到莫名其妙……

他们就这样带着惊讶的表情，躺在那里……

* * *

医生提醒过我，我的丈夫会死……他得的是白血病，就是血癌……

他从切尔诺贝利回来两个月以后就病了。他是被工厂派去那里的。那天他下夜班回来,对我说:

"我明天一早就要走了……"

"你去那里做什么?"

"去一个集体农场工作。"

他们在方圆十五公里的土地上耙麦草,收甜菜,挖土豆。

他回来以后,我们去看望他父母,帮他父亲砌炉子。在干活儿的时候他突然晕倒了,我们叫来救护车把他送到医院。大夫检测到他的白细胞数量过高,危及生命。他又被送到了莫斯科。

他从那里回来就一个想法:"我要死了。"他再也不肯说话了。我劝过,也求过。他不再相信我的话。为了让他相信,我给他生了一个女儿。

我不相信我在夜里做的那些梦……一会儿把我带到断头台,一会儿我又穿上一身白袍……我没有读过解梦的书……早晨醒来,我注视他:真的要留下我一个人吗?虽然说女儿长大会想起他。她还小,刚刚学会走路,会跑到他跟前叫:"爸爸……"我想赶走这些想法……

如果我知道他会变成这样……我会把所有的门都关上,我会站在门口堵住他,我会锁家里的每一扇门……

* * *

我和儿子在医院已经住了两年了……

那些小女孩在病房里玩"布娃娃"。她们让"布娃娃"闭上眼睛,意思是"布娃娃"要死了……

"为什么布娃娃会死?"

"因为她们是我们的孩子,我们的孩子活不了。她们生下来,然后就会死。"

我的阿尔焦姆七岁,看上去却是五岁孩子的样子。

他闭着眼睛,我以为他睡着了。我哭了。我以为他不知道,他却开了口:

"妈妈,我要死了吗?"

他睡着了,我几乎听不到他的呼吸声。我跪在他的床前。

"阿尔焦姆,你睁开眼睛……说句话……"

"你的身体还是暖的……"我心里在想。

他睁开双眼,过了一会儿又睡着了,安静得就像死了一样。

"阿尔焦姆,你睁开眼睛……"

我不让他死……

* * *

前不久,我们庆祝新年……桌子上应有尽有,都是自家制作的:熏肉、腌肉、鲜肉、酸黄瓜、果酱,只有面包是从商店买来的。甚至伏特加也是自制的。所谓的自制,就是我们用切尔诺贝利出产的原材料制作的食品。就着铯和锶一起吃。不这样的话,食品从哪里来呢?村里商店的货架上空空如也,就算有东西,用我们的退休金和养老金也买不起。

家里来客人了,是我们的好邻居。他们都是年轻人,一个是教师,另外一对是集体农庄的机械师和他的妻子。我们一起喝酒,吃饭,接着开始唱歌。我们事先并没有说好,但大家不约而同就唱起了革命歌曲、战争歌曲。"朝霞映照着古老的克里姆林宫墙,"是我最喜欢的。我们度过了一个美好的夜晚,就像以前一样。

我把这些写给儿子。他在首都读书,是个大学生。我收到了回信:"妈妈,我想象着这个画面,在切尔诺贝利的土地上,我们的小屋,闪闪发光的圣诞树……大家在餐桌旁唱着革命歌曲和战争歌曲,就好像他们不曾经历过古拉格和切尔诺贝利似的……"

我害怕了,不是为我自己,而是为儿子。他已经回不来了……

第三部分

悲情的赞赏 孩子的合唱

我们不知道，
死亡竟如此美丽

最开始，主要问题是：谁应该对此负责？我们需要有一个承担责任的人……

随着对事故的了解逐渐加深，我们开始思考，该做什么？如何拯救自己？现在，我们已经不再执着于那些想法了，因为事故影响的不是一年，两年，而是好几代人。现在我们开始回顾往昔，翻回去一页，又一页……

事情发生在周五到周六的那个夜里……早上起来，谁也没料到出事了。我送儿子去学校，丈夫去理发。我丈夫出门没多久，在我准备午饭的时候就回来了……他回来就说："电站那里出了火灾。上面下了命令：不要关闭收音机。"我忘了说，我们家住在普里皮亚季镇，就在反应堆附近。到现在我眼前仿佛还能看到那耀眼的红光，从反应堆里发出的火光呈现出一种奇异的色彩。那不是一般火灾的颜色，而是一种很美丽的光。说不出的美丽，美极了，在电影里也没有看到过类似的色彩，无法描述的美丽。那天晚上，人们都跑到阳台上，没有阳台的人家，就跑到朋友家的阳台上。我们家在九层,看得最清楚。事故发生地离我们这里只有三公里。人们还抱着孩子,对他们说:"看呀!要把这一切都记住!"这些人都在核电站工作……有工程师、工人,还有物理专家……都站在黑色的灰尘里……他们交谈着,呼吸着,赞叹着……还有人开汽车,或骑自行车从几十公里外的远处跑来观赏。我们根本不知道,死亡竟如此美丽。不过我要说,那里有一种说不出的味道。不是春天的那种气味,不是秋天的气味,也不是泥土的气味,完全是另一种说不上来的气味……让我觉得喉咙发痒,眼睛发痒,眼泪不由自主地流。我一夜没睡,听到楼上邻居的脚步声,他们也没有睡。他们在拖什么东西,不时传来碰撞声,也许是在打包行李。他们把窗户封起来了。我觉得头痛,就吃了药。第二天早上,天刚刚亮,我向四周望去,当时就觉得不对劲——不是后来才发现,好像发生了什么变化,一切都变了。早上八点,满街都是戴着防毒面具的士兵。我们看到这些士兵和军车时,心里并没有害怕,反倒是觉得镇定了。军队肯定是来救援的,一切很快会恢复正常的。我们头脑里没有和平原子也会杀人的概念……那天夜里整个城市都没有人睡觉……人们在窗子后面笑着,播放着音乐。

　　午饭后,收音机里播放准备疏散的通知:三天之内撤离,他们会清洗这里,并进行检查。直到现在,我耳朵里还会响起广播员的声音:"疏散到最近的村庄去","不许带家养宠物","在大门口集中"。还告诉孩子们要带上课本。我丈夫还是把文件和我们的结婚照片一起放到了公文包里,而我只带了一条纱巾,以防天气变差……

从第一天起，我就觉得我们成了切尔诺贝利人，现在已经是到处被拒绝、被排斥的人了。我们害怕了。晚上，我们乘坐的大客车到了一个村庄。人们睡在学校和俱乐部的地板上，无处可去。一个女人邀请我们去她家："到我家来吧，我把床铺好，你们的孩子这样真可怜。"而站在跟前的另一个女人却把她拉到一旁，说："你疯了！他们都被污染了。"我们搬到莫吉廖夫后，儿子去上学，第一天就哭着跑回了家……他被安排同一个女孩坐一起，女孩不愿意，说他是被辐射过的，同他坐在一起，她也会死的。儿子读四年级，他是这个班里唯一从切尔诺贝利来的孩子。同学们都怕他，管他叫"亮晶晶""切尔诺贝利刺猬"……我担心，他的童年就这样提前结束了。

我们离开普里皮亚季时，一列列军车和装甲车迎面而来，那场面让人恐惧、困惑、害怕。但是我又感觉，眼前发生的一切与我无关，似乎是别人的事——一种奇怪的感觉。我哭了。我要寻找食物和住所，还要抱着儿子，安慰他，但我内心甚至没有一点儿想法，空空荡荡的。我经常有这种感觉：我是个旁观者。我透过玻璃在观察，看着别人……

我们到了基辅才领到第一笔钱，但什么东西也买不到：成千上万人背井离乡，东西早就被买光了，吃光了。就在车站和大轿车上，许多人心脏病发作或中风。我妈妈救了我。在她漫长的一生中，曾几次失去家园和辛苦积攒的财物。第一次是在三十年代的镇压时，她被夺走了一切：奶牛、马匹和房屋。第二次是火灾，她从火场中只救出了小小的我。"总会过去的，"她安慰我说，"我们会活下去。"

我还能想起……我们在公交车上，车上的人都在哭。一个坐在前排的男人大声骂他的妻子："哪里有你这样的傻瓜！别人都带了有用的东西，我们就带了三升的空罐头瓶子。"因为妻子认为，既然坐公交车，就顺路给她母亲带些空罐子，好装腌制的食品。他们旁边横着好几个鼓鼓囊囊的大网兜，一路上，我们好几次被袋子绊倒。他们就这样带着这些空罐子到了基辅。

……我参加了教堂的唱诗班，在那里读福音书。因为只有来到教堂，人们才会谈论永恒生命的话题。人们在那里有说有笑，你在其他地方听不到这些话，但这些话正是人们渴望听到的。当我们疏散时，如果在路上遇到教堂，所有人都会去，无一例外，就连无神论者和共产党员也不例外，都去了。

我常常做这样的梦：阳光下，我和儿子走在普里皮亚季的街道上。现在，那里已经是一座空城了。我们一路走来，看着玫瑰花——普里皮亚季有许多玫瑰花，还有巨型玫瑰花花坛。梦……我们的生活已经成为昨天的梦。我当时还年轻，儿子也小……我那么爱他……

时间过去了，一切都变成了回忆。我好像又是一个旁观者了……

——娜杰日达·彼得罗夫娜·维戈夫斯卡娅，
普里皮亚季镇疏散的居民

化为泥土
多简单

我一直写日记……

我要记下那些日子……当时有许多新的感受。当然会有恐惧……我们一下子到了一个未知领域,就像到了火星一样……我的家在库尔斯克,一九六九年,在离我们家不远的库尔恰托夫镇建了核电站。我们要从库尔斯克到那里去买菜,买香肠。那里给核电站工作人员供应最好的食品。我记得那里有一个很大的池塘,人们可以在那里钓鱼,旁边就是核电站……切尔诺贝利事故发生后,我常常回忆这些,现在那种场景已经不可能出现了……

事情是这样的:我接到了通知,我是一个守纪律的人,我当天就到了军事委员会。军事委员翻着我的档案,说:"你一次也没有参加过训练。现在我们需要化学家,你愿意去明斯克的一个营地待上二十五天吗?"我心想:"我为什么不能放下家庭,放下工作,去休息一段时间呢?在那里还可以操练步伐,呼吸新鲜空气。"一九八六年六月二十二日上午十一点,我带着一包行李和一支牙刷,准时来到集合点。让我感到惊奇的是,在和平时期,我们竟然来了那么多人。我脑海里闪过一些回忆，是战争电影里的一些场面，我还想起六月二十二日是卫国战争开始的日子……一会儿宣布集合，一会儿又要我们解散，一直折腾到下午。天黑的时候，我们上了大客车。宣布："有谁带了酒，现在就喝掉。夜里我们就要上火车，明天早上编入部队。出来时你们要像嫩黄瓜一样精神十足，别带多余的行李。"说得很明白。夜里我们上了火车，一整夜都是哐啷哐啷的震动声。

早晨，我们到了树林里，找到我们的部队。我们再次排好队，按照字母顺序点名，然后分发专业防护设备。发了一套，又发了第二套、第三套，我心想，看来事情不会小。接下来又发了军大衣、帽子、床垫、枕头，这都是冬天的装备。而当时还是夏天，他们答应说二十五天后就回去的。"你想什么呢？小伙子，"带我们来的队长对我说，"二十五天？！你就准备好在切尔诺贝利待半年吧！"我一下子懵了，这简直就是突然袭击。他们又来劝说我们：在反应堆二十公里处工作，可以拿到两倍工资；在反应堆十公里处工作，可以拿到三倍工资；在反应堆跟前工作更多，可以拿到六倍工资。有一个人开始算计，六个月以后他就可以开着自己的新车回家了；另一个人想逃掉，但军事纪律在那里摆着呢。

什么是辐射？谁也没有听说过。而在此之前，我刚好参加过一个民防培训班，他们讲的还是三十年前的老旧知识：五十伦琴就是致死的剂量。他们说，遇到冲击波要趴下，以免受伤。还有放射线、辐射热能的知识……但是，最危险的放射性污染，他们只字未提。带我们去到切尔诺贝利的那些军官也不是很懂。他们只知道一件事：多喝伏特加有助于抗辐射。我们在明斯克待了六天，六天都在喝酒。我研究了这些酒瓶子上的商标：他们开始喝的是伏特加，之后我就看到他们在喝一些奇怪的饮料，有洗洁精和各种玻璃清洁剂。我作为化学家，对这些很感兴趣。喝了洗洁精，你会腿软，但头脑是清醒的，你想让自己站起来，大脑下达命令："站起来！"可身体不由自主就倒下了。

关于我，我是化学工程师、副博士[01]，在一家大型企业当实验室主任。可他们又让我做什么呢？发给我一把铲子，这就是我手中唯一的工具。于是马上就有了一句俏皮话：用铲子对付原子。我们的防护设备就是防尘口罩和防毒面具，但是没有人带，因为当时的气温有三十摄氏度，戴上它们，人非闷死不可。作为配发的装备，我们都签收了。我忘记了。还有一个细节。我们出发后，从大客车换到了火车上，车厢里只有四十五个座位，而我们有七十个人。我们只能轮流睡觉。这是我刚刚想起来的……

切尔诺贝利是什么？在我看来就是军事装备和士兵，是清洗站。这里就像战场一样，十个人住一顶帐篷。有的人家里有孩子，有的人妻子就快要生孩子，有的人没有住房，但没有一个人抱怨。职责就是职责。祖国在召唤，祖国有需要，我们就来了。我们就是这样的人民……

帐篷周围是堆积如山的空罐头盒，简直堆成了一座勃朗峰！食

---

01 副博士学位，是苏联等流行俄式学制的国家颁授给研究生的一种学位，级别比硕士学位高，低于俄式学制的全博士学位。研究生取得副博士学位后才能修读全博士。——编者注

品都是从存放紧急备用品的军用仓库里调来的。从标签上可以判断，它们已经保存了二三十年……还是在战争年代留下的。有牛肉罐头、大麦粥罐头、沙丁鱼罐头……引来一群群猫，就像苍蝇一样随处可见……村子已经疏散了，没有人了。围栏的门被风吹得吱吱嘎嘎地响，你一转身，以为是人来了，其实是一只猫……

我们把表层污染的土壤挖去，装上卡车，拉到"坟场"。我原以为"坟场"会是一个复杂的工程结构，而实际上它就是一个普通不过的土皮堆场。我们把土层像地毯一样卷起来……绿色的草地，有花草、根须……蜘蛛、蚯蚓……一份疯狂的工作。土地是不能撕裂的，不能只剥除表土而分离与它在一起的任何生命。如果不是每天晚上喝酒抽烟，我真怀疑我撑不下去。也许，心理上首先就承受不住崩溃了。数百米被剥离的、荒芜的土地上，房屋、谷仓、树木、道路、幼儿园，还有水井，都赤裸裸地立在那里……在沙土中。早晨我刮胡子，很害怕看镜子里的脸，因为马上就会有许多想法冒出来……各种各样的想法……很难想象，如果居民再返回这里，怎么继续自己原来的生活。不过，我们还是换了屋面的石棉盖板，清洗了屋顶。我们也知道，这是一项毫无意义的工作。但成千上万的人都在做。说归说，做归做，我们每天早晨起来，还是要继续重复同样的工作。就是这么荒唐！一位不识字的老大爷对我们说："别干了，孩子们，这是愚蠢的工作。来，坐过来，一起吃午饭吧。"风在吹，云在动，反应堆不是封闭的……今天除去上面一层土，一周以后下面一层又会被污染，工作又得重新开始。可是地里已经没什么好挖的了，只剩下飞扬的沙土……我能够理解的只有一件事，就是直升机洒下一些特殊溶液,以形成聚合物薄膜,阻止表层土壤继续流动。我很理解这个做法。不过,我们的工作照旧,还是每天挖土,挖土……

人已经疏散了,但在一些村子里还有老人留下来。还有……我们有时到普通的人家去,坐下来吃午饭——完全是出于礼貌——总共也就是半小时,这是在感受正常人的生活……只是,那里的东西都不能吃,这是被禁止的。不过,我们还是很想坐在餐桌旁,坐在老房子里……

我们离开之后,剩下的就只有"坟场"了。好像后来会用混凝土板把坟场盖住,再用铁丝网围起来。那里会留下许多作业时曾经用过的自卸卡车、吉普车、起重机,因为金属表面也会聚集放射性物质,也会吸收放射性物质。据说,所有这些机械设备后来都消失了,都被偷走了。我深信不疑:这里什么事情都可能发生。有一次出现了恐慌:辐射剂量检测操作员检测发现,我们餐厅所在地的辐射量比我们工作的场所还要高!而我们在这里已经住了两个月。我们就是这样的人民……用一些木柱子和只到胸口高的木板围起来,这就叫餐厅。大家都站着吃饭,在木桶里洗澡……而厕所,就是在干净地上挖的一长条壕沟……我们手中拿着铁铲……而一旁就是反应堆……

两个月后,我们慢慢有点儿觉醒了。有人问:"我们又不是死刑犯。我们已经在这里待了两个月了,也够了。该有人来换我们的班了。"安托什金少将来和我们谈话,他开诚布公地说:"对我们来说,换你们的班一点儿也不合算。我们已经给你们发了一套衣服,第二套、第三套也发了,你们对这里也已经习惯了。换下你们是一件很花钱的事情,而且很麻烦。"他还一直说我们是英雄。我们每周进行一次表彰,会当着全体队员给挖土最卖力的人发奖状——苏联最佳掘墓人。这不是发疯是啥?

空荡荡的村子……只剩下鸡和猫。我们走进到谷仓,里面全是鸡蛋。我们就煎鸡蛋吃。一伙胆大的士兵还把鸡抓来烤着吃,就着烧酒。我们每天在帐篷里要喝掉三升自酿烧酒。休息时有的人下象棋,有的人弹吉他。人们对这一切已经习以为常。一个人喝醉了,倒在床上,对别人大喊大叫,然后动起手来。还有两个人喝醉了,开车出去,翻了车。我们使用气焊把车子切割开,才把他们从压扁的车里救出来。我没有和他们一起打闹,因为我在写家信,记日记。政治部的领导盯上了我,想知道我的日记放在哪里,写了什么。他安排我的邻床来监视我。邻床问我:"你在写些什么?""我在写博士论文。"他笑着说:"好,我就这么跟上校说。你可要把东西藏好了。"小伙子们都是挺不错的人。我已经说过,我们当中没有一个爱抱怨的,没有一个胆小的。请你相信,谁都不会战胜我们,永远不会!那些军官就没有走出过帐篷,一直穿着拖鞋躺在里面,喝个没完。去你的吧!我们挖土,却让他们肩上再添一颗星!去你的吧!这就是我们的人民……

在这里,辐射剂量检测员就是神。所有人都挤着要去他们那里:"喂,小子,我的辐射怎么样?"一个调皮的士兵想出个鬼点子:他找来一根木棍,把电线缠在上面冒充测量仪。他去敲开一户人家,拿着棍子在墙上比划一气。老奶奶在他身后问:"孩子,那里有什么?""军事秘密,奶奶。""你可以告诉我,孩子。我给你倒一杯烧酒。""那好吧！"他喝了。"您这里一切都还好，奶奶。"然后他又去下一家……

时间已经过去了一半，他们终于给我们配发了辐射剂量检测仪，就是个装着晶体管的小盒子。有人又想出一个主意：应该早上把它带到"坟场"，留在那里，下午以后再取回来——辐射数量越高，越能提前休假，或者得到更多的酬劳。还有人把剂量检测仪用绳子挂在靴子上——那里离地面更近。简直就是一场闹剧！荒谬透了！其实这些传感器并没有启动，这东西必须先接触到一定的辐射剂量才会开始工作。也就是说，这东西只是个玩具，是为了让士兵们安心，是个心理治疗的玩意儿。实际上它就是一个硅元件装置，已经在仓库里躺了五十年的玩意儿。在我们的任务结束后，每人的军事卡片上填写的都是一样的数字：平均辐射剂量乘以天数。他们填写的平均剂量是在帐篷里测得的，就是我们住的帐篷。

下面这个也许是笑话，也许是真事。一个士兵给他的女朋友打电话。她很担心："你在那里做什么呢？"他决定吹个牛："我刚刚从反应堆下面爬出来，洗了手。"电话里马上变成了蜂鸣声，对话中断了。克格勃在监听……

我们有两个小时休息时间。我会躺在草地上，樱桃已经成熟，个头很大，我摘了一颗，很甜，我一口就吞掉了。还有桑葚……我还是第一次见到桑葚……

不用工作的时候，我们就开车出去，在污染的土地上乱跑……疯狂一通！晚上，我们去看印度电影，是爱情故事片，一直看到凌晨三四点。早上厨师睡过了头，粥也煮得半生不熟。报纸送来了。

上面写着，我们是英雄！志愿者！保尔·柯察金的继承人！报上还有我们的照片。我们真想见见这位摄影师……

离我们不远是其他加盟国救援人员的驻地，那里有来自喀山的鞑靼人。我看到他们用私刑。他们在队列前追赶一个士兵，他一会儿站住，一会儿又跑起来，他们就打他，用脚踢他。他爬回小屋，清理东西。别人在他那里搜出一包东西。立陶宛人在一个单独的地方。过了一个月，他们就闹事，要求回家。

还有一次，我们接到紧急命令：立即清洗一个撤离的村子。那里早没人住了，真是疯了！"为什么？""明天那里要举行一场婚礼。"我们拿着水龙带冲洗屋顶、树木，刮清地面，还除去马铃薯的茎叶，清理了整个菜园和院子里的杂草。四周成了一片荒地。第二天，新娘和新郎来了。亲朋好友也坐着大客车来了。音乐响起来了……完全是真的，可不是电影里的新娘和新郎。他们已经在另外一处疏散地生活，但是别人劝说他们来这里举行婚礼，把它拍下来，来记录这段历史。这是宣传工作的需要。这里是一个造梦的工厂……守护着我们的神话：我们在哪里都可以生存，哪怕是死亡之地……

就在我离开之前，队长把我叫去："你写了什么？"我回答："给我年轻的妻子写信。""那你自己注意点儿……"我遵守命令。

关于那些日子，我还有哪些回忆？就只有挖呀，挖呀……日记里记下了我当时的感触。在开头几天……我就明白了，化为泥土是多么简单……

——伊万·尼古拉耶维奇·日梅霍夫，化学工程师

大国的
象征与秘密

我在回忆,就像回忆一场战争……

快五月底的时候,事故发生一个月之后,我们接到距反应堆三十公里的隔离区出产的一批食品,要对它们进行检验。我们的研究所全天候二十四小时工作,就像军事单位一样,因为整个白俄罗斯只有我们有这方面的专业技术人员和专用设备。送来检验的是家畜和野生动物的内脏。我们还检验了牛奶。第一轮检验下来,情况就清楚了:运来的不是肉类,而是放射性废料。他们在隔离区放牧实行值班制,牧人先过来放牧,之后再换挤奶女工过来挤奶。就这样,他们完成了牛奶厂的计划任务。我们对牛奶进行了检验,那也不是牛奶,是放射性废料。罗加乔夫乳制品厂的奶粉、罐装炼乳和浓缩奶,很长一段时间是作为行业标准来源,写在教科书上的。但这一次,在商店和售货亭……还在出售的这些商品,人们只要看到乳制品上有罗加乔夫乳制品厂的商标,就不会买,商品严重积压。这时,市面上突然出现了一批没有商标的罐装奶。我想,肯定不是因为缺少包装纸,他们在骗人。国家在欺骗。所有与家庭生活有关的信息都被政府打上了"机密"二字,借口是"防止引发恐慌"。而这是事故刚发生的那几周……正是在这段时间,那些短半衰期的核素发出了强烈的辐射,一切都被"照耀"了。我们不停地做着工作笔记,但是这些都不能公开谈论……一旦那样做,就会被剥夺学位,还有党证。(开始紧张起来)但这不是害怕不害怕的问题——虽然我们确实害怕——而是我们认为自己是苏维埃联盟国家的人。我们相信国家,一切事情都相信国家。这是我们的信仰……(激动地抽烟)相信我,不是因为害怕……不单是因为害怕……我的回答是诚实的。我是有自尊的人,我必须诚实。我想的是……

第一次来到隔离区,我测到森林里的环境辐射量是田地和道路的五六倍。到处都是高剂量辐射。拖拉机正在作业……农民在菜园子里干活儿……我们在几个村子里检查成人和孩子的甲状腺,发现其中的放射物含量都超过允许剂量值的一百倍,甚至二百至三百倍。我们一行人中有一位女性放射学者。她看到那些孩子坐在沙土上玩耍,马上就变得歇斯底里。他们把船就扔在水塘里。在我们去过的村子里,商店像平时一样开门营业,手工生活制品和食品摆在一起,衣服和裙子的旁边就是香肠和人造奶油。就那样随意摆放着,没有用薄膜遮盖起来。我们带走了香肠、鸡蛋……给它们拍了 X 光片,结果显示:这些不是食品,而是放射性废料。一位年轻妇女坐在门口的长椅上,给孩子哺乳……我们检验了母乳,也是放射性的。这是一位切尔诺贝利圣母……

我们问:"接下来该怎么办?"他们回答说:"你们只管检测。回去看电视上怎么说。"戈尔巴乔夫在电视上安慰人们:"已经采取了紧急措施。"……我相信他说的……我干了二十多年的工程师,熟知物理定律。我也知道,所有生命都应该离开这些地方,就算只是短期离开也好。但我们还是继续认真进行测量,关注电视上的报道。我们已经习惯于相信。我是战后出生的一代,是在这种信仰中成长起来的。信仰从何而来？我们在那场可怕的战争中胜利了,赢得了整个世界对我们的钦佩。这是事实！科迪勒拉山脉的岩石上刻着斯大林的名字！这是什么？这是象征！是伟大国家的象征！

这就是我对你问题的回答：为什么我们知道了实情,却还要保持沉默？为什么不去广场,不去呐喊？我们写了报告……我已经说过,我们有工作笔记。但是我们保持沉默,并且绝对服从命令,因为有党的纪律——我是一名共产党员。我不记得我们的同事中有谁感到过害怕,有谁拒绝去隔离区工作。我们不是因为害怕交出党证,而是因为信仰。我们相信,我们的生活美满、公平,在我们看来,人高于一切,是至高无上的准则。这种信仰崩溃了,接下来就是许多人死于心脏病发作,或者自杀——例如勒加索夫[01]院士,向自己的心脏开枪……因为,当你失去了信仰,没有信仰而活着,你就不再是参与者,也没有了活下去的理由。我是这样理解他的自杀的。

---

01 瓦列里·阿列克谢耶维奇·勒加索夫（Валерий Алексеевич Легасов, 1936—1988）,苏联无机化学家,苏联科学院院士。切尔诺贝利事故后担任事故调查委员会主任委员,据他称在此期间受到政治压力,禁止其公开苏联的压力管式石墨慢化沸水反应堆的设计缺陷。在切尔诺贝利灾难两周年时,勒加索夫自杀。——编者注

一个标志,或者可以说是一个征兆……苏联每个核电厂的保险柜里都有一份事故清理的预案,是一个秘密计划。没有这样一个预案,就不可能取得电站运行的许可。事故发生前的许多年,这样的预案正是以切尔诺贝利核电站为例制定的:该做什么,如何做?谁负责什么,谁在什么位置?直到每个最小的细节……而突然间,正是这家电站发生了灾难……难道这是巧合?是隐喻?假如我是信徒……你想去寻找其中的意义,你就是一个有信仰的人。而我是一个工程师,我有着另一种信仰,不同的信仰……

对于自己的信仰,我现在该做什么?就现在……

——马拉特·菲利波维奇·科哈诺夫,
白俄罗斯能源科学院核能研究所前首席工程师

生活里可怕的事
总是安静而自然地发生

事情要从头说起……

某个地方发生了一件事。我甚至连地名都不是太清楚,离我们生活的莫吉廖夫很远的一个地方……我弟弟从学校跑回家,说孩子们都领到了一种药片,可见真的发生了什么大事。哎呀!全完了。五月一日是我们家最盼望的日子,当然,是到大自然中去度假。我们晚上很晚才回家,当时我房间的窗户敞开着,透着风……这是我后来才想起来的……

我在环保部门的检验中心工作。我们一直在等待上级的指示,但是没有得到任何消息……我们在等待……我们的同事中几乎没有具备专业知识的人,尤其是领导们:大多是退休上校、党务工作者、退休人士或者没有地方安排的人。在其他地方受到处罚的人,也会来这里。他们整天就是坐在椅子上,翻翻报纸。直到我们白俄罗斯的作家阿列斯·阿达莫维奇去了莫斯科,敲响了所有的钟声,他们才动起来。他们恨透了他!这真是让人难以置信。这里生活着他们的儿子,他们的孙子,但不是这些人,而是作家在向世界呼喊：救救我们！按说，他们的自我保护本能应该启动了。可是每次在党的会议上，在吸烟室，他们都在议论作家的事，指责他多管闲事。关他什么事？他太任性了！上级有指示！要服从上级命令！他懂得什么？他又不是物理学家！有中央委员会，有总书记！当时，我也许是第一次意识到一九三七年是怎么回事。当时就是这样的气氛……

当时，在我的意识里，核电站完全就是田园般的美好事物。在中学和大学，我们受到的教导说这是神话般的可以"无中生有的能源制造工厂"，穿着白大褂的工作人员坐在那里，只要操纵按钮就行了。切尔诺贝利在人们毫无思想准备、对技术绝对信赖的背景下爆炸了，我们也没有得到一点儿警示的信息。一大沓盖有"绝密"字样的文件："事故信息：机密"、"治疗结果报告：机密"、"清理人辐射污染情况报告：机密"……当时谣言四起：有人在报纸上看到了什么，有人在什么地方听说了些什么，有人对谁说了什么……图书馆一些事后发现很可笑的有关公民防护的所谓科学著作都不见了。当时还有人听了西方的广播，说要服用什么药片，如何服用等等。但是更多人的反应是这样：敌人幸灾乐祸，而我们一切如常。五月九日，老战士们照例去游行……还有铜管乐队。就连那些去反应堆灭火的人，后来的事实证明，他们同样也活在谣言之中。现在看来，用手去拿石墨是危险的……看来……

城里突然出现了一个疯女人。她到集市上到处说："我看见那个辐射了。它是蓝色的，一闪一闪的……"人们都不敢再买市场上的牛奶和奶酪了。老太太守着牛奶罐子站在那里，没有人去买。"你们别害怕，"她在解释，"我没有把牛放到田里去吃草，草是我自己给它弄来的。"你要是走出城镇，就会看到路边的一幅从来没有见过的风景：奶牛披挂着一层透明薄膜，站在一旁的妇女也是一样打扮，包裹在薄膜里，令人哭笑不得。这时候我们已经被派出去进行检验了。我去了林区。林业工人的生产计划没有减少，与以前一样。我们在仓库里开始检测，辐射剂量高得吓人。板材似乎算得上正常，而旁边扫帚的辐射剂量却爆了表。"这些扫帚是哪里来的？""从克拉斯诺波尔耶来的（后来查明，这是我们莫吉廖夫州污染最严重的地区）。这是剩下的最后一批货，其他的都已经发出去了。"你能把这些散落各地的扫帚找回来吗？

对了，我还有一件事要告诉你，我怕我忘了……我记得，切尔诺贝利……突然，人们有了一种新的不习惯的感觉，我们每个人都有了各自的生活，在此之前，这是不需要的。现在人们在思考：该吃什么？该用什么来喂养孩子？什么东西对健康有害？什么东西对健康无害？是该搬迁到另外一个地方，还是留在这里？每个人必须做出自己的决定。我们已经习惯了以前那种生活，怎么办？所有的村庄、社区，还有工厂、集体农庄，大家是一个集体。我们都是苏联人。譬如说，我就是苏联人。百分之百的苏联人！我上大学时，每年夏天都要跟着共青团组织出去。那是一个青年运动——共产主义青年学生团体。我们暑假就在那里劳动，把工钱都捐给拉丁美洲的共产党。我所在的集体，就是给了乌拉圭……

后来，我们变了。一切都变了。需要付出很大的努力才能理解这种改变，从原来的惯性思维中解脱出来……我是生物学家。我的论文研究的是黄蜂的行为。我在一个荒岛上待了两个月。我在那里培育自己的蜂巢。我和黄蜂待了一周，它们才接受我去它们家里进行观察的。它们从来不允许任何外人靠近蜂巢三米以内的地方，而我一星期后近到了十厘米。我用火柴棍蘸着果酱给它们喂食。"不要弄坏蚁丘，这是一种很好的异种生物生活形态。"这是我的老师最爱说的一句话。蜂巢与整个森林相关，而我也逐渐融入了这里。老鼠跑来就坐在我运动鞋的边上，那是一只林子里的野生老鼠，但是它已经把我当作这里环境的一部分了。我们就这样一直坐到晚上，我今天坐在这里，明天还会坐在这里……

切尔诺贝利事故之后……举行了一次儿童画展。其中一张画上，一只鹳行走在黑色的春天田野上……标题是：《没有人跟鹳说过什么》。这就是我当时的感觉。我有自己的工作……我们去各地收集水样、土样，再送到明斯克。我们这儿的几个女孩子在抱怨："我们带的才是真正的烫手山芋。"没有任何防护手段，也没有任何防护服。人坐在车子的前排座位，后座就放着这些发亮的样本。我们是按照编制好的程序处置这些放射性土壤的。我们把土埋进土里……一项全新的工作……谁也不会明白的一项工作……按照处置规程，掩埋前必须进行地质勘探，距离地下水层的深度不得近于四至六米，埋藏深度不大，凹坑的四壁和底部要铺塑料布。但是，这只是规程写的，实际操作自然就是另外一回事了。往往是随便了事。根本没有什么地质勘探。手指一指："就在这里挖。"挖掘机就开始挖了。"挖多深？""鬼知道多深！等见到水，我就停。""哗啦"一声就倒进了地下水里……

正如人们所说的：神圣的是人民，犯罪的是政府……我来告诉你，我是怎么想的……关于我们的人民，还有我自己……

我出过最长的一次公差，是去克拉斯诺波尔区，我已经说过的，是我最长的一次公差。为了防止地表的放射性物质冲刷到河流里，必须再次按照规程进行处理：双犁沟，隔开来一段，再来一次双犁沟，接着按同样的间距继续。我要沿着每一条小河巡查。我搭上当地的班车来到区中心，我需要一部车子来开展工作。我找到区委主席。主席坐在他的办公室，两手抱着头：没有人减少农作任务的计划，没有人改变轮作结构，该种豌豆，还是要种豌豆，哪怕大家都知道豌豆是所有豆类里吸收辐射最厉害的。而当地一些地方的辐射剂量已经达到四十居里以上。他没有搭理我。幼儿园里的厨师和看护都跑了。只剩下饿肚子的孩子们。如果要做阑尾炎手术，得坐急救车到临近的另一个区，在搓板路上颠簸六十公里。因为所有的外科医生都离开了。还谈什么车子？！双犁沟！他没工夫搭理我。于是我只好去找军队帮忙。那些小伙子已经在这里工作半年了，现在都病得很厉害。他们给了我一辆装甲运兵车，不，不是装甲运兵车，是配备机关枪的装甲侦察车。真遗憾啊，我没有站在车上照一张相。戴上头盔。那就更浪漫了。指挥这辆车的准尉不时同基地联系："猎鹰！猎鹰！我们还在执行任务。"我们在前进……道路是我们的，森林是我们的，而我们开着装甲战车。妇女们站在围栏后面哭泣。卫国战争之后，这还是她们第一次看到这样的战车。她们很害怕，以为战争又开始了。

按照牵引犁沟机械拖拉机的规范，驾驶室应该进行辐射防护，完全密封起来。我看到的这台拖拉机,是真的密封过了。拖拉机停在那里,驾驶员却躺倒在草地上休息。"你是不是脑子有问题?他们没有警告过你吗?"他回答说:"我这不是头上罩了一件背心嘛。"人们根本就不明白。他们被吓坏了,一直是准备着对付核战争,而不是对付切尔诺贝利……

那里的风景特别美。森林还是天然的,古老的,不是人工的。蜿蜒的溪流,清澈透明。绿色的草地。人们在森林里相互呼唤……对他们来说,这样的生活再自然不过了,就像早晨走进自己家的花园一样……可你已经知道,这里的一切都是有毒的——蘑菇、浆果。松鼠在榛树林里跑过……

我们遇到一位老妇人:

"孩子们,自己家奶牛的奶可以喝吗?"

我们垂下眼睛,我们得到命令:只收集资料,不许与当地居民有接触。

准尉开口了:

"奶奶,您多大岁数?"

"已经八十岁了,也许还要老。我的护照在战争中烧掉了。"

"那您喝吧!"

村里的人更可怜,他们是无辜的,就像孩子一样,却要遭受苦难。因为切尔诺贝利不是他们能够想象的,他们对待大自然有自己的态度,是信任,不是掠夺,千百年来一直如此。还是神圣的想法……他们不明白发生的事,他们愿意相信科学家,相信有学问的人,就像对待神父一样。而他们一直被告知:"一切都正常。没有什么可怕的事情。只要记着饭前洗洗手就可以了。"我意识到了，但不是当时，而是过了几年以后，我们参与了一切……那是在犯罪……（沉默）

　　你无法想象从隔离区偷运出来的救援食品有多少，那些都是政府送给居民的，有咖啡、肉类罐头、火腿、桔子。整箱的食品，装上货车就运了出来。当时这些食品哪里都买不到。当地的小贩，每个检查人，所有的中下层官员，都活跃起来。这些人比我想象的还要糟糕。而我自己……也糟糕……我现在知道自己的所作所为……（陷入沉思）我，当然，我承认……对我来说，这一点是最重要的……再来举一个例子……在一个集体农庄，假如说有五个村子。其中三个是"干净的"，两个是"脏的"，一个村子到另一个村子有两三公里。那这两个村子的人可以领到"棺材"钱，那三个村子没有。在"干净的"村子里要建牲畜综合养殖区。那么，我们就要把清洁的饲料运过来。可是，清洁饲料在哪里呢？风把灰尘从这块田上刮到另外一块田上。还是同一块土地。为了建设牲畜综合养殖区，需要写报告，经过委员会签字，而我就在这个委员会。每个人都心知肚明——不能签字。那是犯罪！最终，我还是给自己找到了一个借口：清洁饲料问题不是环境保护监察员的职责。我是一个小人物。我能做什么？

　　每个人都在给自己寻找借口，为自己开脱。我自己就有这样的经历……我发现，生活中可怕的事情总是不声不响中自然地发生……

——卓娅·丹尼洛夫娜·布鲁克，环境保护监察员

**俄罗斯人
总是愿意信点儿什么**

　　难道你没有注意到，我们彼此之间不会谈论这件事吗？再过几十年、一百年，那就是神话中的年代了。人们会居住在这些发生过故事和神话的地方……而这一切只是传说……

　　我怕下雨。这就是切尔诺贝利。我害怕雪，怕森林，连云都害怕。还有风……对了！谁知道它是从哪里刮来的？谁知道它刮来了什么？这不是凭空想象，也不是推断，是我自己真实的感受。切尔诺贝利……它就在我的房子里……

　　对我最珍贵的东西，是我的儿子，他出生于一九八六年春天……他有病。动物，即使是蟑螂，也知道什么时候该生育，该生多少。而人却做不到，造物主没有给他们预知未来的天分。前不久，报纸上说，一九九三年，仅在我们白俄罗斯就有二十万妇女流产，其主要原因就是切尔诺贝利事故。我们时刻生活在这样的恐惧之中……莫非，连人的天性也缩了回去，在期待，在守候。

查拉图斯特拉[01]也会呼喊："我的痛苦！时间都去了哪里？"

我想了许多。我在寻找其中的意义，其中的答案……切尔诺贝利，这是俄罗斯精神的灾难。你想过这一点吗？当然，我同意你们说的：这不只是反应堆发生了爆炸，而是此前所有价值体系的崩溃。但我觉得这个解释还不够……

我要说的是，恰达耶夫最早提到了我们对进步的敌意。我们反工艺，我们反工具。再看欧洲，从文艺复兴时期开始，它对世界就采取一种工具性的思维方式，崇尚理性、追求合理。这是对人类大师的敬意，对他们手中工具的敬意。列斯科夫有一个精彩的故事——《铁的意志》。他讲的是什么呢？就是俄罗斯的品格，大概是这样吧。这是俄罗斯的主旋律。德国的品格在于工具，在于机械性的专注。而我们……我们有什么？一方面，我们试图克服、遏制住混乱；而另一方面，是我们自发的创造性。随便你去到什么地方，比如基日岛，你都会听到任何一个导游在骄傲地惊叹什么：这里的木制教堂建筑没有使用一根钉子！我们的手艺高超、精湛，却没有铺设出一条平坦的道路。车轮陷入了污泥，但火鸟还在手中。第二……我认为……是的！这是对十月革命后快速工业化的报复。我们想实现飞跃。再来看西方，经历了纺纱业、工场手工业时代……机器和人一起行动，一起改变。他们形成了工业和技术的意识与思维方式。而我们呢？我们的男人们在自家的

---

01 查拉图斯特拉为琐罗亚斯德的波斯语译名。伊朗先知琐罗亚斯德是琐罗亚斯德教（又称拜火教）的创始人。——译者注

院子里，除了手，还有什么？到现在为止！斧头、镰刀、刀，这就是一切。这就是他的全部世界——对了，还有铲子。俄罗斯人会谈论机器吗？他们只会骂娘，再有就是拳打脚踢。他们不喜欢机器，他们讨厌它，实际上鄙视它，他们始终不明白，他们手中有什么力量。我在某个地方读到过，核电站的工作人员通常把反应堆叫作锅、茶壶、煤油炉、火窟窿。这里已经是傲慢了：太阳下面煎鸡蛋！在切尔诺贝利核电站工作的人有许多是从村里来的。白天在反应堆上班，晚上就回到自己家的菜园，或者去邻近村庄的父母那里，他们还要用铲子去种土豆，用叉子把肥料撒开……同样还要用手去收获……他们的意识里只有两件事，只有两个时代：一个石器时代，一个原子时代。就这两个时代。人就像钟摆一样在两个时代间来去。你可以想象一下，卓越的铁路工程师们铺就的铁路上，火车飞驰，而火车司机的位置就是昨天马车夫的位置。这就是俄罗斯在两种文化之中行走的命运。在原子和铲子之间。这是技术铁律吗？对于我们的人民来说，它就是体罚、脚枷、锁链的一部分。人民的天性是不受约束。他们向往的不是自由，而是做任性的自由人。对我们来说，纪律就是镇压的工具。这是我们特有的一种无知，类似于东方式的无知……

我是历史学家。早些年，我学过语言学——就是语言哲学。不仅是我们在用语言思考，而且语言也在塑造我们的思维。在我十八岁的时候，也许更早，我阅读地下出版物，知道了沙拉莫夫和索尔仁尼琴，我突然明白，我童年时在街头度过的时光，浸透了集中营的语言，而我出生在一个知识分子家庭（曾祖父是神父，父亲是圣彼得堡大学教授）。我童年的全部词汇就是囚犯的语言。对我们这样的青少年来说，这是很自然的：叫父亲"大当家的"，叫母亲"二当家的"。"摸你的屁股……"这样的俗语，我九岁就常挂在嘴边。真的！我们嘴里没有一句文明用语。甚至我们在游戏、说话、猜谜时，用的都是囚犯的语言。因为囚犯并非存在于一个遥不可及的孤立世界，而是就在我们身边。正如阿赫玛托娃所说的"半个国家被禁闭，半个国家在坐牢！"在我看来，我们的这些集中营意识必然要与文化，与文明，与同步粒子加速器发生碰撞……

当然，我们是受过特殊的苏联信仰教育的：人是主宰，是造物主的最高成就。他可以为所欲为，可以对世界做任何事。按照米丘林的说法就是："我们不能等待大自然的恩赐，我们要去索取，这就是我们的任务。"他们要给人民嫁接那些本来不具备的品质。世界革命的梦想就是人要改变整个世界的梦想，改变一切的梦想。有一句著名的布尔什维克口号："用铁手打造人类幸福！"——这是什么心理？狭隘唯物主义。

历史的召唤与大自然的召唤，永远不会结束……一个乌托邦正在崩溃，而另一个会取而代之。现在，人们突然谈论起上帝，同时在谈论上帝和市场。为什么他们不去古拉格，不在一九三七年的监狱里，不在一九四八年的"反对世界主义"[01]大会上，不在赫

---

[01] 20世纪40年代末，苏联开展了大规模的"反世界主义"运动，目的是加强对知识分子的爱国主义教育，却使一些科学家遭到迫害。1948年，全苏列宁农业科学院召开大会，史称"八月会议"。大会否定了苏联生物学的一些重要成果，致使苏联的科学事业遭受巨大损失。——编者注

鲁晓夫毁坏教堂的时代寻找它？俄罗斯寻神说[01]的现代翻版是虚伪的谎言。军队在车臣轰炸平民的房屋，消灭那些弱小的自尊的民众……而他们手持蜡烛站在教堂里……我们只会使用刀剑，用手中的卡拉什尼科夫自动步枪来代替语言。他们在格罗兹尼用铁铲和叉子把烧焦的俄罗斯坦克手收殓起来……那就是他们留下的……然后，总统和他的将军们却在祈祷……全国人在电视上看着这一幕……

我们需要什么？要回答这个问题，俄罗斯要在全球视角下审视自己的整个历史，我们能够像第二次世界大战后的日本人、德国人那样面对历史吗？我们有足够的理性和勇气吗？关于这些，人们沉默了，他们在谈论市场，谈论债券、股票……我们再次生存下来，将所有的精力都消耗在这里，而我们的灵魂被抛弃了……我们再次变得孤独……那么，这一切是为了什么？为了你的书？为了我的不眠之夜？如果我们的人生，就像火柴划燃，一闪而过呢？这些问题可以有几种答案，例如原始宿命论，还可以有伟大的答案。俄罗斯人总愿意相信些什么：相信铁路、青蛙（屠格涅夫的巴扎罗夫）[02]、拜占庭、原子……而现在，他们相信市场……

布尔加科夫在《伪善者的奴隶》中写道："我的一生充满罪恶。我是一个演员。"这是艺术中的罪恶意识，因为探视他人的生活

---

01 寻神说是 20 世纪初俄国的一种宗教哲学思潮，主张只有在人的心灵中才能找到神，把神的启示看作人类认识的最高形式。——编者注
02 巴扎罗夫是屠格涅夫《父与子》中的人物，是一个虚无主义者，他研究医学和生理学，沉迷于解剖青蛙。——编者注

是不道德的。但是,这一意识,如同被感染者的血清,可以成为疫苗,让他人具有免疫力。切尔诺贝利,这是陀思妥耶夫斯基式的主题,可以试图为人类辩解。也许,这一切其实非常简单:你蹑手蹑脚来到这个世界,然后停在门口?!走进……

走进这个美好的世界,它让人惊讶……生活就是这样……

——亚历山大·列瓦利斯基,历史学家

大时代里
无助的小生命

您别问了……我不想谈……我不想谈这些……（无奈地沉默）

不，我可以跟你谈，如果你肯帮助我们，但是要明白……不要怜悯我，不要安慰我。求你了！不要！遭受这样的痛苦，我不能不去思考，不能不反复去思考。不可能！不可能！（谈话被叫声打断）我们又进了特居区，又进了集中营……进了切尔诺贝利集中营……我们在集会上呼喊，举着标语口号。报纸上写道……切尔诺贝利毁掉了帝国，它把我们从一种生活中救了出来……从自杀式的功勋那里救了出来……从可怕的想法那里救了出来。现在我已经明白，功勋，这是一个词，是国家造出来的一个词……而我已经一无所有了，一无所有了。我就在这些词语和这些人中长大，现在，一切都消失了，这样的生活也消失了。还能坚守什么？用什么来拯救？遭受这样的痛苦不能不去思考。（沉默）我只知道一件事，我再也无法感到快乐了……

他从那里回来……又活了几年，一直在说胡话……说这说那。我记得……

村子中间有一片红色的水塘,鹅和鸭子在水塘边上跑来跑去。

那些士兵小伙子都脱了衣服,躺在草地上晒太阳。"快起来!傻瓜,不然你们会死的!"他们却对我们哈哈大笑。

许多人都开着自己的车子离开村子,但车子也被污染了。他们下令:"卸下来!"车子被抛到一个专门挖好的坑里。人们站在那里哭泣。到夜里,他们又偷偷地把车子挖出来⋯⋯

"尼娜,还好,我们已经有两个孩子⋯⋯"

医生对我说:孩子的心脏比正常的大了1.5倍,肾脏大了1.5倍,肝脏大了1.5倍。

一天晚上,他说:"你不害怕我吗?"他担心他活不了多久了。

我没有再细问。我理解他,我的心能够听到⋯⋯我们心照不宣。我想说⋯⋯经常是这样⋯⋯我一忍再忍,不想去碰这些东西。我痛恨回忆!我恨!(谈话再次被叫声打断)那时候⋯⋯那时候,我嫉妒那些英雄,在大变革的时代,在转折时刻,他们参与了伟大事件。我们那时候就是这样说的,就是这样唱的。那些歌曲多好听啊。(她唱起来)"小鹰⋯⋯小鹰⋯⋯"现在连歌词也忘记了⋯⋯展翅高飞⋯⋯好像是这样,对吗?我们那些歌曲中的歌词多美呀!我真想念啊!可惜,我不是出生在一九一七年,或者一九四一年⋯⋯现在我的想法不一样了:我不想靠历史生活,不想生活在历史中。我的小生命在历史中渺小、无助。伟大的事件会击碎一个小生命,连眼睛也不眨。(沉思)在我们身后留下的只有历史⋯⋯只有切尔诺贝利留下来⋯⋯我的生活在哪里?我的爱在哪里?

他说了很多。我记得⋯⋯

他看到鸽子、麻雀、鹳……鹳在田野上跑呀，跑呀，想要飞，但就是飞不起来。麻雀在地面上跳呀，跳呀，但就是跳不高，跳不出围栏。

人们已经走了，他们的照片还留在家里……

走过废弃的村庄时，看到的景象就像童话故事中的一幅幅画面：门前的台阶上坐着一个老头儿和一个老太婆，刺猬在他们身旁窜来窜去。刺猬太多了，多得就像一群小鸡一样。没有人的村子里静悄悄的，就像在森林里一样，刺猬一点儿也不害怕，都跑来找牛奶吃。还有狐狸，不知是谁把消息告诉了它们，所以它们也跑来了。还有驼鹿。一个小伙子见状，大喊一声："我是猎人！""你走吧！走吧！"老人挥着手，"不要去碰动物！我们已经结亲了。现在是一家人了。"

他知道自己会死……要死了……他答应过，接下来的生活中也要充满友情和爱情。他的抚恤金不够我们生活，我在两个地方工作挣钱。他说："你把车子卖掉，它不是新的，但是还能卖几个钱回来。你就待在家里吧，我还能多看看你。"他邀请朋友们来……他的父母亲在我们家里住了好长一段时间……他理解了……他理解了那里的生活，此前他什么也不了解……

"尼娜，还好，我们已经有两个孩子，一个女孩，一个男孩……"

我问了一个问题：

"你有没有想过我们的孩子？你在那里都想了些什么？"

"我见过一个男孩，他是在爆炸后两个月出生的。我们给他起了名字，安东。但大家都叫他原子人。"

"你觉得……"

"那里的一切都很可怜,哪怕是蚋子和麻雀。它们现在活着就好。苍蝇在飞,黄蜂蜇人,蟑螂在爬……"

"你……"

"孩子画切尔诺贝利……画中的树,根须向上生长,河水是红的,或者黄的。他们画着画着就哭了。"

他的朋友……他的朋友告诉我,那里的生活曾经是非常有趣,非常快乐的。他们会朗诵诗歌,弹着吉他唱歌。最好的工程师、科学家都来到这里,都是莫斯科和列宁格勒的精英。他们在一起总是不着边际地空谈……普加乔娃为他们演出……在田野上……"如果你睡着,我会为你歌唱,孩子们,直到早晨。"她称呼他们为英雄……他的朋友……是第一个死去的……他在女儿的婚礼上跳舞,说着逗人的笑话。他端起一个高脚杯,正要给大家祝贺,人就倒下了……我们的男人们……他们就像在战争中一样死去,却是在和平年代。我不想说了!我不想回忆……(闭上眼睛,轻轻摇头)我不想说……他死了,太可怕了,就像在电影《黑森林》里……

"尼娜,还好,我们已经有两个孩子,一个女孩,一个男孩。他们会……"

(继续)

我想弄明白什么?我自己也不知道……(浅浅地微笑)他的朋友向我求婚……我们在上大学的时候,他就很照顾我,后来他与我的一个朋友结婚,但很快就离婚了。他带了一束鲜花来:"你会过上皇后一样的生活。"他有一个商店,在城里有一套漂亮的公寓,郊外还有自己的房子。我拒绝了……他很不高兴:"已经过去五年了……你怎么还没有忘记自己的英雄?哈哈……你就和纪念碑生活吧!"(谈话被叫声打断)我赶他走!赶他走!"你是个傻瓜!你就拿着教师工资活吧!就你那一百美元。"我就这样活着……(镇静下来)切尔诺贝利填满了我的生活,我的心灵也开扩了……它受了伤害……痛苦之后要说话,要一吐为快。我就是这样做的……只有在我爱的时候,我会说这么多话。现在……如果我不相信他在天上,我该怎么活下去?

他在不停地说,我在回忆……(她在说,有些恍惚)

灰尘漫天……田里的拖拉机。拿着干草叉的女人。滴滴答答的辐射剂量仪……

人没有了,时间还在前行……日子好长,好长,就像童年一样……

叶子不能烧……叶子要埋掉……

遭受这样的痛苦,我不能不去思考。(哭泣)我不需要那些熟悉的华丽词语,甚至不需要发给他的勋章。它就搁在家里的橱柜里……那是他留给我们的……

我只知道一件事,我再也开心不起来了……

——尼娜·普罗霍罗夫娜·利特温娜,清理人的妻子

我们那时
爱过的物理学

　　我就是你要找的那个人……你没有找错人……

　　我从年轻时，就有记笔记的习惯。例如，斯大林死的时候，街上发生了什么，报上报道了什么，我都记下来。说到切尔诺贝利，我从事故发生的第一天就开始记录了，我知道，随着时间流逝，许多事情会被忘记，会永远消失。事实上就是这样的。我的朋友，他们是核物理学家，就处于事件的中心，但他们忘记了当时的感受，忘记了与我说过什么。而我把一切都记了下来……

　　那天我来上班，我是白俄罗斯科学院核能研究所实验室主任，我们的研究所在郊外，在森林里。天气出奇的好！我打开窗户，空气清洁、新鲜，令人感到奇怪的是：今天怎么没有山雀飞过来？我一个冬天都把切碎的香肠挂在窗外喂它们的。莫非，它们找到了更好的美食？

　　就在这个时候，我们研究所内部的核反应实验室发生了恐慌：辐射剂量检测仪测到空气净化过滤器中的辐射活性超过正常数值的二百倍，而入口附近的辐射量达到三毫伦/小时，这是非常严重的。这是辐射剂量允许的最大值，在这样的辐射危险地区工作不能超过六小时。我的第一个推测是，某个释热元件的外壳密封发生了破损。检查之后，发现没有问题。我又猜测是放射化学实验室里的容器在运输途中受到颠簸损坏了内壳，进而污染了整个区域，那就应该马上清洗沥青路上的污渍！究竟发生了什么事？就在这时，内部广播发来指示：工作人员不得离开大楼。一时间，各个建筑物之间看不到一个人影，这个怪异的场面令人心惊。

辐射剂量检测员检查了我的办公室：我的桌子在"发亮"，衣服、墙壁，都在"发亮"……我站着，连椅子都不敢坐。我去卫生间洗了头，再去看剂量仪，效果明显。难道是我们研究所发生了紧急情况？发生了泄漏？如何清除我们班车上的放射性污染？如何清除工作人员的放射性污染？必须马上想出办法来……我一直为我们的反应堆感到非常自豪，我对它有过细微至极的研究……

我们打电话给附近的伊格纳利纳核电站。他们的设备也出了问题，发现了异常。我们又呼叫切尔诺贝利核电站，但电话一个也打不通……到午饭时，整个明斯克都已笼罩在放射性尘雾之下，我们确定这是放射性碘导致的，是某个反应堆发生了事故……

我的第一反应是给家里的妻子打个电话，发出警告。但我们研究所所有的电话都是被监听的——这是永远不会变的，几十年来浸入头脑的恐惧！他们在家里什么都不知道……女儿上完音乐课后还跟朋友在外面玩，还吃了冰激凌。我还打这个电话吗？打了的话可能会有麻烦，他们不会再让我参加机密工作。但是我也再不能忍受下去了，拨通了电话：

"仔细听我说。"

"你在说什么？"妻子大声问我。

"小声一点儿。关上通风窗口，把所有的食物用薄膜包起来。你戴上橡胶手套，用湿抹布把所有的东西擦一遍，然后把抹布装进塑料袋丢到远处。晒在阳台上的衣服，要再洗一次。不要去买面包。无论如何，街上的糕点都不要买……"

"出了什么事？"

"小声一点儿。你滴两滴碘酒到水里，用这水洗头……"

"什么……"我没有让她把话说完就放下了电话。她会明白的，她也是我们研究所的。如果国家安全机关的人员听到，他可能会把这当作是我对自己和家庭的救助建议记录下来。

到了下午三点半，发布了公告：切尔诺贝利反应堆发生了事故……

晚上我乘坐通勤大巴返回明斯克。路上的一个半小时，人们不是沉默不语，就是说一些无关痛痒的琐事。大家都避免谈论刚刚发生的事故，都担心自己口袋里的党证……

家门口地上放着一块湿抹布。看来妻子都明白了。我走进家门，把外套、衬衣都脱掉，脱得只剩下内裤。一股怒火从心底升起……让那些保密条例见鬼去吧！让恐惧见鬼去吧！我拿起室内电话簿，还有女儿和妻子的电话本……我把电话打给每一个人。我说，我是核能研究所的工作人员，整个明斯克笼罩在放射性乌云之下……接下来，我列出应该采取的措施：用肥皂洗头，关上通风窗口……每隔三四个小时用湿抹布擦一遍地板，晒在阳台上的衣服要再洗一次……使用正确的方法喝碘水……人们的反应是：感谢你。没有人质疑，没有人恐惧。我在想，他们可能不相信我，或者不了解事件的严重性。没有一个人惊慌。奇特的反应，真是太神奇了！

晚上，我的朋友打电话给我。他是核物理学家，博士……他怎么会如此疏忽大意！他的生活信念有什么问题？直到现在我才理解……他在电话里说，他想"五一"节去戈梅利度假，他的岳父岳母在那里。那里离切尔诺贝利只有一步之遥！而他还带着小孩子。"真是好主意！"我喊起来，"你简直疯了！"我说到了专业精神，还有我们的信念。我在电话里冲着他大喊。他可能已经不记得了，是我救了他的孩子……（停了下来）

我们……我说的是我们所有人……我们不会忘记切尔诺贝利，但我们也不会理解它。野蛮人怎么能理解闪电呢？

阿列斯·阿达莫维奇[01]在书中写道，他跟安德烈·萨哈罗夫谈论过原子弹……这位氢弹之父和院士强调说："你知道核爆炸之后，臭氧的味道有多么好闻吗？"他的话听起来很浪漫。对于我，我们这一代……对不起……我看到了你脸上的反应，在你看来，这是对世界噩梦，而不是对人类天才的喜悦……现在核能成了可耻的、低下的。我们这一代人不一样……一九四五年原子弹爆炸，那时我只有十七岁，我喜欢看科幻小说，也幻想有一天飞向其他行星，我相信，核能将引领我们进入宇宙。我考进了莫斯科能源

---

01 阿列斯·阿达莫维奇（Алесь Адамовіч，1927—1994），苏联（白俄罗斯）作家、编剧，主要写作战争纪实性作品，主要有《我从乡村烈火中来》《围困之书》《卡廷》等，被本书作者阿列克谢耶维奇引为恩师。——编者注

学院，在那里才知道，有一个保密程度最高的系——物理能源系。在五六十年代，核物理学家……那些精英……都对未来充满信心，人文科学被挤到了一边……我们学校的老师说，只需要三枚硬币大小的核原料，它的能量就可以驱动一座发电厂。多么令人惊心动魄！我读过美国人史密斯的书，他描述了人们发明了原子弹的过程，如何进行试验，得知爆炸的细节知识。但是在我们这里，一切都是保密的。我读了这本书，对物理学研究充满了想象……有一部描述苏联核物理学家的电影《一年的九天》，当时非常受欢迎。核物理学家的高工资和神秘性更增加了浪漫的想象。那是一个崇拜物理学的年代！那是一个属于物理学的年代！甚至直到切尔诺贝利发生爆炸，我们才慢慢地告别这个偶像。在事故发生后，人们所谓的科学家……他们是乘坐专机赶到核电站的，许多人甚至没有带剃须刀，以为就是几个小时能处理完的事情。也就是几个小时的事情！尽管他们事前就已经得知核电站发生了爆炸，但他们相信他们的物理学，他们是怀着这一信仰的一代。物理学的时代在切尔诺贝利结束了……

>> 你看世界的眼光已经不同了……我刚刚又读了我最喜爱的哲学家康斯坦丁·列昂季耶夫的一段话，他说，物理—化学的堕落终将引发宇宙智能干涉我们地上的事情。而我们，在斯大林时代受教育的我们，我们的思想中不可能允许有任何超自然力量的存在，不可能有任何平行世界的概念……我读过《圣经》……后来与同一个女人结过两次婚——我离了婚，又复婚。我们又一次相遇……有谁能给我解释这个奇迹？生活是一件美妙的事情！充满

了神秘！现在我相信了……您问我相信什么？三维世界对于现代人类来说已经过于狭小……为什么今天还要对超越现实的东西充满兴趣？对新知识充满兴趣……人类想要脱离与地球的联系……想要掌控其他的时间范畴，不是掌控一个地球，而是要掌控各样的世界。《启示录》曾经描述过……核冬天……所有这一切都已经在西方艺术中被描述过，绘画过，摄制过……他们在为未来做准备……大量的核爆炸将引发漫天大火，浓烟将笼罩大气层，阳光无法照射地球，继而引发一系列连锁反应——严寒、酷寒、极寒。从十八世纪工业革命以来，我们就在想象"世界末日"。但原子弹不会消失，即使销毁了最后一颗核弹头，制造原子弹的知识还会存在……

您不说话……而我一直在与您争辩……我们是两代人之间的辩论……您注意到了吗？从原子技术的历史来看，这不仅仅是军事秘密，是诅咒，它还是我们的青春，我们的时代……甚至我们的宗教……但是现在？现在我有时还是认为，统治世界的另有其人，而我们与我们的大炮和太空飞船在一起，就像小孩子一样。不过，我还没有确定这一点……不确定……生活是一件美妙的事情！我热爱物理学，我曾经认为，除了物理学，我再不会去学别的，而现在，我想写作。比如说，我会写一个善良的人是不会喜欢科学的，小人物有自己的小问题。或者，几个物理学家如何去改变世界，造成了新的独裁，物理和数学的独裁……我开辟了一种新的生活……

……做手术之前……我就知道我得了癌症……我以为，我还有一些屈指可数的日子，我不想死。突然，我看见了每一片色彩鲜艳的树叶，晴朗的天空下，灰色的沥青路面已经开裂，蚂蚁在裂缝里乱窜。不，我想，它们本该绕过去的。难为它们了。为什么，它们也要死去吗？森林的气味让我头晕目眩……气味更浓烈了。修长的白桦……魁梧的云杉……我没有看到这一切吗？再多活一秒，多活一分！为什么我还有这么多时间，这么多小时，这么多天。为什么还要坐在电视机前，坐在一堆报纸中间？我们最重要的问题是生与死，其他的都无关紧要……

我明白了，只有活着的时间有意义，我们活着的时间……

——瓦连京·阿列克谢耶维奇·鲍里谢维奇，
原白俄罗斯科学院核能研究所实验室主任

更甚于科雷马[01]、
奥斯维辛和大屠杀

我应该向谁诉说？那些感受让我透不过气来……

刚开始……那些感觉是百感交集，一言难尽……我记得，最让我印象深刻的是两件事：恐惧与愤恨。关于已经发生的一切，我们得不到一点儿信息，政府不说话，医生也装哑巴。什么回应也没有。区里在等待州里的指示，州里在等明斯克的指示，而明斯克在等待莫斯科的指示，这是一条长得不能再长的链条……事实上，我们是最无助的。这是我们当时最主要的感受。在一个遥远的地方……戈尔巴乔夫……还有那两三个人，决定着我们命运的人，决定着所有人的命运，数百万计人的命运。那几个人就可以杀死我们……他们不是疯子，也不是参与恐怖活动的罪犯，他们就是再平常不过的核电站当班操作工人。可以说，是一些很不错的小伙子。当我得知这个真相时，我经受了一场强烈的震撼。我

---

01 科雷马位于俄罗斯东西伯利亚的一个地区，气候极为恶劣，斯大林时期设有劳改营，大量劳改犯在此死亡。——编者注

发现了一些东西……我意识到，切尔诺贝利更甚于科雷马和奥斯维辛……和那场大屠杀……我说的您是否清楚？一个人用斧头和弓箭可以杀人，用手榴弹和毒气室也可以杀人，不过杀不了所有的人。但是当一个人拥有原子弹的时候……整个地球就危险了……

我不是哲学家，我不会把问题抬到哲学的层面上。我只会说我记得的……

刚出事的那几天，有的人跑到药店去买碘，有的人不再去市场上买牛奶和肉，特别是不再买牛肉。我们家这时候不再只想着节约，去买了高价香肠，心想它应该是用没问题的好肉做的。但很快我们就得知，它恰恰混有被污染的肉类，据说，因为这种香肠价高，所以买的人少，吃的人就少。我们一点儿办法也没有。不过，您当然都已经知道这些了。我想说的是另一件事。是我们苏联一代人的事。

我的朋友中有许多是医生、教师，他们都是当地的知识分子。我们有我们自己的小圈子。大家在我家里聚会，喝咖啡。我有两位挚友，其中一位是医生。她们两人都有孩子。

第一位说：

"我明天就到父母那里去了，把孩子也带去。他们如果生了病，我永远不会原谅我自己。"

第二位说：

"报纸上说了，几天内局势就会恢复正常。那里有我们的部队，有直升机、装甲车。收音机也说……"

第一位说：

"我还是劝你,把孩子带走吧!离开!躲起来!出事了……比战争还可怕的事,我们甚至都无法想象,你还不明白吗?"

突然,她们提高了声调,争吵起来,互相指责。

"你身为母亲的天性哪里去了?你这个狂热分子!"

"你是个叛徒!如果我们大家都和你一样,我们还能取得这场战争的胜利吗?"

两个年轻漂亮的女人在争吵,她们都非常疼自己的孩子。吵来吵去……就是为了这么一件事……

那天在场的人,特别是我,都有一个感觉:是这位医生朋友引发了惊慌,打破了我们的平静,打破了我们已经习惯了的所有信赖。我们一直等待着,等着她们说下去,给出解释。她是医生,知道的更多:"你们连自己的孩子都保护不了!难道有人威胁你吗?你们有什么可害怕的?"

我们当时真的讨厌她,甚至恨她,是她毁了我们的聚会。我说清楚了吗?不仅当局在欺骗我们,连我们自己也不想知道事情的真相。在那里……在我们意识深处……当然,我们现在不想承认它,我们更热衷于骂戈尔巴乔夫,骂苏联共产党员——这是他们的错,而我们是牺牲品,我们是受害者。

第二天,她就离开了,我们把自己的孩子打扮得漂漂亮亮,去参加"五一节"游行。其实我们可以去,也可以不去。我们可以自己选择。没有人强迫我们,没有人要求我们必须去。但是,我们认为这是自己的职责。是理所应当的!在这样的时候,在这样一个日子,大家应该在一起……到街上去,到人群中去……

区委的所有书记都站在看台上，第一书记旁边就是他的小女儿，她站在大家都能看到她的地方。她披着斗篷，戴着帽子，尽管天空晴朗，但她身上披着军用斗篷。那些人都站着……我记得……他们"弄脏"的不仅是我们的土地，还有我们的意识，而且要延续好多年。

比起自己过去的生活，我这些年来，生活完全变了样。我已经四十岁了。我们被关在隔离区里……不许出来。我们就像住在古拉格一样，这里就是切尔诺贝利"集中营"……我在儿童图书馆工作，孩子们被告知：切尔诺贝利无处不在，周围都是，我们别无选择，只有学着生活下去。尤其是那些高年级学生，他们对此有不少问题。但那又有什么办法？我们没有地方可以去了解。阅读图书？没有书籍。也没有电影。就连童话故事书也没有。神话故事书也没有。我只能教给他们爱，我想用爱来征服恐惧。我站在孩子们面前，告诉他们：我爱我们的村庄，爱我们的河流，爱我们的森林……爱我们的一切！他们就是我的最爱。我没有辜负他们。我教会他们爱。我说清楚了吗？

当教师的经验总在干扰我……我总是在说话写字的时候讲究一点儿表面的漂亮，今天又有一些激动。我现在来回答你的问题：为什么我们无能为力？我无能为力……我的思维方式是切尔诺贝利之前的，我没有切尔诺贝利之后的思维方式。我们生活在战争思维之中，生活在苏联社会主义和一个不确定未来的崩溃之中。我们缺乏新的观念、目标、思想。我们的作家、哲学家在哪里？我已经不去谈论我们的知识分子了，他们中的大多数曾在等待自由，为自由做准备，但今天都被丢弃到了一边。这是贫困和屈辱的自由。我们不再欢迎他们，也不再需要他们。我甚至连想读的书也买不到，而书是我的生命。对我……对我这种人来说……任何时候都需要新书，因为身边展开的是新生活。但是，我们是新生活的局外人。我们无法接受这种生活。我一直在问自己一个问题——为什么会这样？谁来做我们的工作？电视不会教导儿童，教育儿童的应该是教师。不过，这是另一个话题……

我努力回忆……为了那些日子和我们感情的真相，为了不要忘记，我们是怎样被改变的……还有我们的生活……

——柳德米拉·德米特里耶夫娜·波利扬斯卡娅，农村教师

自由和寿终正寝之梦

这是自由……我觉得自己在那里是一个自由人……

您惊讶吗？我看出来了……您惊讶……只有经历过战争的人才理解这一点。我听到过，他们那些打过仗的男人一喝酒，就会回忆往事，说那时的自由，说那时的飞行。不能后退一步！这是斯大林的命令。还有内卫执法部队。当然……那是历史了……但是你必须开枪，你才能活下来，才会获得应得的二两白酒，还有马哈烟……你可能死上一千次，被炸成碎块，但是，假如你够卖力气，你能设法骗过所有的人，骗过魔鬼，骗过班长、营长，还有那些戴着头盔、手持刺刀的陌生人，你再向至高无上的神祈祷，这样，你就可以活下来！

我曾经站在反应堆上……站在那里就像在前线的战壕里一样。恐惧和自由同在！你要尽一切可能活下去……在正常的生活中你是不会理解的。我们平时被教导，时刻为战争做准备，然而我们的意识上还没有准备好。我没有准备好……那天，我和妻子约好了去看晚场电影……两个军人来到厂里，对我说："你能分清柴油和汽油吗？"我问："你们要派我去哪里？""哪里？还能去哪里？去切尔诺贝利当志愿者。"我是火箭燃料专家，这是一项保密专业。他们直接把我从厂里带走了，我身上就穿了一件T恤衫，他们连家也不让回。我说："我得告诉妻子一声。"他们回答说："我们会通知的。"车上已经有十五个人，都是预备役军官。我很欣赏这些男人：需要我们去就去，需要我们工作就去工作……让我们去反应堆，我们就爬到反应堆顶上去……

已经被疏散的村子旁边是一座座瞭望塔，上面有持枪的士兵。子弹上了膛。路口有路障。一块牌子上写着："道路污染，严禁通行与停留。"树木是灰白色的，是因为喷洒了消除辐射污染的白色液体，就像落上雪一样。我脑子里嗡的一下！刚开始几天，我们不敢坐在地上，不敢坐在草地上，我们在外面都是快步地跑，而不是走，一有车子驶过，就马上戴起防毒口罩，换班下来就坐在帐篷里。哈哈！几个月之后……一切都归于正常，习惯了，这就是你的生活。我们还去树上摘酸梅，在河里下网捕鱼，那里的狗鱼，啧啧，好大个！还有鲷鱼，晒干了下酒。你大概听别人也说过这些吧？我们踢足球，游泳！哈哈……（又笑起来）我们相信命运，在内心深处我们都是宿命论者，而不是药剂师，不是唯理论者。这就是斯拉夫人的心态……我相信自己的命运！哈哈！我成了二级伤残……很快就病倒了。该死的辐射病……当然……我甚至连去诊所的医疗卡也没有。让他们见鬼去吧！这种心态不只我一个人有……

我是个军人，我闯进别人的家里，把人家的房子封起来。这是什么感觉……就好像在偷窥别人……在那些不能播种的土地上,被锁在家里的奶牛,一直在用头撞门。牛奶滴滴答答落在地上……这样的感觉很奇妙!在那些尚未疏散的村子里,农民们酿烧酒,然后卖给我们。我们手头有不少钱:薪水是以前的三倍,每天的津贴也是原来的三倍。后来我们接到命令:会喝酒的人要留下来参加第二期任务。你说,伏特加有用,还是没用?至少有心理上的作用……我们对这个偏方深信不疑……当然了……农民的生活很简单:播种,作物成长,收获,剩下的就听其自然了。沙皇的事与他们无关,政府的事也与他们无关……管他什么中央委员会第一书记、总统……还是宇宙飞船和核电站、首都的游行,都与他们无关。他们根本不相信世界会在一天里就翻过来,他们会从此生活在另一个世界——切尔诺贝利的世界……他们哪里也不会去。有的人吓得生了病……但他们不会顺从,他们想像从前一样生活。他们偷偷地带走原木,摘下还泛青的西红柿带走。罐头破了,就重新做一个。不就是毁掉、埋葬、变成垃圾吗?我们干的不也是这件事吗?废止他们的劳动,废止自古以来的生活方式,我们就是他们的敌人……

我想去反应堆抢险。"别急,"他们提醒我,"到复员之前最后一个月,他们会把所有的人赶到顶上去。"我们干了六个月。确切地说,前五个月我们协助疏散,但第六个月我们被派到反应堆下面了。在反应堆的房顶上,有人开玩笑,有人严肃地讨论……就算我们能再活上五年……七年……十年……当然……不知道为什么,人们常常就说五年。这个数字是从哪里来的?没有人争吵,没有人惊慌。"志愿者,向前一步!"大家都向前迈了一步。指挥官面前有一台监视器,他开启监视器,屏幕上就出现反应堆顶上的图像:石墨的碎块,熔化的沥青。"你看,小伙子们,看到那些碎块了吗?你们要把它们清理干净。就在这个位置,要打一个洞。"时间只有四五十秒,按照规程是这样。但这是不可能的,至少需要几分钟的时间:跑过去、装车、抛下来、返回。一个人装满小推车,再换别人倒下去。我们把垃圾往废墟的洞里抛,但不许往下看,不能看。不过大家还是看了。报纸写道:"反应堆上面的空气是清洁的。"大家看到都笑起来。都是屁话!空气清洁,可我们在上面已经吃够了辐射剂量。他们给了我们几只剂量计。第一只,测量上限是五伦琴,才一分钟,指针就打到头了。第二只像一支钢笔,可以测一百伦琴,在个别地方也同样超量程了。他们说,五年内不能要孩子——假如五年内没有死的话……哈哈!(笑起来)在那里什么笑话都有……但没有争吵,没有惊慌。五年……我已经活了十年……哈哈!(又笑起来)他们给我们发了奖状。我有两个奖状……上面有各种图案:马克思、恩格斯、列宁……红旗……有一个小伙子不见了,大家以为他跑了。过了两天,在树丛里找到了他,他上吊死了。大家都有这样的想法,你会理解的……政治部副主任来了,他的说法是,他收到家里的一封信——妻子背叛了他。谁知道究竟怎么回事?再过一周,我们就复员了,却在树丛里找到了他……我们的一个厨师,他很害怕,不敢住在帐篷里,他住进了仓库,在黄油和肉罐头箱子下面挖出一个床位,带着自己的床垫、枕头就去了……他住到了地底下……后来上面发来一个通知：召集一个新的支队，全部要去反应堆房顶。其他人都已经在顶上了，还是人手不够！这下好了，找到了他。他只上过一次顶，现在也是个二等残废……他经常打电话给我。我们没有中断过联系，我们互相支持……为了共同的记忆，记忆会一直和我们生活在一起。你就这样写下来……

报纸在说谎……都是彻头彻尾的谎言……我们给自己缝制铠甲、铅衬衣、铅内裤，关于这些事，我在哪里也没有读到过。我们领到的只是喷了铅的橡胶大褂，但是我们都给自己做了铅内裤……我们当然很看重这件事……在一个村子里，别人指给我们两处秘密"约会"的房子……离开家的男人们，六个月没有碰过女人，会出现这样极端的情况。所有人都去了。当地的女孩在那里走来走去，一边哭泣，说她们都要死了。我们都穿着铅内裤……就穿在裤子外面……您写下来……

再来讲几个笑话：他们把美国的机器人派到顶上，工作了五分钟就停下来了；又派去日本的机器人上去，干了九分钟就停止工作了；最后派去俄罗斯机器人，足足工作了两小时。这时对讲机里说："伊万诺夫列兵，你可以下来抽根烟了。"……哈哈！（大笑）

我们上反应堆之前，指挥官指示……整理列队……有几个小伙子抱怨："我们都已经去过了，该让我们回家了。"我的工作是与火箭燃料和汽油打交道，但他们还是把我派到了顶上。我也默默接受了。我想，是因为我好奇，想上去，而这些人并不乐意。指挥官说："我们的志愿者都要去顶上，不想去的人出列，检察官会找你们谈话。"这几个小伙子站在那里，商量了一会儿，还是接受了。我宣过誓，就是说，我在旗帜面前跪下过……我相信，这一点用不着怀疑，他们肯定会把你送上法庭，判刑。传言说，会被判两三年徒刑。但同时，如果士兵受到的辐射超过二十五伦琴，他们也会因为全队人员受到过量辐射而把指挥官送去坐牢。所以，没有一个人的辐射量会超过二十五伦琴……都会低一些……你明白了吗？但我还是喜欢这些年轻人。有两个人病了，其中一个会说："让我来。"而他当天已经去过顶上一次了。这令人钦佩，他得到了五百卢布的奖金。另一个人在顶上挖坑，他的时间到了，却还在挖。我们对他挥手："下来吧！"可他跪在地上还在挖。他必须在顶上的这个位置开洞，这里要装一个斜槽，把垃圾卸下来。他一直没有挖好，所以没有站起来，还继续挖。他得到了一千卢布的奖金，当时这笔钱可以买到两辆摩托车——他现在是一级伤残……当然了，他们马上就支付了这笔钱……害怕他死了……现在他快要死了，经受着可怕的痛苦……大家在休息的时候去看他……"你可以问我，我的梦想是什么。""是什么？""梦想正常死亡。"他四十岁。他爱妻子……美丽的妻子……

复员了。大家上了车。每驶过一个隔离区，我们就鸣一次喇叭。回望那些日子……我有一种奇妙的感觉。"巨大的"、"神秘的"，这些词语无法表达我的感受。这样的感受……究竟是什么感受？

（沉思）

类似的感受，我就是在恋爱中也没有体验过……

——亚历山大·库德利亚金，清理员

**就算是怪胎，
我也爱他**

您不要不好意思……您就问吧……他们已经报道了那么多次，我们都习惯了。他们还会送来作者签名的报纸，但我不会去看。谁能理解我们呢？生活还是要继续呀……

最近，我女儿说："妈妈，如果我生了一个怪胎，我仍然会爱他。"您能想象吗？她还在读十年级，就已经有这样的想法了。还有她的朋友……她们都在想这事。我们的朋友生了一个男孩——他们一直在期待自己的第一个孩子。这对夫妻年轻俊美，但那个男孩，嘴巴一直咧到耳朵，而且没有耳廓……我没有像以前一样经常去看他们。我不想去……女儿却没有这样想，她三天两头往那里跑。那里吸引着她，要不是想去看一眼，要不就是去开心一下……但我不能去……

他们本来也可以离开这里，但是她和丈夫商量后，还是决定留下来。他们害怕别人的目光。在这里，我们大家都是切尔诺贝利人，我们不会互相害怕什么。如果有人给你一些自己家树上的苹果或者园子里的黄瓜，我们会接过来就吃，不会偷偷摸摸地塞到口袋里、手提袋里，随后再扔掉。我们，有着同样的记忆，同样的命运……而外面，在其他任何地方，我们都是外来者。别人斜着眼睛瞟我们……提心吊胆……所有人都习惯对我们使用这样的称呼："切尔诺贝利人"、"切尔诺贝利儿童"、"切尔诺贝利移民"……切尔诺贝利……现在就是我们全部生活的前缀。但是你们根本不了解我们。你们只是害怕我们……躲避我们……假如他们不把我们从这里撵走的话，他们就会拉起一条警戒线，许多人才会安下心来。（停住）你什么也不要证明给我看……不要说服我！我了解这些，我亲身经历过开始的那些日子……我把女儿送到明斯克，我妹妹那里……我的亲妹妹，却不让我进家门，因为她自己有个还在吃奶的婴儿。真是我无法想象的噩梦！这不是我编出来的。我和女儿只好在车站过夜，当时我满脑子都是些疯狂的想法……我们该去哪里？也许，最好是去自杀，从这些痛苦中解脱……这就是开始的那些日子……所有人都会想象到那些可怕的疾病——难以想象的疾病。我自己就是医生。但我也只能猜测，别人得了什么病……到处都在传播可怕的谣言。什么说法都有！我看着我们的孩子：他们去到任何地方，都会有被人蔑视的感觉，都会被当作活着的怪物……嘲笑的对象……有一年夏天，我的女儿参加少先队夏令营，在那里，别人都不敢接触她："切尔诺贝利萤火虫。她在黑暗中会发光。"到了晚上，他们把她叫到外面，想验证一下到底会不会发光，看她头上会不会有光环……

  人们经常说到一个话题——战争……会把我们与经历战争的一代进行比较……战争的一代？战争的一代是幸福的一代！因为

他们是胜利者，他们取得了胜利！这个信念给了他们强大的生命能量，用今天的话说，就是给了他们最强大的生存动力。他们什么都不怕。他们享受生活、学习、生儿育女。而我们呢？我们只有恐惧……为孩子担惊受怕……为他们现在还没有的子孙后代而担忧害怕……孙辈现在还没出生，但我们已经在害怕了……人们很少有笑容，过节时也不会像从前一样唱歌。这里不仅地貌发生了变化，原来的田地长成了森林、灌木丛，而且人们的性情也变了。所有人都郁郁寡欢，弥漫着绝望的情绪……对某些人来说，切尔诺贝利……只是一个比喻，一句口号。而在这里，它就是我们的生活。只是生活。

后来，我在想，也许记者最好不要写我们的事，旁人也就不会注意到我们……他们不会患上辐射恐惧症，或者别的什么，他们也就不会把我们这些人区分开。他们也就很少害怕我们。在癌症病人家里不要说他的癌症多么可怕；而关在监牢里的人，谁也不会对他说起刑期的事……（沉默）我说了这么多，我也不知道该不该与你说……铺好台布……我们吃饭吧？你不会害怕吧？请你说实话，我们已经习惯了，不会在意的。我们都见识过。有一个记者来找过我……我看到他想喝水，于是我给他倒了一杯水，而他从包里掏出了自己的水，瓶装矿泉水。他不好意思了……他有自己的理由……当然，我们的谈话没有再进行下去，我不会再向他袒露心声了。我不是机器人，不是计算机，也不是一块铁板！他在喝自己的矿泉水，他怕碰我的杯子，而我，我把心放到了桌子上……把我自己的心给了他……

（我们已坐到桌旁吃午饭。我们随意地聊着……）

昨天晚上我哭了……我的丈夫回忆说："你原来多漂亮啊。"我知道他说的是什么意思……我每天早上在镜子里看着自己……这里的人在快速变老，我已经四十岁了，接下来很快就要奔六十岁。所以女孩们都急着嫁人，她们的青春太短暂了。（中断）您对切尔诺贝利知道些什么？可以写些什么？我很抱歉……（沉默）

如何记录我的灵魂？要是我自己不是总能读到……

——娜杰日达·阿法纳西耶夫娜·布拉科娃，霍伊尼基镇居民

给我们的日常生活添加些东西，
就更容易理解它了

您想知道有关那些日子的事实与细节，还是只想听一听我的故事？

我在那里成了一个摄影工作者……之前我从来没有干过摄影，而在那里突然就拍了起来。我手里正好有一部照相机，当时就是这样。现在，摄影成了我的职业。我无法摆脱我体验到的这些新感觉，这不是一个短暂的体验，而是一段刻骨铭心的历史。我被改变了……让别人看到这里的世界，成了我生命的意义……你能够理解吗？

（他边说，边把照片摊在桌子上、椅子上、窗台上：车轮大小的向日葵；无人村的鸟窝；一处乡村墓园门口"强辐射，禁止入内"的牌子；被封闭的院子里的婴儿车，一只乌鸦站在婴儿车上，就像在它窝里一样；一队鹤群飞过荒地……）

有人问我："你为什么不拍成彩色的？彩色照片！"但是，在切尔诺贝利……黑白就是真实的……没有其他色彩……我的故事？我对这些照片怎么看……（他指着照片）好吧。我试着说一下。你知道，一切都在这里……（他又指着照片）我当时在工厂上班，还在函授进修大学的历史课程。我在工厂是二级水电工。他们把我们紧急召集起来，就像要上前线一样。

"我们要去哪儿？"

"他们命令你们去哪里，你们就去哪里。"

"我们去干什么？"

"他们命令你们干什么，你们就干什么。"

"可我们是建筑工啊。"

"那你们就去盖房。盖好房。"

我们盖了许多附属用房：洗衣房、仓库、帐篷。他们还让我去卸水泥。什么水泥？哪里来的水泥？没有人会去检查。我们的工作就是装水泥、卸水泥。我们整天挥动着铁铲，到了晚上，除了嘴里发亮的牙齿，浑身上下都是灰色的水泥。就算穿着专门的防护工作服也不起作用。晚上洗干净工作服，第二天早上再穿上。他们与我们进行政治谈话，说我们的工作是英雄壮举，冲在最前线……用的都是军事词汇。什么是雷姆？什么是居里？什么是微伦琴？我们提出的问题，指挥官根本解释不了，他在军校里也没有学习过。还有毫呀，微呀……简直像中文一样难懂。"你们知道那么多有什么用？执行命令就行了。你们在这里是士兵。"我们是士兵，但不是囚犯。

委员会的人来了。"听着，"他们安抚我们说，"你们一切都正常，这里环境也正常。离这里四公里的地方，那里就不能生活，人员都要疏散。而你们这里没有事。"辐射剂量检测员对我们进行了检测。他拿着一个挎在肩膀上的小盒子，用一根长杆在我们的靴子上扫来扫去。当我们离他很近时，他忽然往旁边一跳——那是他不由自主的反应……

接下来就是你们作家感兴趣的了，挺有意思的。你觉得，我们对那一刻的记忆会保持多久？最多就是几天。我们不能只想着自己，只想着自己的生活，这是一个内部互相关联的系统。我们的政治家不会去考虑生活的价值，尽管他们一样也是人。你能理解吗？我们不是这样的，我们完全是另外一种人。当然，我们一直在喝酒，而且，喝得很凶。到了晚上，没有一个人是清醒的，但是喝酒不是为了喝醉，而是为了交谈。喝过两杯之后，有人就开始发牢骚了，想妻子、孩子，谈自己的工作，以及咒骂领导。再喝过一两瓶后……话题就是国家的命运和宇宙的结构了。例如关于戈尔巴乔夫和利加乔夫的争辩，关于斯大林。我们究竟是不是大国？是不是会赶上美国人？那是一九八六年……谁的飞机更好？谁的飞船更安全？切尔诺贝利爆炸了，但我们的人第一个冲入了宇宙！你能理解吗？我们一直聊到嗓子嘶哑，直到该吃早餐的时间。为什么没有给我们辐射剂量测量仪？也没有发给我们以防万一的什么粉剂？为什么不给我们配备洗衣机每天清洗我们的水泥工作服，而是每月才能洗两次？这些问题是我们最后才讨论的，只是顺便提起的话题。你能理解吗？我们就是这样生活的。该死的！

伏特加比黄金还要值钱，根本没地儿买。大家在村子里把身边的东西都喝光了：伏特加、自酿烧酒、洗浴液，甚至还有指甲油、气雾剂……桌子上总是摆着三升装的烧酒桶，要不就是一袋子西普牌花露水……我们说呀，说呀，说个没完。我们中间有教师、工程师……来自各个民族,有俄罗斯人、白俄罗斯人、哈萨克人、乌克兰人。我们展开了哲学对话……我们是唯物主义的囚徒,唯物主义的物质世界限制了我们,而切尔诺贝利通往无限。我记得,我们讨论过俄罗斯文化的命运,说到其倾向于悲剧。如果不是处在死亡的阴影下,无法理解这一点。只是在俄罗斯文化的基础上,我们才能理解灾难……而灾难不过是对这一倾向的准备。……我们都害怕原子弹、蘑菇云,就像可怕的广岛那样……现在我们知道,火柴或者保险丝会点燃房子,但在这里完全不是一回事。人们传说,这里的火灾不是自然界的那种火,甚至不是火,而是光。闪烁的光,亮光。它不是蓝色的,而是淡蓝色的,也不会冒烟。科学家曾经端坐在神坛,而现在成了堕落天使,恶魔!归根结底,人类的本性还是一个未解之谜。我是俄罗斯人,来自布良斯克。在我们那里,你知道,一个老人坐在门口,眼看房子已经歪斜,马上就要坍塌,而他还在高谈阔论,评头论足。在任何一个工厂的吸烟室和酒吧都能找到我们的亚里士多德,而我们在反应堆下面……

报社记者飞到我们这里,给我们拍了合影,但完全是摆拍。他们拍摄了留下来的房子的窗户,再把小提琴摆到前面……他们命名为"切尔诺贝利交响曲"。其实,那里没有什么可掩饰的。眼前的一切正应留在记忆中:学校院子里一个地球仪被拖拉机碾过;洗过的床单在阳台上挂了几年已经变黑,历经风雨的娃娃破旧不堪……无人管理的烈士公墓里,草长得和士兵雕像一样高,雕像手里的自动步枪上筑起了鸟窝。房门都被打破,里面东西已经被洗劫一空,而窗帘还是拉上的。人已经离去,他们的照片还留在家里，就像是他们的灵魂。没有什么东西是不重要的、无关紧要的。我希望把所有一切都准确、详尽地记录下来：我看到这些的具体时间、天空的颜色，还有我的感觉。您能理解吗？人们已经永远地离开了这些地方。这又是什么呢？我们是在这里感受到"永远"的第一批人。我不愿放过任何一个细节，比如犹如圣像一样的老农的面孔……他们最难以理解眼前发生的事情。他们从未离开过自家的庭院，离开过自己的土地。他们来到这个世界，恋爱，用自己的汗水收获粮食，延续后代……期待孙辈的出生……度过一生后，顺从地离开这片土地，去到土地里面，成为土地。白俄罗斯的茅草房啊！对我们来说，对我们城里人来说，房子是生活中的一个设施。而对他们来说，房子就是他的全部世界，就是宇宙。当我走过空荡荡的村子，总想遇到人……走过一个被洗劫的教堂时，我走进去，感觉这里还有蜡烛的气味。我好想去祈祷……

我想记住这一切，于是我开始摄影……这就是我的故事……

最近我安葬了一位曾经一起在那里工作的朋友，他死于血癌。我们为他办了追思宴。按照斯拉夫人的习俗，要喝酒，吃饭，你是知道的。我们又聊起来，一直到半夜。我们先谈到他，死去的他。后来？后来又谈到国家的命运和宇宙的结构。俄罗斯军队会不会从车臣撤出？第二次高加索战争会不会打起来，抑或已经开始了？日里诺夫斯基当上总统的可能性会有多大？叶利钦呢？还聊到了英国女王和戴安娜王妃，俄罗斯的君主制。说到切尔诺贝利，现在还有不同的猜测……一种猜测是：外星人知道这场灾难，并且帮助了我们；另一种猜测是：这是一场宇宙实验，过一段时间就会诞生超能儿，异于常人的孩子。也有可能，白俄罗斯人会消失，就像那些已经消失的其他民族一样，比如斯基泰人、哈扎尔人、基麦里人、华斯特克人。我们都是玄学家……我们不是生活在地球上，而是生活在幻想中，生活在对话中，生活在词语中……应当再给我们的日常生活添加点儿色彩，生活就更容易理解了。哪怕死亡就在近旁……

这就是我的故事……我讲过……我为什么开始摄影，因为我觉得言词不够……

——维克多·拉通，摄影师

无言的
士兵

　　我再也不会去隔离区了,之前,我被拉去过。如果我再看到它,回想起这些,我会生病,会死去……我的幻想也会死去……

　　我还记得,有一部战争片《走去看看》。我没有看下去,看到中间就晕了过去。他们杀了一头母牛。整个银幕就是它的瞳孔……就一只瞳孔……他们杀人,我更不会去看……不会!艺术,是爱,这一点是绝对的,肯定的……我不想看电视,不想读现在那些报纸。那里都在杀戮,在杀戮……在车臣,在波斯尼亚,在阿富汗……我失去了理性,我的视力也变差了。恐怖……已经习以为常,甚至令人感到无聊。我们就这样被改变,今天银幕上的恐怖应该比昨天有过之而无不及。换句话说,它已经不再可怕。我们越线了……

　　昨天,我在公交车上看到一幕场景。一个男孩没有给老人让座。老人说他:

　　"到你老的时候,别人也不会给你让座。"

　　"我不会老。"男孩子回答。

　　"为什么?"

"我们大家都快死了。"

周围人都议论起死来。孩子也想到了死。但这个话题是在生命结束时才该思考的，而不是在生命刚开始的时候。

我看到的是舞台上的世界……大街，对我来说，就是剧院。家就是剧院。人就是剧院。我从来都记不住事件的整体，而只有细节、情节……

在我记忆中的一切都混淆了，乱成一团。一会儿是电影里的，一会儿是报纸上的……一会儿是我在某处的所见、所闻……我偷窥过吗？

我看到，发疯的狐狸在空无一人的村庄里游荡。它看起来那样自在、温顺，就像一个幼童一样，与野猫和小鸡一起嬉闹……

寂静……那里好静！一点儿声音都没有！突然，冒出一个人的声音："戈沙，你好！戈沙，你好！"原来是老苹果树上一只生锈的鸟笼子在晃动，笼子的门开着，一只家养鹦鹉在里面自言自语。

疏散开始了……学校、农场办公室、村委会，全部被封了。白天，士兵们把保险箱和文件运走了。夜里，村民们就把学校里留下的零碎劫掠一空。图书馆里的书、镜子、椅子、水管，还有笨重的地球仪，等等，都被他们拖走了……还有人第二天早上跑去，但为时已晚，所有东西都已经被搬空了。于是他把化学实验室的玻璃试管拿走了。

虽然每个人都知道，再过三天，他们也会被疏散离开，一切都会留下来。

我为什么要收集、积累这些东西？我永远不会把切尔诺贝利写进剧本，就如同我不会去写哪怕一个战争题材的剧本。我永远不会把死人搬上舞台，哪怕是一头死去的野兽，或者一只死去的小鸟。在隔离区，我在森林里走到一棵松树跟前，看到地上有白色的东西……我想：那是蘑菇，还是死麻雀胸前的绒毛？我不理解死亡。我就面对着它，我不会发疯。我不想走过去……不想去另一个世界……战争长着一副可怕的面孔，它就是要让人屈服，要让人生病……这不是戏剧场景……

开始的那些日子……一切还一如往常，而我已经想象到了日后的情景：坍落的天花板、损坏的墙壁、弥漫的尘土、破碎的玻璃。车一辆接一辆地开走，那些沉默的孩子不知道要被运往何处。成年人在哭泣，而孩子们没有哭。连一张照片也不会印出来……我猜，如果去问人们，他们会说我们这里没有那些恐怖：爆炸、火灾、尸体、恐慌。我从孩童年代就懂了这一点……（中断）但到后来，我才发现……发生的是从没有人见过的……另一种恐怖……你听不见，看不见，它没有气味、没有颜色，但它从身体上和精神上改变我们，改变血型，改变基因代码，改变风景……改变那些我们能想到的，或者想不到的任何东西……所以，我照常晨起，喝茶，去学生那里排练……我得把自己安放在那里……这是一个标志，也是一个问题。我没有什么可比较的。从小我就知道，一些东西完全不像是……

我只看过一部好的战争片。我忘了电影的名字。这部电影讲的是一个沉默的士兵，在整个电影中他没有说过一句话。他带着一个德国孕妇,是一个俄罗斯士兵让她怀孕的。孩子就出生在路上,在一辆马车上。他抱起孩子,孩子把尿撒在了他的自动步枪上……男人笑了……这就是他的台词——他的笑声。他看着孩子,看着自己的自动步枪,笑了……这就是电影的结尾。

电影里没有俄罗斯人,也没有德国人。只有一个怪物——战争;还有一个奇迹,就是生活。而现在,在切尔诺贝利事件之后,一切都改变了。毫无例外。世界改变了,它似乎已经不再是不久前那个永恒的世界了。大地好像也在变小。我们失去了不朽,失去了永恒的感觉,这是我们曾经拥有过的。在电视上我看到,每一天都在发生屠杀,都在发生枪杀。这个时代在杀死失去不朽的人……一个人杀死另一个人……在切尔诺贝利事件之后……

我有一段十分模糊的记忆,似乎很遥远……我当时三岁,和妈妈被带去德国,去集中营……但我记得一切都是美丽的……也许,我的视觉记忆是这样安排的。那里有一座高山……不是在下雨,就是在下雪。黑乎乎的人群站成半圈,都有编号。编号在鞋子上,亮黄色的号码很清晰,背上也有……到处都是号码,号码……还有带刺的铁丝网。塔上站着一个戴头盔的人,狗在跑,在大声吠叫。但是我没有感到一丝恐惧。我记得两个德国人,一个大个子,很胖,穿着黑色衣服,另一个是小个子,穿着棕色衣服。黑衣人用手朝那边指了一下,从黑乎乎的半圈中就走出一个人,穿黑色衣服的德国人打他……那时不是在下雨,就是在下雪……

我记得有个高大英俊的意大利男人……他一直在唱歌……我的妈妈哭了,其他人也哭了。我不明白为什么每个人都在哭,是他唱得太好吗？

我有战争的素材，我也尝试过，但是一点儿结果也没有。我永远不会把战争写入剧本。我不会有这样的剧本。

我们把一出愉快的话剧《给我水，井》带到了切尔诺贝利隔离区。这是一个童话剧。我们来到霍季姆斯克区中心，这里有一家孤儿院。这里的孤儿们哪里也没有去过。

中场休息时，他们没有鼓掌，也没有起立，一片沉默。第二幕落幕了，他们也没有鼓掌，也没有起立，依然沉默。

我的学生们在流泪。他们聚到了后台：孩子们怎么了？后来，我们明白了：他们相信了舞台上出现的一切，他们在等待整个话剧的奇迹。普通的儿童，有家的孩子，他们会理解这是在剧场。而他们却在等待奇迹……

我们，我们白俄罗斯人，从来没有过永远的东西。我们甚至没有过永恒的土地，土地随时都会被人夺走，扫去我们的足迹。而我们也不可能永生，就如《圣经·旧约》所说，他生了谁，又生了谁……一大串……我们不知道，应该如何看待这种永恒，我们也不知道如何永恒地生活，也无法理解它最终赐予我们的礼物。我们的永恒是切尔诺贝利，它就在我们近旁……而我们？我们会笑。就像一个古老的寓言里讲的：人们很同情那个自己家房子、谷仓被烧毁的人……全被烧了……他却忽然说了一句："但是，所有的老鼠也死了！"还把帽子使劲往地上一摔。这就是白俄罗斯人的性格：苦中作乐。

而我们的神却不会笑。我们的神是殉难者。古希腊人那里就有会笑的神,他们性格开朗。幻想、梦境、笑话,这也能留下文本吗?我们是谁?我们不知道该如何阅读……我总是听到一个旋律……一直在响,一直在响……这不是旋律,不是歌,而是喊叫。这就是我们的民众面对灾难的回应。我们并不期待摆脱灾难。这样是幸福吗?幸福,是一个暂时的意外之物。人们说:"一个痛苦,算不上痛苦。""你用棍子赶不完痛苦。""三句话不离痛苦。""满院都是痛苦,唱不完一首歌。"除了痛苦,我们一无所有。没有别的故事,没有别的文化……

我的学生相爱了,有了孩子。但孩子在他们那里是安静的,孱弱的。战争结束后我从集中营回来……我还活着!我必须活下来。我们这一代人至今还感到惊讶:我们竟然活下来了。我可以用雪来代替水,夏天可以潜水上百次,一直不上河岸。如今他们的孩子不能吃雪,哪怕最干净、最白的雪……

我如何看待戏剧?我一直在思考……我觉得……

他们从隔离区带给我一个故事……一个现代童话故事……

一对老头子和老太婆还留在村子里。冬天,老头子死了。老太婆一个人把他埋葬了。老太婆花了一周时间,好不容易才在墓地挖好一个坑。她把老头儿包裹在温暖的羊皮筒子里——不然会冻僵。她拉着一个儿童雪橇,把老头儿送到墓地。一路上,她回忆着他们一起的生活……

她给追悼宴做了最后一次炸鸡。饥饿的小狗闻着香味跑到老太婆跟前,于是她有了一个聊天和哭泣的伙伴……

有一次,我甚至梦到了我即将上演的戏……

我梦见一个已经疏散的村庄，那里开着苹果花，还有稠李花。灿烂而美丽。墓地上的野梨树也开花了……

高耸着尾巴的猫跑在杂草丛生的街道上。街上空无一人。两只猫在交配。街边开着五颜六色的鲜花，美丽而静谧。猫在路上跑来跑去，好像在等着什么人。看来，它们还记得人……

在我们白俄罗斯，没有托尔斯泰，没有普希金。我们有扬卡·库帕拉、雅库布·科洛斯……他们描写了土地……我们是地上的人，不是天上的。我们只会种土豆，我们挖土豆，种土豆，我们所有的时间都盯着土地。低头！向下！假如人仰起头，也不会高过鹳鸟的窝。对鹳而言这已经很高了，而对人来说，高的是天空。天被称作宇宙，但在我们的意识中没有它。于是，我们从俄罗斯文学……从波兰文学那里借来它……挪威人需要爱德华·格里格，而犹太人需要的是肖洛姆·阿莱汉姆，如同结晶的晶核，有了核心，他们才能团结一心，才能自我觉醒。而我们的核心就是切尔诺贝利……它在用我们塑造一个作品……在创作……现在我们成了一个民族，切尔诺贝利民族。但它并不高贵——从俄罗斯到欧洲，或者从欧洲到俄罗斯，到处都有。只是现在……

艺术就是回忆……回忆我们曾经的样子……我怕……我怕一件事，怕恐惧取代了我们生活中的爱……

——莉莉娅·米哈伊洛夫娜·库兹缅科娃，
莫吉廖夫文化教育学校教师，导演

永恒和诅咒：
怎么办和谁之过？

我是我们时代的人，我是一个坚定的共产党员……

他们不让我说话……当今骂苏联共产党员是时髦……现在我们是人民的敌人，全都是罪人。现在我们要对所有的问题负责，甚至包括物理定律。我当时是区党委第一书记。报纸上说……就是他们在犯罪，建了一个糟糕的廉价核电站，不顾人们的生活。他们根本没有考虑到人，对他们来说，人是沙土，是历史的肥料。嘀！嘀！该诅咒的问题：该怎么办，是谁的责任？这是永恒的问题，在我们的历史中一直存在的问题。所有人都急不可耐，渴望复仇，想要见血。嘀！嘀！他们想看到砍下的头颅……"面包和马戏"……

其他人保持沉默，但我要说……你们写了——我不是指你，是报纸这样写的：共产党员欺骗人民，隐瞒了事实真相。但是我们不得不做的……从中央委员会来的电报，从州党委会来的电报……交给我们的任务就是：不允许出现恐慌。事实上，恐慌确实是很可怕的事情。他们对有关切尔诺贝利事件报道严格审查，就如同战争期间害怕来自前线的消息一般。恐惧和谣言非常危险。人们并非死于辐射,而是发生的各种事件。我们应该……是我们的责任……不能说所有人都立刻躲起来了,因为一开始谁也不知道发生了这么大的事故。我们只是依照上级的政治考虑行事。但是,如果抛开个人情绪,抛开政治,应当承认,没有人会相信当时发生的事。就连那些科学家也不敢相信!这类事故没有先例……不仅在这里,在世界各地都没有类似的例子……科学家们在核电站现场研究情况,并立即采取了相应措施。我最近看了时任苏共政治局委员、意识形态主管亚历山大·雅科夫列夫的电视访谈节目《真相时刻》……当时他就在戈尔巴乔夫身旁……据他回忆,他们上层一样也想象不到事故的全貌……在政治局会议上,一个将军说:"辐射有什么关系?在原子弹爆炸演习以后,他们晚上喝一瓶红酒,就一点儿问题也没有了。"他们说到切尔诺贝利就像在谈论一场普通的事故……

我当时宣布,不许人们上街。"你想破坏'五一节'吗?"这可是一个政治问题。党证就在桌子上……(他平静了一些)这不是开玩笑。我想,确实发生过这样一件事,是真事。他们说,苏联部长会议副主席谢尔比纳在爆炸后不久就来过核电站,他要求立即带他去事故现场。人们告诉他:那里有石墨碎片,是高辐射场区域,而且温度也高,不能去。"还管什么物理学?我要亲眼看到辐射的一切,"他冲下属喊道,"今天晚上我就要向政治局提交报告了。"这是军事行动的模式。他们不知道别的……他们也不理解这里真的是物理定律在起作用……是链式反应……而且,任何命令和政策法规,都不会改变这一物理定律。世界遵循的是物理学的规律，而不是某一个人的思想。但是当时我能说吗？我敢企图取消"五一"节游行吗？（他再次兴奋起来）报纸上说……人们在街上游行时，我们坐在地下掩体里！实际上整整两个小时，我都顶着大太阳，站在看台上……没戴帽子，没穿外衣。接着，是五月九日的胜利日……我和老战士走在一起，拉着手风琴，跳着舞，一起喝酒。我们大家都是这个体制下的一部分。我们相信！我们有崇高的理想，我们相信一定会胜利！我们会战胜切尔诺贝利！发起猛攻——赢得胜利！我们都如饥似渴地读过制服失控反应堆的那场英勇战斗。我们都进行了政治谈话。我们的人没有理想吗？我们的人没有宏大愿望吗？现在呢，更可怕……你来看看，正在发生什么？崩溃。无政府。野蛮资本主义……但是，我们对过去做出了判决……对我们的生活的一切……那个时候的电影多好啊！那些欢快的歌曲！请你告诉我：为什么？请你回答……你想一想，回答我……为什么现在没有这样的电影？没有这样的歌曲？人应该受到激励，受到鼓舞。我们需要理想……然后才会有一个强大的国家。香肠不能成为理想，把冰箱塞满也不是理想。我们需要的是光辉的理想！这样的理想我们曾经有过。

报纸、收音机和电视上在大喊：要真理，要真相！人们在集会上也在要求：我们要真相！糟糕，很糟糕……糟透了！我们很快都要死了！国家消失了！谁需要听这种真相？当群众冲进国民公会要求处死罗伯斯庇尔，他们是正确的吗？屈从于群众，就成了群众……我们当时要做的是防止出现恐慌，这是我的工作……职责……（沉默）假如我是罪犯，那为什么我的外孙女……我的孩子……他们也在生病？女儿生她是在那个春天，她把婴儿送到我们斯拉夫哥罗德的家里来，放在婴儿车里。她们是在核电站爆炸后几周来的……那时直升机在天上飞，军车在公路上跑……妻子问我："要不要把她们送到亲戚那儿去？离开这里。"我当时是区党委第一书记……我断然制止她："如果我把自己的女儿和外孙女送走，人们会怎么想？他们的孩子还留在这里啊。"那些跑掉的人，只顾自己……我把他们叫到区党委办公室："你们是不是共产党员？"他们经受住了考验。假如我是罪人，那为什么我要杀害我自己的孩子？（后面的话断断续续）我自己……她……在我们家里……（过了一会儿才冷静下来）

开始的几个月……乌克兰一片惊慌，而我们白俄罗斯，一片平静。当时正是紧张的播种季节。我没有躲藏，没有坐在办公室，我在田地和牧场奔波。大家都在忙着犁地，播种。你忘记了，在切尔诺贝利事故之前，人们把原子叫作"宁静的劳动者"，为我们生活在原子时代而感到骄傲。人们根本不会想到原子恐惧……当时我们根本不会担心未来……再说，区党委第一书记又是什么人呢？就是一个拿着普通大学文凭的普通人，更是一个平常的工程师或农学家，还有的人毕业于高级党校。我所知道的辐射知识是在民防教育培训班里学到的，从来没有听说过什么牛奶中有铯，有锶……我们照常把含有铯的牛奶送到牛奶工厂，还送去肉类，照常割草，完成计划……尽到所有的职责……我在尽力而为。没有人解除我们的计划任务……

在最初的那些日子，人们忍受着恐惧，而且恐惧还有不断加剧的趋势。我是一个缺少自我保护意识的人，这很正常，因为我有着强烈的责任感。当时这样的人很多，不止我一个……几十张申请书堆在我的办公桌上："请求派我去切尔诺贝利。"这是他们发自内心的呼声！人们时刻准备献身，而没有想过，也没有提出过索取任何回报。你当时要是去那里采访，写下点儿什么就好了。那才是俄罗斯性格。他们是俄罗斯人。如果你今天背弃苏联的过去，你以后还会怀念起他们的……

科学家们也来到我们这里，他们争得面红耳赤，嗓子都哑了。我对其中一个科学家说："我们那些孩子还要在放射性沙土里挖下去吗？"而他的回应是："你纯粹是危言耸听！一知半解的门外汉！你知道什么是辐射吗？我是核物理学家。我参加过原子弹爆炸试验，一个小时后我就乘着汽车去了爆炸中心点，走在烧焦的土地上。你有什么可大惊小怪的？"我相信了。我把党员召集到我的办公室："兄弟们！如果我跑了，你们也跑了，别人会怎么想我们？他们会说，共产党员都临阵脱逃了吗？"看到这些话和这些情感不能打动他们，我又换了一个说法："你是不是个爱国者？如果不是，就把党证放到桌子上。走人！"结果，有几个人真的走了……

有一些令我疑惑的东西……还说不清楚……我们与核物理研究所签了一个调查我们土地的协议。他们取走了草皮，还挖去了一层黑土，把它们带到明斯克化验。后来他们打电话给我："请你组织一下运输车队，把你们的土样运回去。""你是在开玩笑吗？明斯克离我们这里有四百公里，你让我把土样运回来？"我手里的话筒几乎要掉到地上。"我不是开玩笑，"他们对我说，"按照规程，我们的这些土样要放入钢筋混凝土的槽中，埋葬到坟场里，全白俄罗斯的土样都要运到我们这里来。只一个月时间，我们就没有地方可以存放了。"你听说过吗？我们就在这块土地上耕种，我们的孩子就在这块土地上玩耍……我们还要完成牛奶和肉类计划生产指标，粮食还要用来酿酒，苹果、梨子、樱桃，要加工成果汁……

接下来就是疏散……如果谁从空中俯瞰，会以为这是第三次世界大战打起来了……一个村庄疏散完了，再向另一个村子发出通知：一个星期后疏散！然而这一周里，还是要堆好麦草、割草、翻好菜园、劈好木柴……生活还要继续。人们不明白究竟发生了什么。而再过一周他们就要开着军车来把人们都运走……我们一直在开会、出差、发指示，度过了一个又一个不眠之夜，事情实在是太多了。我记得，在明斯克市委旁边，一个人举着"给人民碘"的牌子站在那里。天气很热，他却穿着雨衣……

（他又回到我们谈话开始时的话题）

您忘记了……当时，核电站就代表着未来……我不止一次地发表演说……宣传过……我曾经去过一个核电站，那里静谧、庄严、清洁。在电站的一角，挂着大大小小的红旗和"社会主义竞赛胜利者"的锦旗。那是我们的未来……我们生活在一个幸福的社会。我们被告知我们是幸福的，而我们的确曾经幸福过。我是自由人，我甚至无法理解，有人会认为我的自由不是自由。而现在，历史注销了我们，好像我们不曾存在过。我正在读索尔仁尼琴……我在思索……（沉默）我的外孙女患了白血病……所有的治疗费用都是我出的……很高的费用……

我——是自己时代的人……我不是罪人……

——弗拉基米尔·马特维耶维奇·伊万诺夫，
前斯拉夫哥罗德区委第一书记

苏维埃政权
捍卫者

哼哼……他妈的……哼哼！（一连串脏话）现在斯大林不在了。那只铁手……

你写什么呢？谁允许你写的？谁允许你拍照的？把你的机子收起来……不然，我就砸了它。告诉你，我们来了……我们活着，受着罪，你却要写这些。要笔杆子的！你是要给百姓伤口上再撒把盐啊……你这是要谋反啊……你是想敲诈多少才够啊。现在真是无法无天！无法无天！……知道吗，你怎么跑来的……还带着录音机……

不错，我是在捍卫！我是苏维埃政权的捍卫者，捍卫我们的政权，人民的政权！在苏联时代我们很强大，所有人都怕我们。整个世界都看着我们！有人吓得发抖，有人嫉妒我们。呸！现在呢？当下呢？民主了……他们给我们运来"士力架"和变质的人造黄油，还有过期的药品和穿剩下的牛仔裤，把我们当成刚刚从棕榈树上爬下来的土著。为我们的超级大国难过！告诉你，你来了，我们还在……大国就是这样子！呸！戈尔巴乔夫还没有下台……还是他掌权……去他妈的头上有胎记的家伙!那个驼背[01]实施了那伙人的计划,中央情报局的计划……你要给我证明什么?告诉你……是他们炸毁了切尔诺贝利……美国的中央情报局和民主党……我在报纸上读到过……切尔诺贝利不爆炸,国家就不会倒。泱泱大国啊!操!(又一堆脏话)告诉你……一块面包在共产党时代只要二十戈比,而现在要二百卢布。那时我拿三个卢布就可以买到一瓶酒,还加上下酒的小菜……现在的民主时代呢?我下个月连自己的裤子也买不起。只穿一件破烂的运动衫。家里东西都卖光了!都拿走了!我们的子孙不会管这些……

我没有喝醉,我是为共产党员说话!他们为了我们,为了我们的普通大众。不要给我讲故事!民主了……审查制度取消了,是你想要的,你写吧。我们是自由人了……呸!这可是一个自由人死无葬身之地的时代啊。我们这里有一个老太太死了。孤身一人,没有子女。可怜的她在家里躺了两天……身上只穿着一件破上衣,躺在圣像下面……他们连棺材也没有给她买……她原来是斯达汉诺夫工作者,组长。我们两天没有下地干活儿。大家在抗议。呸!一直到集体农庄主席出来……当着大家的面……他没有答应,现在的情况是,按我们的要求,集体农庄有人去世,就要无偿给予他:一个木头棺材,追悼宴上的一头小牛或者小猪,还有一箱伏特加。在民主时代,两箱伏特加……免费的!一人一瓶,宴会上喝,半瓶酒是治病的。给我们对付辐射的……

---

01 俄语"驼背"一词与"戈尔巴乔夫"的词根相近。——译者注

你为什么没有把这些录下来？把我的话录下来。你只记下那些对你有利的……你是要给百姓伤口上再撒把盐啊……你这是要谋反啊……你需要政治资本？口袋被美元撑破了？我们还活着，活得很痛苦……却没有人对此负责！你来跟我说说谁有罪！我赞同共产党！他们会回来的，会找到有罪的人……我操！你知道吗，他们会来的……他们会记下的……

哼哼……你妈的……（一堆脏话）

——未具名者

两个天使

遇到小奥莲卡

我可以提供很多材料……我家里的书架上堆满了大文件夹。我了解的情况非常多，我很难把它们都写出来……

我已经收集了七年——有剪报、各种说明书、各种单据、我的笔记……也有各种数据。这些都可以交给你使用……我能够组织示威，组织纠察队，为辐射受害者争取药物，探望生病的孩子，但我不会写作。这事儿还得要你来做……我最切身的感受是，我难以应付这些事情，它们影响了我的精神，我快要崩溃了。有很多人在对切尔诺贝利进行跟踪调查……有这样一批作家……但我不想进入他们那个圈子，那些人利用这个题目在做自己的文章。你应该诚实地写出来。把一切都写出来……（沉思）

四月那场热乎乎的雨……七年了，我一直记得那场雨……雨点就像水银一样滚落。人们不是说辐射是没有颜色的吗？可是水坑里的水是绿色的，或者说是亮黄色的。一个邻居小声对我说，"自由"电台的广播说切尔诺贝利核电厂发生了事故。我没有这方面的任何知识。我绝对相信，如果发生了什么严重的事情，他们一定会通知我们。我们有专门的技术，专门的报警系统，有防空洞，他们一定会向我们发出警告的。我们对这一点坚信不疑！所有的人都参加过民防教育培训班，我自己在那里学习过，参加过考试……但是当天晚上邻居给了我一些粉末，是她家亲戚给的，而且告诉她如何服用（她家亲戚在核物理研究所工作），还有一句话：要她保持沉默。就像一条鱼！就像一块石头！他尤其害怕在电话里讨论这些问题……

那段时间，小孙子住在我这里……而我？我根本没当回事。依我看，我们周围的人谁也没有服用这些粉末。我们当时完全没在意……不但老一辈是这样，年轻一代也是这样……

我记得当时我听到传言后的第一印象：我感觉从一个时代走进了另一个时代，从一个身份变成了另一个身份……我就像故事中的人，在两个世界之间穿越，而我自己就像是分成了两个人，一个是前切尔诺贝利人，一个是现在的切尔诺贝利人。不过，这个"前"现在还很难在完全意义上成立。我看世界的眼光变了……

事故发生后不久，我就进了隔离区……我记得，我们住在一个村子里，让我吃惊的是这里的静谧！没有一只鸟，什么也没有……你走在街上，周围一片寂静。房子是空的，一个人也没有——人都走了，四周没有一点儿声息，连一只鸟的影子也见不着。我第一次看到没有鸟的大地……也没有蚊子……连一个会飞的活物也看不到……

我们到了一个叫作楚德亚的村子，这里辐射量是一百四十居里……在马林诺夫卡村是五十九居里……这里居民受到的辐射大大超过守卫核弹试验区士兵，高出一百倍，是核试验场的一百倍！

辐射剂量检测仪爆表……在集体农场办公室里，悬挂着多个地区放射科医师签字的告示：洋葱、生菜、番茄、黄瓜——都可以吃。地里长的东西都可以食用。

这些地区的放射科医师，他们在说什么？区党委的书记们在说什么？他们如何替自己开脱？

在我们去过的村子里，有许多醉醺醺的人，甚至其中还有许多是妇女，尤其是挤奶女工和小牛饲养员。他们唱着一首歌，一首当时很流行的歌："我们不在乎……我们不在乎……"一句话，他们对一切都满不在乎。这首歌出自电影《钻石手臂》。

就在马林诺夫卡村（切里科夫区），我们去了一家幼儿园。孩子们就在院子里跑……小一点的在沙坑里爬……园长解释说，他们每个月会换一次沙子。沙子从哪里来？你可以想象：它可能从哪里来？悲伤的孩子……我们给他们讲笑话，他们却不笑……老师说："你们别费劲了。我们的孩子不会笑，他们只会在睡梦里哭。"我们在街上遇到一个抱着新生儿的女人，我们问她："谁允许你在这里生孩子的？这里辐射量是五十九居里……""是放射科医生同意的。她只是说不要把尿布晒到外面。"他们劝说人们不要离开，都留下来。可不是嘛！这都是劳动力。甚至等到村子要疏散、重新安置的时候……永远离开的时候，他们还要把人们送回来，去田里干农活，收土豆……

他们现在会怎么说？区党委和州党委的书记们会怎么说？他们怎么为自己辩解？谁替他们承担责任？

我保存着许多指令，其中有最高机密，我全都提供给你。关于加工被污染鸡肉的指示……在加工车间里，按照在受污染地区接触放射性元素的要求，工作人员要穿戴防护设备——橡胶手套和橡胶外套、靴子，等等。如果当地的辐射量达到一定的居里，就要把鸡肉在盐水中煮沸，用过的水倒入下水道，将肉加入到肉泥、香肠中。如果达到更高一级的居里，就加工成骨粉，用作牲畜饲料……他们就是这样执行肉类生产计划的。来自被污染地区的小牛廉价卖到其他地区，其他清洁地区。运送这些小牛的司机告诉我，这些小牛很古怪，肚皮一直耷拉到地上，好像饿得要命，见什么吃什么，连抹布、废纸都要吃。它们倒是好养活！这些小牛卖给了集体农庄，如果个人想买，也可以。这就是他们的生意经。简直就是犯罪！犯罪！

我们在路上遇见一辆车……大卡车，走起来慢腾腾的，就像送葬的灵车一样……我们停下来和司机搭话。他是个年轻人。我问："你的车是不是坏了，走得这么慢？""不是，我拉的是放射性土皮。"在这么高温的天气下！在漫天的尘土里！"你疯了！你还要结婚，还要生孩子啊。""我上哪里去找这样的生意，拉一车土挣五十卢布？"五十卢布在当时可以买一套不错的衣服。据说，运输放射性垃圾还有额外的补贴。但是，与生命的价值相比，这补贴的数目实在是太微薄了……

让人哭笑不得的事情还有……

几个老太婆坐在房前的凳子上，小孩子跑来跑去。我们在那里测量的结果是七十居里……

"孩子们，你们是从哪里来的？"

"从明斯克来，来度暑假的。"

"这里的辐射很严重！"

"那你给我们说说这里的辐射是什么样子！我们看看它。"

"它是看不到的啊！"

"你来看：这些房子还没有盖起好，人就走了。大家都觉得很吓人。我们晚上去看了……透过窗户看去，它就坐在阳台旁边，这就是辐射。那是个凶恶的家伙，眼睛放光，浑身黑乎乎的……"

"不是这样的！"

"我们向你发誓。我们可以划十字！"

他们在划十字，嘻嘻哈哈地划十字。说不清他们是在笑自己，还是笑我们。

外出调查之后，我们回到编辑部。"事情怎么样？"同事们问。"一切正常！""一切正常？你去照一照镜子，你都有白头发了！"这是笑话。切尔诺贝利的笑话。有一个最短的笑话是这样的："好样的——白俄罗斯人。"

我接到任务，写一篇关于疏散的东西……在波列西耶有一个传说：如果你想回家，就要在上路之前栽下一棵树。我来到这里，走进一个院子，又一个院子……院子里都栽了树。走进第三个院子后，我坐下来，哭了。女主人对我说："大女儿和女婿栽了一棵李子树，二女儿栽了一棵黑花楸树，大儿子栽了一棵荚蒾树，小儿子栽了一棵柳树，我和当家的两个人栽了一棵苹果树。"我们离开的时候，她请求说："我有这么多土豆，整整一院子，你拿一些去吧。"她想让我们留下一些她生活中的东西……

我记录下来的很少，很少……现在我把它们都放到了一边，我想休息一阵，回忆过往。我要去度假……

但是……我忽然想起来，我见过一个农村公墓……在它门口有一个标志："高辐射。禁止进入与通行"。即使要去另一个世界也不行！（她突然笑起来，这是我们谈话这么久以来她第一次笑）

他们会告诉你，严禁在反应堆附近拍照，除非得到特别许可。他们会没收你的照相机。在离开之前，执勤的士兵会像在阿富汗一样进行搜查，以防你拍下什么东西，留下什么证据。他们拿走了摄制组在别处拍摄的胶片。他们发着亮光回来了。许多文件被毁了。证据被毁了。那些都是科学的记录，是历史的记录。如果找出那个下令这样做的人……

他们要怎么给自己辩解？他们会怎么想……

我永远不会谅解他们……永远不会！有一个小女孩……她在医院里跳舞，她让我看她的"波尔卡"。那一天是她九岁生日。她跳得太美了……两个月后，她妈妈在电话里告诉我："奥莲卡死了！"那一天我没抽出时间去医院。到后来，已经晚了。奥莲卡有一个妹妹，她早晨醒来后说："妈妈，我在梦里看见飞来两个天使，带着我们的奥莲卡走了。他们说，奥莲卡在那边过得很好。她什么病也不会有。妈妈，两个天使带走了我们的奥莲卡……"

我永远不会谅解他们中的任何人……

——伊琳娜·基谢廖娃，记者

一个人对另一个人的
绝对权力

我不是一个人文学家,我是一个物理学家。因此,我只相信事实,在我这里只有事实……

迟早要有人为切尔诺贝利负责……就如同一九三七年一样,这一时刻必然会到来,哪怕要等上五十年!那些人已经老了,有些已经死了……但他们还是要负责,他们是罪犯!(沉默)应该把事实留下来……事实!它们会派上用场的……

……那一天,四月二十六日……我当时在莫斯科出差。我在那里听到发生事故的消息。

我打电话给在明斯克的白俄罗斯中央委员会第一书记尼古拉·斯柳尼科夫,我打了一次,两次,三次,一直没有人接。我就去找到他的助手(他和我很熟):

"我是从莫斯科打过来的。请你为我联系斯柳尼科夫,我有紧急消息。紧急!"

我的电话是通过政府专线打出的,但是他们封锁了一切消息。只要一说到事故,电话马上就会中断。他们在严密监视,很显然,他们在监听！某些组织……国中之国……况且我是在给中央委员会第一书记打电话……我是谁？我是白俄罗斯科学院核能研究所所长、教授、科学院通讯院士……但他们还是要封锁我的电话……

两个小时后，我终于联系上他了。斯柳尼科夫本人拿起来话筒。我报告说：

"事故很严重。根据我的计算（我已经在莫斯科与一些人谈过，但他们在欺骗我），辐射云正朝着我们飘来，朝白俄罗斯飘来。我们需要立即对居民进行碘剂预防，立即疏散核电站近处的所有居民，一百公里以内的人和牲畜必须撤出。"

"我已经收到报告，"斯柳尼科夫说，"那里发生了火灾，但已经扑灭了。"

我忍不住了：

"这是欺骗！这是明目张胆的欺骗！任何一个物理学家都会告诉你，石墨在以每小时五吨的速度燃烧。你想一想，这要燃烧多少时间？"

我乘坐最近的一班火车连夜返回明斯克。那是一个不眠之夜。早上回到家里，我测量了我儿子的甲状腺，辐射量达到每小时一百八十豪伦琴。当时甲状腺就是理想的剂量测量位置。我需要碘酸钾，就是普通的碘。需要在给孩子的半杯果冻里加入两到三滴，给成人三到四滴。反应堆燃烧十天，就要这样做十天。但没有人听我们的！没有人听科学家和医生的。科学服务于政治，医学也被他们拖入了政治。当然！我们不应当忘记，所有这一切是在什么样的意识背景下发生的,我们在十年前那一时刻是什么样的人。那时克格勃还在工作,在秘密侦查,"西方的声音"被阻断,有上千种禁忌,还有党和军队的秘密……指令……所有的人都被灌输了这样的思想:苏联和平利用原子能不会有危险,就像使用煤和炭一般。我们是被恐惧和偏见束缚的人,我们把迷信当成信仰……但是事实,终究还是事实……

就在那一天……四月二十七日,我决定去白俄罗斯与乌克兰接壤的戈梅利州调查。我到了布拉金、霍尼克、纳罗夫里地区的中心,这里距离核电站只有几十公里。我需要完整的信息。我带着仪器,对环境进行了测量。测量结果是:布拉金的环境辐射量是三万毫伦琴/小时,纳罗夫里是两万八千毫伦琴/小时……当时人们还在播种、犁地,准备过复活节……染红鸡蛋、烘烤糕点……辐射是什么?怎么回事?他们什么命令也没有接到。上级只会问他们:播种进行得如何,进度怎么样。他们盯着我,就像盯着疯子一样:"你是从哪里来的?你在说什么,教授?"伦琴,毫伦琴……外星人的语言……

我们回到明斯克。人们照常在大街上卖馅饼、冰淇淋、肉饼、糕点。就在放射性的尘雾之下……

四月二十九日,那天每件事情发生的时间我都记得清清楚楚……早上八点,我就来到了斯柳尼科夫的接待室。我等呀,等呀,他们没有见我。我一直等到下午五点半。五点半的时候,一位白俄罗斯的著名诗人从斯柳尼科夫的办公室走出来,我认识他。

"我和斯柳尼科夫同志讨论了白俄罗斯文化问题。"

"很快就没有人发展白俄罗斯文化了,"我打断他的话,"如果我们现在不迁出切尔诺贝利的人,不去救出他们,再也不会有人读你的书了!"

"怎么会?他们已经把火扑灭了。"

我终于还是冲到了斯柳尼科夫跟前,把我昨天看到的情况描述给他。必须赶快救人!乌克兰已经开始疏散了(我已经给那里打过电话)……

"你的剂量检测人员(我研究所的人)怎么在城里到处跑,四处散布恐慌!我已经咨询了莫斯科的伊林院士。我们这里一切正常……军队、军事装备已经投入现场。政府检察机关的委员会已经在核电站开展工作,他们会弄清楚……我们不应该忘记,我们正处于冷战之中,四周都是敌人……"

我们的土地上散布着数千吨的铯、碘、铅、锆、镉、铍、硼,还有说不清有多少的钚(切尔诺贝利使用大功率槽式铀-石墨反应堆,可以制造生产原子弹所需要的武器级钚),总共四百五十种放射性核素。它们的总量相当于三百五十颗投在广岛的原子弹。我们应该谈论的是物理问题,物理定律。他们却在谈论敌人,在寻找敌人。

迟早有一天,有人要对此负责。"你可能会辩解说,"我对斯柳尼科夫说,"你是一个造拖拉机的(他原来是拖拉机厂厂长),不懂得辐射,但我是物理学家,我知道这件事的后果有多严重。"这算怎么回事?几个教授,一些物理学家,胆敢教训党中央?不,他们不是一帮匪徒,他们只是无知和盲目服从而已。他们的生活原则,他们的职业信条就是:保持低调。斯柳尼科夫马上就要高升去莫斯科了。就是这样!我想,那时克里姆林宫给他打了电话……戈尔巴乔夫的电话:"你那里要注意,不能让白俄罗斯人发生恐慌,让西方发出噪音。"而这里的游戏规则就是,如果你不迎合上级,他们就不会提升你,就不会发给你休假许可证,不会给你别墅……你应该知足。如果我们仍然是一个封闭的制度,还在铁幕之后,那么人们至今还会生活在核电站旁边。一切都会被封锁起来!请记住克什特姆[01]、塞米巴拉金斯克[02]……斯大林主义的国家,仍然是斯大林主义的国家……

在关于应对核战争的指示中这样写着:在遭遇核事故、核攻击的威胁时,应立即对人群进行碘预防。在遭遇威胁时?这里的辐射量已经达到了三千毫伦琴/小时……他们担心的不是人民,而是权力。是权力的国家,而不是人民的国家。国家优先是不可否认的,而人类的生命价值被降低到了零。方法就在手边!我们提议,无须声张,无须惊慌,只要把碘制剂加入到饮用水的水库,加入牛奶中就可以。人们也许会感觉水的味道不太对,牛奶的味道不太对,仅此而已……在这个城市已经预备着七百公斤的药物,就存放在战备仓库中。他们害怕上级发火胜过害怕原子。每个人都在等电话,等指示,但自己什么也不去做,害怕承担个人责任。我在公

---

01 克什特姆,俄罗斯车里雅宾斯克北部城市。上世纪五十年代末,那里的核废料存储容器发生爆炸,爆炸中释放的放射性总量,相当于切尔诺贝利事故释放的量级。——译者注
02 塞米巴拉金斯克,哈萨克斯坦东北部城市,塞米巴拉金斯克州首府。该地设有核试验场,是苏联最主要的核试验场,建于二十世纪五十年代后期——译者注

文包里带了一个剂量检测仪……为什么？他们不会放我进去，我也讨厌那些打官腔的人……于是，我掏出剂量检测仪放到女秘书的甲状腺上，放到坐在接待室的私人司机的甲状腺上。他们被吓坏了，有时候就会帮助我，放我进去。他们说："教授，你看起来简直是歇斯底里，对吗？你以为只有你一个人在关心白俄罗斯人。人总归是要死的，或者是因为抽烟，或者是因为车祸、自杀。"他们嘲笑乌克兰人——他们在克里姆林宫跪着乞求资金、药物和辐射剂量检测设备（这些设备确实不够），而我们（斯柳尼科夫）只用了十五分钟报告情况："一切正常。我们靠自己的力量就可以对付。"他们赞扬说："好样的，白俄罗斯兄弟！"

多少人的生命换来这一句赞语？！

我掌握的信息表明，他们（领导人）都服用了碘。我们研究所的工作人员对他们进行检测后发现，这些人的甲状腺都是干净的。如果没有服用碘，这是不可能的。他们同样把自己的孩子从辐射中拯救了出来。因公务外出的时候，他们也都佩戴了专用的口罩，而别人根本没有这些装备。在明斯克郊区就有专供他们用的牲畜，这早已不是秘密。每头母牛都有编号，进行单独管理，专用的土地，专用的温室……专门的监测……最恶心的是……（停顿）没有人对这件事负责……

他们不再接见我，不再听我说话。我开始给他们写信，给他们寄去报告的副本。我散发图片和数据，送到各级机关。我整理了二百五十页的文档，共四个文件夹，这里面只有事实……我复制了两份副本，以防万一，一份放在我工作的办公室，另一份放在家里，交给妻子藏好。我为什么要备份？我们都知道以前发生过的事情……我们在这样一个国家生活……我的办公室始终是上锁的。但是，有一次我出公差回来，那几个文件夹不见了，四个厚厚的文件夹都不见了……我生长在乌克兰，我爷爷是哥萨克，我有着哥萨克人的性格。我继续写，继续发出声音。必须救人！必须尽快迁移！我们不停地在各处活动。我们研究所画出了第一张污染地区地图，在这张图上，整个南部都是红色的……南部在发光。

这已经成为历史。犯罪历史……他们把研究所所有的辐射剂量检测设备都拿走了，没收了，没有给出任何解释。

威胁电话打到了我家里："住手吧，教授，别吓唬人了！否则我们就要打发你去连马卡尔都不会去的地方[01]了，你猜都猜不到。忘了？很快就会被遗忘的！"他们也给研究所的同事施加压力，恐吓他们。

后来我写信给莫斯科……

我们科学院的院长普拉托诺夫把我叫去：

"白俄罗斯人民会永远记得你，你为他们做了许多事。但是很糟糕，他们向莫斯科打报告了。非常糟糕！他们要我解除你的职务。你为什么要写那些东西？难道你不知道倒霉的是谁吗？"

污染地图和数据，都在我这里。他们有什么？他们会把我送进精神病医院——他们就这样威胁过我，也可能让我遭遇一场"意

---

01 俄罗斯谚语，意为驱逐。——译者注

外"车祸——他们也警告过我,还可能把我作为反苏分子,立案起诉我,或者借口我领了一盒钉子,却没在总务主任那里登记……

最后我被他们起诉了……

他们的目的达到了。我犯了心脏病……(沉默)

一切都在文件夹里……里面都是事实和数字……关于犯罪的数字……

事故发生后第一年,仍然有上百万吨受污染的粮食被加工成混合饲料,给牲畜食用(而肉类随后就到了每个人的餐桌上)。他们把含有大量锶的骨粉当作饲料喂给了鸟儿和猪……

村庄已经被疏散,土地却还在耕种。根据我们研究所的资料,集体农庄和国营农场三分之一的土地都被铯–137所污染,而污染密度常常超过十五居里/平方公里。农业产品吸收的辐射剂量无法估量,人在那里甚至无法长时间停留。锶–90已经扎根在很多地方的土地上……

在农村,人们靠农舍旁边的土地养活自己,但是这里没有经过任何检测。人们都没有受过教育,也没有学习过核事故后该如何生活,甚至连这样的计划也没有。上面对他们唯一要过问的是能够运出多少……给莫斯科,完成给俄罗斯的国家采购任务……

我们对选取的农村儿童进行了检查……有数千个男孩和女孩。他们身上的辐射量有一千五百毫伦琴,两千毫伦琴,三千毫伦琴,还有超过三千毫伦琴的。这些女孩都已经无法生育,她们的基因发生了变异……

多少年过去了……有时夜里我还是会突然醒来,辗转反侧……

拖拉机在犁地……我问陪同的区党委工作人员：

"至少应该让拖拉机手戴上防毒口罩吧？"

"没有，他们干活时都不戴口罩。"

"怎么，没有给你们送来防毒口罩吗？"

"怎么会没有！送来的口罩到二〇〇〇年也用不完。是我们没有发出去，那样会引起恐慌，人们就都跑了！"

"你们怎么能这么做？"

"教授，你说得轻巧！对你来说，如果他们把你赶走，你可以去另找一个工作。可是我们到哪里去？"

这是什么样的权力啊！这是一个人可以任意支配他人的绝对权力。这已经不是一场骗局，它是一场对无辜者的战争……

我沿着普里皮亚季河走……河边支着许多帐篷，人们和家人在那里休息、游泳、日光浴。他们并不知道，几个星期来他们一直是在放射性尘雾下游泳、晒太阳。我们被严格禁止与他们接触。但当我看到孩子们，我还是走了过去，向他们解释……他们却感到惊奇，莫名其妙："为什么收音机和电视上都没说这个消息？"陪同我们的人——通常有地方政府和区党委的人，这是惯例——没有作声……我从他脸上可以看出，他很为难：该说，还是不说？同时，他也同情这些人！他毕竟是个正常人……但我不知道，根据我们的信念，该怎么做出选择：该说，还是不说？每个人都要做出自己的选择……（长时间的沉默）

我们仍然是斯大林主义的国家……还是过着斯大林主义人的生活……

我记得，在基辅的火车站……一列接一列装着受惊儿童的列车驶出，男人和女人在哭泣。我首先想到的是：谁还需要这样的物理学家？谁还需要这样的科学？如果要付出这样高昂的代价……现在通过阅读相关报道，我知道了，当时是以什么样的突击速度建造切尔诺贝利核电厂。我们是按苏联式的方式在建造。日本人完成这样一个项目需要十二年，而我们只需要两三年。这样一个特殊的项目，可它的质量和可靠性和一个畜牧业联合养殖场，和一个养鸡场差不多！事故发生了，他们便唾弃那个计划，再把那些负责项目的自己人替换掉。与此同时，反应堆顶部的沥青在流淌，消防队员在奋力扑灭大火。那么是谁在掌控核电站？领导层中没有一个核物理学家，只有动力工程学家、涡轮工、政治工作者，但没有专家，一个物理学家都没有……

人类发明了技术，但并没有做好全部准备，他们与技术并不匹配。能把一支手枪交到孩子手里吗？我们就是那些疯狂的孩子。我在克制自己的情感……

在地上……在地上，在水中，都存在大量放射性核素，有几十种的放射性核素。我们需要放射生态学家……但是白俄罗斯没有，他们要求莫斯科派人来。一直在我们科学院工作的切尔卡索娃教授，她从事的就是内部低剂量辐射问题的研究。在切尔诺贝利灾难发生五年前，他们撤销了她的实验室，理由是我们不会有任何事故，因为苏联核电站是世界上最先进最好的核电站。对此你能说什么？什么小剂量辐射，放射性食物？实验室被裁撤后，这名退休的教授，在一个地方当看门人，卖大衣……

没有人会为此负责……

五年来……儿童甲状腺癌症患者的数量增加了三十倍。先天性畸形、肾脏和心脏疾病、儿科糖尿病发病率都在增长……

十年来，白俄罗斯人的平均寿命缩短到了五十五至六十岁……

我相信历史，相信历史法庭……切尔诺贝利还没有结案，它刚刚开始……

——瓦西里·鲍里索维奇·涅斯捷连科，
前白俄罗斯科学院核能研究所所长

祭牲与
祭司

　　一个人每天早晨起床……开始自己的一天……

　　他思考的不是永恒，他思考的是每天的面包。而你想让人们思考永恒。这是所有人道主义者的错误……

　　什么是切尔诺贝利？

　　我们到了一个村子里……我们有一部德国小面包车（是他们捐赠给我们基金会的），孩子们围着我们："阿姨！叔叔！我们是切尔诺贝利人。你们带什么来了？给我们点儿什么吧。给我们一点儿吧！"

　　这就是切尔诺贝利……

　　在路上的隔离区，我们遇到一位身穿节日绣花裙子、围裙，背着小包的老奶奶。

　　"奶奶，您要去哪里？去做客吗？"

　　"我要去玛尔卡……我自家的院子……"

　　可是那里的辐射有一百四十居里！而且要走二十五公里才能到。她打算当天去当天回。她要把已经在她家围栏上挂了两年的一只三升罐子带回来，顺便看看自家的院子……

这就是切尔诺贝利……

我还记得开始那些日子吗？当时的情况？但应该去回忆……要谈我自己的生活，还是要从童年开始。这样……我有自己的起点。我记得似乎是另一件事……我记得胜利四十周年纪念日。当时在我们的莫吉廖夫市第一次燃放烟花。正式庆祝活动照常结束后，人们没有散去，突然之间，大家开始唱歌。我记得我们是那样默契。那时战争已经过去四十年了，所有的人还在谈论、在回味战争。如今我们也从切尔诺贝利的战争中活了下来，并且逐渐恢复，生儿育女。因此我们都和切尔诺贝利联系在一起……我们返回这里，它能带给我们更深的思考。它成为一个圣地，一面哭墙。但还不是公式。不是公式！没有想法。居里、贝克、希沃特——这些不是思考，这些不是哲学，不是世界观。我们，人，或者拿着武器，或者拿着十字架，走过整个历史……而没有过别的人……还没有……

……我妈妈以前在市民防总局工作，她是第一个得知事故消息的。所有设备都启动了。根据规程——它们就挂在每个办公室里，必须立即通知居民，发放口罩、防毒面具等。他们打开秘密仓库——打着火漆印密封的仓库，眼前却是一副可怕的景象，器材存放的年头太久，已经无法使用了。防毒面具还是战争前的款式，大小也不适合学校儿童使用。一些设备超出了量程——谁也无法理解这种情况，从来没有出现过这种情况；还有一些设备根本无法打开。妈妈在自责："如果战争爆发，我们知道该怎么办，有相应的规程。

可是现在该怎么办？"是谁在领导我们的民防？是退役将领和上校，在他们看来，战争应该是这样开始：政府在无线电里发表声明，然后发动空袭，炸弹和燃烧弹落下来……但下个世纪还没有到来。我们的思维方式无法适应这些……于是就有了……现在我们所知道的：我们安然坐下来，喝着节日的茶……说说笑笑，而战争已经在进行……我们甚至没有发现，我们正在消失……

而民防，就是这样一个游戏，是成年人玩的游戏。他们负责排练，演习……耗资数百万……我们可以三天不去上班，也不需要请假，就去参加军事演习。这个游戏称为"发生核战争"。男人是士兵和消防队员，女人是义务医疗队员。他们会发给你工作服、靴子、装有绷带的袋子和一些药物。怎么样？在敌人面前苏联人民够体面的。还有保密地图和疏散计划，这一切都保存在密封的防火保险箱里。根据这些计划，在警报响起的几分钟内就应该召唤人们，转移到树林里，转移到安全地区……警笛呼啸……警报！战争……

接下来就是颁发奖杯、锦旗，还有庆功宴会。男人们为我们未来的胜利歌唱！当然，也为妇女们歌唱！

不久以前……城市宣布进入警戒状态。警报！防空！这是一周前的事……现在人们恐惧的内容已经变了，已经不是美国人的入侵、德国人的入侵，而是那里——切尔诺贝利？会不会再发生什么？

一九八六年……我们是谁？技术手段造成的世界末日如何降临在我们身上？我？我们？我们是当地知识分子，我们有自己的圈子。我们有自己独立的生活，远离周围的一切。我们有自己的抗议方式。我们有自己的规则：不看《真理报》，但是会传阅《星火》杂志。只要他们刚刚放松缰绳,我们就陶醉其中。我们会读地下出版物,好不容易终于落到我们手中的地下出版物。我们会读索尔仁尼琴、沙拉莫夫……韦涅季克特·叶罗费耶夫……我们互相请客,在厨房里说个没完,饥渴地诉说。诉说什么?那里生活着演员、电影明星……我也要像凯瑟琳·德纳芙[01]那样……给自己披上愚蠢的外衣,用与众不同的姿势甩动头发……我们渴望自由,渴望那个未知的世界……陌生的世界……我们把这当作自由……但这也是一个游戏,一个逃避现实的游戏。有人脱离了我们的圈子,有人酗酒,有人入了党,攀上了仕途生涯的阶梯。但没有人相信,克里姆林宫的高墙会被打破,会崩溃……至少我们的有生之年不会,这一点是肯定的。如果是这样,我们不会在乎你那里发生什么,我们生活在这里……生活在我们的幻想世界中……

切尔诺贝利事故……大家的第一反应都一样:这跟我们有什么关系?让当局去操心吧……这是他们的切尔诺贝利……那是离我们很遥远的地方,我们甚至连地图也懒得去看。没有兴趣。我们已经不再需要真理……当时牛奶瓶上出现这样的标签:"儿童牛奶"和"成人牛奶"……其实那个时候已经有迹象了——啊哈!某种东西已经迫在眉睫……没错,我不是党员,但无论如何还是苏联人。人们开始恐慌:"今年的萝卜叶子,怎么像是甜菜的?"但是晚上打开电视:"不要轻信挑拨离间!"所有的疑虑便消散了……

---

01 凯瑟琳·德纳芙(Catherine Deneuve, 1943—),法国著名女演员,出演过《白日美人》《最后一班地铁》《印度支那》等。——编者注

"五一节"还游行吗？没有人会强迫你去参加游行，我们可以做出选择。但我们没有去选择。我不记得哪一年的"五一节"游行会有那么多人，会有那么高兴。是有一点儿令人不安，当然，在人群里，大家都挤在一起……就很想骂几句领导、政府、共产党……现在回想……我在寻找，寻找那个思想发生断裂的地方……断裂出现在哪里？而断裂一旦出现……我们的不自由暴露出来……自由思想就胜利了："可以吃萝卜，也可以不吃？"我们内部的不自由……

我是希姆沃洛克诺工厂的工程师，这里有一个德国专家组。当时我们正在安装新设备。我看到了来自另一个世界的人如何看待自己，看待别人……他们得知发生事故后，立即要求医生到位，发放辐射剂量测量仪，并检查食品。他们从收音机中听到了他们国家的信息，知道应该如何应对。当然，我们什么也没有为他们提供，于是他们收拾好自己的旅行箱，准备离开。你们给我们买票！送我们回家！我们要离开，因为你们无法保证我们的安全。他们罢工了，发电报给自己的政府……总统……他们在为自己的妻子、孩子而斗争（他们是带着家庭来我们这里的）。为了自己的生命！而我们呢？我们是如何对待自己的？噢，看这些德国人，歇斯底里！懦夫！他们还要测量菜汤、肉饼里的辐射剂量……他们根本不敢上街……真是可笑！看我们的男人，那才是真男人！俄罗斯男人！毫不畏惧的男人！他们在与反应堆战斗！他们置性命于不顾！他们戴着帆布手套，手臂赤裸着爬上熔化的炉顶（我们在电视上已经看到）！而我们的孩子举着小旗子去街上示威！还有退伍老兵……老近卫军！（沉思）但这也是野蛮之举，表明自己无惧于辐射威胁……我们总说"我们"，而不是"我"："我们要发扬苏联的英雄主义。""我们要彰显苏联的品格。"我们要向全世界表明！但我是我自己！我不想死……我害怕……

真是有意思，我们今天都在追寻自我，追逐自我的感觉。位置已经变换了，这值得分析一下。很久以前我就发现了自我的真实存在，我开始更加关注我周围的世界，关注世界与自己的关系。在切尔诺贝利事件刚发生时，这当然是不可能的。我们现在学会了说"我"：我不想死……我害怕……而当时呢？我开大电视机的音量：他们把红旗授予社会主义竞赛的优胜者——挤奶女工。这不就是我们这里的事吗？这不是莫吉廖夫附近，那个成为铯污染中心的村子吗？他们正在迁移的村子……的确是，的确是……播音员说着："人们无私地奉献着，无论从事什么工作。""勇气和英雄主义的奇迹"，哪怕面对洪水，我们也要迈出革命步伐！是啊，我不是共产党员，但还是苏联人。"同志们，不要轻信挑拨离间！"一天到晚，电视机都在高喊。疑惑又消散了……

（电话铃声响了。半小时后，我们继续谈话。）

我对每个新人都感兴趣。所有人都在思考这些……

切尔诺贝利作为一个哲学理念，等待我们去理解。这是被铁丝网隔开的两个国家：一个是隔离区，另一个是其他地区。围着隔离区的腐朽木柱，就像十字架，上面挂着白毛巾……那是我们的习俗……人们来到这里，就像是来瞻仰墓地……工程学之后的世界……时间倒退了……这里被掩埋的不仅是他们的家园，而是整个时代。信仰的时代！对科学的信仰！对一个公正社会的理想！一个伟大的帝国四分五裂，已经坍塌了。首先是阿富汗，接着是切尔诺贝利。帝国崩溃，只剩下我们自己。我害怕说出这一点，但是我们真的……真的爱切尔诺贝利。我们爱上了它。它是我们生活的又一个意义……是我们痛苦的意义。如同战争。世界了解我们，了解白俄罗斯，是在切尔诺贝利事故之后。它是为我们打开了一扇朝向欧洲的窗子。我们既是它的祭牲，又是它的祭司。我害怕说出来……我是最近才意识到这一点……

就在隔离区……那里寂静得没有一点儿声音……当你走进房子，就像走到睡美人身边一样。假如没有遭遇掠夺，照片、器皿、家具……人们应该都在附近的某个地方。我们有时候会找到这些房子的主人……但是他们不会谈论切尔诺贝利，他们说，他们被欺骗了。他们在意的是，是否会得到他们应该得到的东西，是否会得到其他更多的东西。我们的人民总觉得他们被骗了。在他们的思维中，一端是虚无主义，否定一切；另一端是宿命论。他们不相信当局，也不相信科学家和医生，而事实上，他们什么行动也没有采取过，他们无辜且无动于衷。在苦难之中你可以发现其中存在的意义，其他似乎都不重要了。当你行走在这里的大地上——一块块高辐射土地……人们在犁地——而这里的辐射有三十居里、五十居里——拖拉机手坐在开放的驾驶室里（十年过去了，拖拉机至今还是没有密闭的驾驶室），呼吸着放射性灰尘……十年过去了！我们是谁？我们生活在这块污染的土地上，犁地、播种、生儿育女。这就是我们痛苦的意义？为什么是这样？为什么有这么多痛苦？就这个话题，我与我的朋友有过很多争论。我们经常在一起讨论。因为在隔离区里，这里不是贝克，不是居里，也不是毫伦琴，而是人民，我们的人民……切尔诺贝利"帮"了濒死的体制……它再次启动紧急状态……分配任务、发放口粮。就如以前灌输进头脑的"假如没有战争"，现在也可以灌输一切对切尔诺贝利的描绘。"假如没有战争"，含情脉脉的眼睛，马上充满了悲痛。拿来！拿给我们！都分给我们。饲料槽！避雷针！

　　切尔诺贝利已成历史。但这还是我的工作……生活……我走过这里，我观察这里……这曾是个古老的白俄罗斯村庄。白俄罗斯茅舍。没有卫生间和热水，但是有圣像，木头造的水井房，刺绣的毛巾和铺垫。人们热情好客。我们进了一户人家要水喝，女主人从一只很古旧的木箱里取出一条毛巾来，递给我，说："送给你，这是我的院子的留念。"毛巾上面绣着森林、田野。那是家乡、自由生活残留的碎片。茅舍旁边就是土地、菜园、自家的母牛。他们从切尔诺贝利被迁到了"欧洲"——一个欧式风格的小镇。在那里他们可以建造更漂亮更舒适的房子，但是他们不能在一个新地方建造一个曾经与他们息息相关的庞大世界。那是脐带！这是对人类心灵的一个巨大打击。是传统的断裂，是整个传统文化的断裂。当你来到这些新的城镇，它们给你的感觉就像是地平线上的海市蜃楼，就像画出来的一样。它们五颜六色，有淡蓝色的、蔚蓝色的、红黄色的，他们的名称有可能是五月村、太阳村。欧洲住宅要比我们的民居舒适得多，这是未来。但未来不能空降……我们也不是埃塞俄比亚人——他们坐在地上，等待飞机和汽车给他们运来人道主义援助。不，我们等来的是机遇：我们脱离地狱，有了自己的茅舍、清洁的土地和需要拯救自己的孩子，切尔诺贝利已经融入他们的血液里，基因里。他们在等待奇迹……他们走进了教堂。你知道，他们会向上帝祈求什么？不是奇迹，是祈求给他们健康和努力实现目标的力量。他们习惯了祈求……向国外祈求，向上天祈求……

他们生活在这样的小宅子里，就像在笼子里一样。他们在崩溃，在散落。住在隔离区的是不自由的人，遭遇命运捉弄的人。他们生活在悲痛和恐惧中，但这不是他们自己选择的。他们想的是共产主义。他们在期待……隔离区需要共产主义……他们在所有的选举中都把选票投给了主张铁腕统治的人，他们怀念斯大林主义的秩序，军事秩序。对他们来说，这就是公正的代名词。他们就在军事管制下生活：警察值守，穿着军装的人来回巡逻，还有通行证制度和口粮制。人道主义援助由官员分配，箱子上用德文和俄文写着："禁止交易。禁止出售。"但是就在人们眼皮底下出售，在每一个货亭……

这又像是一场游戏……广告秀……我带来一个人道主义援助车队。车队里都是陌生人……外国人……以基督的名义，还有以其他名义来到我们这里的。而我的族人站在积水里，在泥淖里，身上穿着简陋的棉衣……穿着人造革短靴……"我们什么也不要！反正一样要被他们拿走！"我从他们的眼神里读出这样的话语。但是旁边有人突然……想要拿走一个盒子，一个箱子——外国的东西。我们知道隔离区里一处大妈们住的地方……一个卑鄙的肮脏想法冒出来……我很愤怒！我突然说："我这就领你们去看一看，我们发现了什么！你们在非洲也不会见到，在世界任何地方都不会见到的东西！二百居里，三百居里……"但我发现，他们已经偷偷调换了，现在眼前的这几个大妈，简直可以说就是"电影明星"。她们已经背会了台词，已经学会了在需要的地方双眼饱含热泪。表演。当外国人第一次来的时候，她们只是默默地站着哭泣。现在她们已经学会说话了。也许，这样她能拿到口香糖，或者一箱多余的衣服转交给孩子们……也许……这里含有深刻的哲学意味，含有他们自己这一刻对待死亡，对待时间的态度。而他们不肯离开自己的房子，不离开他们的乡村墓地，并不是为了德国巧克力……口香糖……

离开之前……我指着隔离区说："多么美丽的土地！"那时夕阳正渐渐西下，它映照着森林、大地，它在与我们道别。"是啊，"团队里一个德国人用俄语说，"的确美丽，但是被污染了。"他双手捧着一个辐射检测仪。

可我明白，我对落霞视如珍宝。因为这是我的土地。

——纳塔利娅·阿尔谢尼耶夫娜·罗斯洛娃，
"切尔诺贝利儿童"莫吉廖夫妇女委员会主席

孩子的
合唱

阿廖沙·别利斯基，九岁；安娜·博古什，十岁；娜塔莎·德沃列茨卡娅，十六岁；列娜·茹德罗，十五岁；尤拉·茹克，十五岁；奥莉娅·兹沃纳克，十岁；斯涅扎娜·济涅维奇，十六岁；伊拉·库德里亚切娃，十四岁；尤利娅·卡斯科，十一岁；万尼亚·科瓦罗夫，十二岁；瓦季姆·克拉斯诺索尔内什科，九岁；瓦夏·米库利奇，十五岁；安东·纳希万金，十四岁；马拉特·塔塔尔采夫，十六岁；尤利娅·塔拉斯金娜，十六岁；卡佳·舍夫丘克，十四岁；鲍里斯·什基尔曼科夫，十六岁

* * *

我一直在住院……

我疼得要命……我对妈妈说："妈妈，我受不了了。你最好杀了我！"

* * *

这云真黑……这雨真大……

积水是黄色的……还有绿色的……就像是把颜料倒在里面一

样。人们说这是花粉造成的。我们没有在积水里玩,只是在旁边看着。奶奶把我们关在地窖里。她自己跪下来祈祷,也要我们一起祈祷:"祈祷吧!这是世界末日。上帝在惩罚我们的罪孽。"哥哥当时八岁,我六岁。我们开始回想自己的罪过:他打破过一个红莓酱罐子……我的衣服被栅栏勾了一下,我的新裙子撕破了,我没有告诉妈妈,而是把它藏到了衣橱里……

妈妈经常穿黑色衣服,戴黑色围巾。我们住的那条街上时常有人举行葬礼,传来阵阵哭泣声。我一听到哀乐声就跑回家去祈祷:"我们的父。"

我也为妈妈和爸爸祈祷……

* * *

士兵们开着汽车来到我们这里。我以为要打仗了……

士兵们肩上挂着真的自动步枪。他们说着一些我们听不懂的词语:"净化"、"同位素"……我在路上做了一个梦,梦见发生了爆炸!而我活了下来!但是,房子没有了,父母亲人也没有了,连麻雀和乌鸦也没有了。我被吓醒了,跳起来……拨开窗帘看着窗外:天空中有没有噩梦中的蘑菇云?

我记得,一个当兵的在追一只猫……他拿着检测仪就像自动步枪一样指着猫:哒哒,哒哒。一个男孩和一个女孩也在追猫——这是他们家的猫,男孩没有作声,女孩则大叫:"我们不给!"她一边跑一边叫:"小猫咪,快逃!快逃!小猫咪!"

士兵手里拿着一只很大的塑料袋……

*　*　*

我们离开家,关好我的仓鼠。白白的小东西。我给它留好两天的食物。

我们就走了……

*　*　*

那是我第一次乘火车……

车厢里挤满了儿童。小孩子在哭闹,乱成一团。一位老师带着二十个孩子,孩子们都在哭喊:"妈妈!妈妈在哪儿?我要回家!"我当时十岁,像我这么大的女孩都在帮助老师安慰那些小孩。女人们在月台上迎接我们,祝福我们的列车。她们给我们带来自制的饼干、牛奶,还有热乎乎的土豆……

我们到了列宁格勒州。已经有人在车站等着我们了,他们画着十字,在远处看着我们。人们害怕我们的列车,每到一站都要花好长时间清洗列车。列车一停下来,我们就跑出车厢到小卖部去买东西,而他们不会再放任何别人进去:"切尔诺贝利儿童正在买冰淇淋。"小卖部阿姨接到一个电话:"等他们离开,要用漂白剂清洗地板,茶杯要用开水煮沸。"我们听到了……

医生来迎接我们了。他们都戴着防毒面具和橡胶手套……他们拿走了包括我们衣服在内的所有东西,甚至信封、铅笔和钢笔,都装在塑料袋里,埋在树林里。

我们很害怕……很长一段时间,我们一直在等死……

* * *

妈妈和爸爸亲吻了，我就出生了。

我曾经以为我永远不会死。现在我知道，我是会死的。一个男孩子和我住在一家医院里……瓦季克·科林科夫……他给我画鸟，还有小房子。后来他死了。死不可怕，人会睡好长好长时间，再也不会醒来。瓦季克告诉我，他死了以后，会在另一个地方一直生活下去。他对另一个大一点儿的男孩也这样说。他并不害怕。

我梦见我死了。我在梦中听到妈妈在哭。我就醒了……

* * *

我们离开了那里……

我想说说，奶奶是怎么告别我们的家的。奶奶让我爸爸从储藏室里拿一袋麦粒出来，撒在果园里，留给"上帝的鸟"。让我拿着鸡蛋篮子，把鸡蛋分散在院子里，给"我们的猫和狗"，再给它们切好肥肉。我把家里袋子里的食物都倒出来：胡萝卜、南瓜、黄瓜、树莓……五颜六色……我把它们撒在菜园里，"你们就在地里生活吧！"然后给房子鞠了躬……给谷仓鞠了躬……给每棵苹果树都鞠了躬……

我们要离开时，爷爷摘下了帽子，向我们的家告别……

* * *

那时我还小……

六岁，不，八岁，好像是。确切地说，我现在觉得是八岁。我记得有许多事情都让人害怕。我怕赤脚在草地上跑,妈妈怕我会死,我最怕游泳和潜水,怕到树林里摘坚果,怕捉甲虫——它会在地上爬,而土地是被污染的。蚂蚁、蝴蝶、大黄蜂,都被污染了。妈妈回忆说,一家药店建议她给我服用一茶匙碘!一天三次。她很害怕……

我们在等待春天:甘菊还会像以前一样生长吗?我们这里的人都在说,世界要变了……收音机和电视里都在说……菊花也要变……它会变成什么?变成别的什么东西吗……狐狸会长出第二条尾巴,刺猬出生就没有刺,玫瑰没有花瓣。还会出现一些类人生物,它们的皮是黄色的,没有头发和睫毛,只有一只红色的眼睛——日落时分会变成绿色。

我还小……才八岁……

* * *

春天……春天就在植物的幼芽里。和往年一样,绿色的新叶长出来了,苹果树开满了白色的花朵,空气中都是稠李花的气味,雏菊盛开。一切都是那么生气勃勃。鲤鱼会不会像以前一样还有头和尾巴?狗鱼呢?我们去查看了椋鸟窝,想看一看椋鸟是不是飞回来了,它们会不会有了自己的孩子?

我们有许多要做的事……我们都去试过……

* * *

大人们在窃窃私语……但我听见了……

我出生的那一年（一九八六年），我们村子里就没有其他男孩和女孩出生，只有我一个。医生不允许人们生育……他们吓唬妈妈，会生出什么什么……我妈妈跑出医院，躲到奶奶家，于是，有了我……我出生了。我全听到了……

我没有兄弟姐妹，我很想要一个。哪里可以找到小孩子呢？我要去找我的弟弟妹妹。

奶奶给了我一个不同的答案：

"小孩子是鹳用嘴衔来的。女孩在田地里，男孩在浆果丛里，那是鸟衔来的。"

妈妈另有说法：

"你是从天上掉下来的。"

"怎么会？"

"下雨的时候，你就掉到了我的手里。"

阿姨，你是作家吗？我不是这样来的吧？我以前在哪里？在高高的天上吗？也许，在另一个星球……

* * *

我以前爱去看展览……看图片……

我们城市举办了一个关于切尔诺贝利的展览……只有一条腿的小马驹，八九头长着三个脑袋的牛犊，还有几只没有毛的兔子，就像塑料玩具一样，关在笼子里……穿着潜水服装的人们走在草地上……树长得高过了教堂，而花就像树一样……我没有看完。我偶然发现一幅图片：一个男孩伸着手，也许是伸向蒲公英，也许是伸向太阳，这个男孩长了一条象鼻子。我想哭，想喊："我们不要这样的展览！别给我们看！所有图片说的都是死亡，都是突变。我不看！"

展览的第一天有人来，而后就一个人也没有了。报纸上说，在莫斯科，在圣彼得堡，人们都去看过这样的展览。而在我们这里，展厅却空空如也。

我去奥地利治病，那里有人敢于在自己家里挂这样的照片。长着象鼻子的男孩……或者变成蹼的手掌……每天看到它，是为了不忘记那些带给他们灾难的人。然而，当你生活在这里……这就不是幻想，不是艺术，而是生活。就是我的生活……如果要我来选择，我会把美丽的风景画挂在自己房间里，因为那里的一切曾经是正常的：有森林，有鸟儿，那里是平常的，快乐的……

我想要美好的世界……

* * *

事故发生后的第一年……

麻雀从我们村子里消失了……它们四处躺着，在果园里，在沥青路上。人们会把它们与落叶扫在一起，装入垃圾箱里。这一年不允许烧落叶，因为有辐射。要埋起来。

两年后，麻雀回来了……我们欢欣鼓舞，奔走相告："昨天我看见一只麻雀……它们回来了……"

五月，金龟子不见了。我们到现在也没有再见到过。也许，它们要一百年，一千年后才会回来，就像我们老师说的。甚至我都没有见过它们……而我今年已经九岁了……

我奶奶？她很老了……

* * *

九月一日……是开学的日子……

一束花也看不到。我们已经知道，花里有许多辐射。往常，在学年开始之前，干活的是木匠和油漆工，现在却是士兵。他们铲掉花草，装上卡车运到别处。他们砍伐一个很大的旧公园，砍倒里面的老椴树。我们这里要办丧事的时候，总会叫娜佳奶奶……她会大哭一场，诵读悼文。"雷电切莫劈下……干旱切莫降临……海水不要泛滥……像黑棺材那样躺着吧……"她对着砍倒的树痛哭，就像对着人哭一样："啊，你是我的小橡树……你是我的小苹果树啊……"

一年以后，我们村子的人都疏散了，村子被他们铲平了。我爸爸是出租车司机，他开车回去，回来后告诉我们那里的情况。他们先挖一个大坑，有五米深……然后消防人员来了，用消防水管从房顶到地面一直冲洗，防止放射性灰尘飘浮起来。窗户、屋顶、门槛，都要清洗。然后用吊车把房子连根拔起来，放进坑里……玩具娃娃、书籍、罐头瓶子，稀里哗啦一起倒了进去……挖掘机再把沙土覆盖在上面，最后夯实。最后村庄不见了，变成了一片平地。我们的家躺在那里，还有我们的学校和村委会……那里还有我的植物标本集和两本集邮册，我本来想带走的。

我还有一辆自行车……那是买给我的……

＊ ＊ ＊

我今年十二岁……

我一直想回家，我已经残疾了。邮递员会把我和爷爷的抚恤金送到家。班里的女孩知道我得了白血病后，都怕跟我坐在一起，怕跟我接触。我看了看自己的手，自己的书包和练习册……什么都没有改变。他们为什么要怕我？

医生说，我生病因为我爸爸曾经在切尔诺贝利工作。后来我就出生了。

我爱爸爸……

＊ ＊ ＊

我从来没见过这么多士兵……

士兵们在清洗树木、住宅、屋顶……清洗集体农场的奶牛……我在想："那些森林里的动物真可怜！"没有人给它们清洗，它们都会死的。森林也没有人会去清洗，一样也会死的。

老师说："大家来画一幅辐射的画。"我画了一幅图画，雨水是黄色的，河水是红色的……

＊ ＊ ＊

我从小就喜欢技术……我梦想长大当一名技术人员，像爸爸一样——他就是一个酷爱技术的人。我们总是在一起琢磨设计什么东西，再把它制造出来。

一天夜里，爸爸走了……我没有听到他收拾东西，我睡着了。

早上我看见妈妈在哭:"你们的爸爸,他去切尔诺贝利了。"

我们等爸爸从战场回来……

他回来了,又去工厂上班了,什么也没有跟我们说。在学校里,我在大家面前夸耀说,我爸爸是从切尔诺贝利回来的,是清理员,而清理员就是帮助清理事故现场的人,是英雄!同学们都羡慕我。

过了一年,爸爸病了……

第二次手术之后,我们在医院的小花园散步……那时第一次和我说起切尔诺贝利……

他们的工作地点离反应堆不远。他回忆说,那里很安静,很美丽。而就在这时反应堆出了事。花依然在盛开,但是为了谁呢?人都离开了村子。他们开车经过普里皮亚季,看到阳台上晾着衣服,摆着花盆。邮递员的自行车立在草丛边,帆布包被报纸和信件塞得鼓鼓的,帆布包上有鸟做了个窝。就像我在电影里看到的那样……

他们在"清洗"那些应当被抛弃的东西,铲除被铯和锶污染的土壤。但是到第二天,那些东西依然会"撒落"……

爸爸回忆说:"临别的时候,他们握着我们的手,发给我们一张证书:'感谢您奋不顾身的牺牲精神'……"他最后一次从医院回来,对我们说:"如果我还能活下去,任何与化学和物理有关的东西,我都不会去碰了。我要离开工厂,去做一个牧羊人……"

现在就剩下我和妈妈留在家里。我没有去技术学院,没有如我妈妈的愿。那是爸爸念过的学校……

* * *

我有一个弟弟……

他喜欢玩"切尔诺贝利"游戏：垒"防空洞"，把沙子撒在"反应堆"上……或者扮成稻草人，跑到所有人跟前，吓唬他们说："噢噢噢！我是辐射！噢噢噢！我是辐射！"

事故发生的时候，他还没有出生。

* * *

我在夜里飞翔……

在一个明亮的世界里飞翔……不是那个真实的世界，也不是那个彼岸世界，而是另一个，第三个世界。我知道在梦里可以进入这个世界，可以待一会儿，不知道我能不能留下来？我的舌头僵硬，呼吸急促，但我不希望与任何人说话。一些东西看起来好像很眼熟。但是，那是什么时候？我不记得了……我满脑子都是对未知的渴望，但是我什么人也看不到……只有一片光……我感觉我触到了它……我觉得好大！我使尽力气，但是那里就我一个人，孤单一人。在我很小的时候，看到过一些彩色图画，就像现在的梦中看到的一样……那一刻，我什么都明白了。突然间，一个窗口打开了，吹来一阵风。这是什么？我在哪里？我好像和什么人正在建立联系……交流……但是，这个医院的灰色墙壁挡住了我。我晕过去了……我闭上了眼……我挺起身子……向上看……

妈妈来了。昨天她把圣像摆在房间里。墙角那里有人跪在地上窃窃私语。教授、医生、护士，他们都不做声。他们以为我不知道……不知道我快要死了……而我夜里学会了飞翔……

谁说过，飞行好学吗？

我爱写诗……我五年级的时候爱上了一个女孩，七年级的时候，我，我知道了死亡这回事……加西亚·洛尔卡[01]，我喜欢的诗人。我读过他的诗句："看不见的呐喊。"夜里诗句会换一个声音。发出另一个声音……我开始学习飞翔……我不喜欢这个游戏，不过，还能做什么呢？

安德烈是我最要好的朋友……他做了两次手术，然后回家去了。半年后他还要做第三次手术……就在手术之前，他用自己的皮带上吊自杀……在空荡荡的教室里，趁大家都出去上体育课的时候。医生不允许他跑跳，而大家都认为他是学校最好的球员。

在这里我有很多朋友……尤利娅、卡佳、瓦季姆、奥克萨纳、奥列格……现在还有安德烈……"我们都会死，成为科学研究的对象。"安德烈说。"我们都会死，我们会被遗忘。"卡佳这样认为。"我死了以后，你们不要把我埋在墓地，我害怕墓地，那里只有死人和乌鸦。把我埋到田野里。"奥克萨纳说。"我们都会死……"尤利娅哭了。

对我来说，现在天是活的，我举头望去……他们都在那里……

---

01 加西亚·洛尔卡，西班牙戏剧家，诗人。——译者注

孤独的
人类之声

不久以前，我是那样快乐。为什么？我忘了……

现在，我感觉像是开始了另一场人生……

我不懂，我不知道，我如何才能重新生活下去？我想活下去，我想有说有笑地活着。我曾经整天悲伤愁苦，死气沉沉……我想与人交谈，但是不会同你们这样的人说话。我会去教堂，那里安安静静，就像在大山里一样。安安静静。在那里你会忘掉自己的生活。

可是，早上醒来，我伸手去摸……他在哪里？只有他的枕头，他的气味……一只不知名的小鸟在窗台上跳着、吵着，碰到小铃铛，我以前从未听过这样的动静，这样的声音。他去了哪里？我说不清，也不能说清。我都不明白，我是怎么活下来的。晚上，女儿来找我："妈妈，我的作业做完了。"这时候，我才记起我还有孩子。而他去了哪里？"妈妈，我的扣子掉了。你给我缝上吧！"我怎么去找他？怎么再见到他？我闭上眼睛想他，直到睡着。在梦中，他来了，但只简单地说了一句话，随即就消失了。我甚至能听到他的脚步声……他去了哪里？在哪里？他不想死，他一直望着窗口，望着天空……我给他垫了一只枕头,又垫了第二只,第三只……垫得很高,好让他看到窗外。他死的过程很长……熬了整整一年……我们无法分离……(长时间的沉默)

不,别怕,我不会哭……我已经忘记怎么哭了。我想说话……有的时候,我憋得难受,难以忍受,我想说服自己:我什么也不记得了。我有一个朋友,她几乎要发疯了……我们的丈夫是同一年去世的,他们都去过切尔诺贝利。她打算再婚,她想忘记,想关上这扇门,打开那边的门……跟另一个男人走……不,不,我理解她。我知道,必须活下去……她还有孩子……我们去过一个地方,那里没有人,我们看到的这些东西,没有人会看到。我不会和别人说,但有一次在火车上,我跟几个陌生人说话。为什么?一个人真可怕……

就在我生日那天,他去了切尔诺贝利……客人们还在桌子旁坐着,他在他们面前道别,吻了我。汽车已经在窗外等着他了。一九八六年十月十九日,是我的生日……他是安装工,走遍了苏联各地,每次我都等着他回来。那是我们快乐的时光。我们的生活依然像一对恋人——一次次分开,又一次次相聚。那一次……恐惧攫住了我们的妈妈,他妈妈和我妈妈,而我们却一点儿都没害怕。现在我会想:为什么?我们不是已经知道他要去哪里了吗?哪怕拿起邻居小孩十年级的物理课本,哪怕翻一翻……他走的时候,连帽子都没有戴。一年以后,和他一起去的同伴头发就掉光了,而他的头发却变得更密更多了。那些人都已经不在了。他那个小队的七个小伙子全都死了,都是年轻人……一个接一个……

三年之后第一个死了，当时，他们以为是偶然的，是命运。但跟着就是第二个、第三个、第四个……剩下的每个人都在等着那一天，这就是他们的生活！我的丈夫是最后一个死的。他是高空作业安装工……他们的工作是关闭被迁移村庄的电路，需要爬到电线杆上。站在上面，可以俯视死气沉沉的房屋和街道。他几乎全部时间都在高处，在楼顶。他身高接近两米，体重九十公斤，谁能杀得死他？我们一点儿也不害怕……（她突然笑了）

啊，噢，当时我太高兴了！那天我回到家，看到他回来了。他每次回来，我们都像过节一样。我们办了派对。我有一条睡裙，长长的，非常漂亮，我穿上它。我喜欢昂贵的高级内衣，我有好多件漂亮的内衣，但这是一条特别的睡裙，只有特别的日子我才会穿。这是为了纪念我们在一起的第一个晚上……我知道他身体的每一部分，了然于胸，我吻遍他的每一寸肌肤。我在睡梦中也常常会觉得，我是他身体的一部分，我们永远不会分开。他离开的时候，我十分想念他；没有了他，我会生病。我们一旦分开一段时间，我的生活就失去了方向——我在哪里、什么位置、什么时间……我都搞不清楚了……他带着脖子上肿大的淋巴结回来了。结节不大，但是我的嘴唇能感觉它们的存在。我问："给医生看过吗？"他安慰我："会好的。""你在那里怎么样，切尔诺贝利？""就是正常工作。"他没吹牛，也没惊慌。于是我只得出一个结论："那里与这里一样正常。"在他们吃饭的食堂，一层是供应士兵的——面条，罐头食品；二层是供应领导和将军的——水果、红葡萄酒、矿泉水，还有干净的桌布。他们每人还有一台辐射剂量计，而他们整个小队连一台也没有。

我记得大海……我们两人去看过大海，我记得，大海就像天空一样，无边无际。我的朋友和她丈夫跟我们一起去了……但她说："大海很脏，大家都害怕感染霍乱。"报纸也是这样写的……但我的印象里不是……大海很明亮，在我的印象里，大海就像天空一样晴朗，是蔚蓝色的，而他就在我旁边。我为爱而生……为了快乐的爱……学校里的女孩都有梦想：谁想去上大学啦，谁想去共青团工地啦，而我只想嫁人。爱那么强烈，就像娜塔莎·罗斯托娃[01]那样。只要有爱！但是，任何人都不能这么说，因为你别忘了，在那个时候，被允许的梦想只有共青团的工地。我们就是被这样教导的。大家争相要去西伯利亚，去那无法穿越的原始针叶林。我还记得，大家都唱这首歌："我走在薄雾里，走在针叶林的气味里。"我第一年没有考上大学，分数不够，于是我就去了电话站工作。我们就在那里相识……当时我在值班……我嫁给了他，我对着他的耳朵说："娶我吧。我太爱你了！"多么英俊的小伙子啊……我觉得像是在天上飞翔。是我求他："娶了我吧！"（她笑了）

有时候我也会有这样的想法，我安慰自己：也许，死亡也不是尽头，他只是换了一种生活，去了另一个世界。那个世界在哪里呢？现在我在图书馆工作，有许多书可以读，会见到许多人。我很想谈一谈死，我想了解它。我在给自己寻找安慰。我在报纸上，在

---

01 列夫·托尔斯泰小说《战争与和平》中的人物。——译者注

书籍里寻找……我去过剧院,希望那里有关于死亡的说法……我不能没有他,我的身体都会感觉疼痛,我不能一个人……

他不想去看医生:"我没什么事,我也不觉得疼。"淋巴结逐渐长到鸡蛋大小了,我硬是把他拉上汽车,带他去了诊所。他们把他转给肿瘤科医生。一个医生看后,又喊来第二个医生:"这又是一个切尔诺贝利人。"他们不让他离开医院。一周后做了手术,他们切除了他的全部甲状腺和喉头,插上一些管子。这样……(她停了一会儿)这样……现在我知道,这也算是一段快乐的时光。主啊!我去干了些什么呀:我跑到商店,给医生买了礼品——一盒巧克力,还有进口甜酒。我把巧克力送给护士。他们都接受了,而他却嘲笑我:"你看你,他们又不是神仙。他们有化疗和放疗的设备,没有你的巧克力,他们也会给我治病的。"但我还是跑到镇子那头去买了蛋糕,还有法国香水——那时候,没有熟人是买不到这些东西的,它们都藏在柜台下面。出院之前……我们要回家了!他们给了我一个专门的注射器,又教会我如何使用。这样,我就能使用注射器喂他食物了。我全学会了。我煮好新鲜的东西——每天四次,一定是要新鲜的——在绞肉机里磨碎、过滤,之后装进注射器,在注射器上接一根管子,一根最粗的管子,直接插入他的胃里……那时他已经失去味觉了,我问:"好吃吗?"他什么也尝不出来。

即便如此,我们还是会跑去看几场电影,在电影院里亲吻。连着我们的是一根纤细的游丝,而在我们看来,它又唤起了我们对生活的向往。我们尽量不去提起切尔诺贝利,不去想它。那是个禁忌的话题……我不允许他接电话，我会抢过来。他的朋友一个接一个地死了……这也是个禁忌的话题……但是，一天早上，我叫醒他，递给他睡袍，他却站不起来。他一句话也没有说……他已经说不出话来了……眼睛瞪得大大的……当时他很害怕……是的……（又停住了）我们又度过了一年的时光，最后他死了……这一年里，他每一天过得都很艰难，他也知道，他的朋友们都会死……而我们还要一天一天地过……一天一天地捱……

人们在说切尔诺贝利，在写切尔诺贝利，但是谁也不知道我们现在的生活是什么样子。我们的生和死，都与原来不一样了，完全不一样了。你问我，经历切尔诺贝利事故的人们是怎样死的？我爱他，没有什么比爱他更重要，哪怕是我亲生的孩子，哪怕我眼看着他……变成一个怪物……他们切除了他的淋巴结，破坏了循环系统，他的鼻子歪向一边，是原来的三倍大，两只眼睛完全不是原来的样子，眼球的位置朝向不同的方向位移，闪现着说不清楚的亮光……感觉好像他已经不再是他，而是另外一个人在那里张望。后来，一只眼睛再也睁不开了……我有什么可怕的？我只希望，他不要看到他自己的样子……不能让他知道这些。但他用手比划着问我，要我拿镜子给他。我马上跑进厨房，假装忘了这回事，假装没听到他的话，或者故意岔开话题。我就这样骗了他两天，第三天，他在笔记本上写了几个大写字给我，加上了三个感叹号："给我镜子！！！"我们就用笔记本、钢笔、铅笔，我们之间一直这样交流，因为他连低声说话也已经做不到了，几乎成了哑巴。我跑到厨房用力敲打锅碗瓢盆，我不想说，也不想听。他又给我写字："给我镜子！！！"又是这几个惊叹号……我把镜子拿给他，拿了最小的一个。他看了，抱着自己的头，在床上不停地摇着……我走过去，安慰他："等你好点儿了，我们去一个没人去的村子。买一座房子，就在那里住下来。城里的人太多，如果你不愿意住，我们两人就一起去那里生活。"我没有骗他，我跟着他去哪儿都可以，只要有他在，其他都没有关系。他是我的一切。我没有骗他……

我不愿意去回忆，我只想静静地，不再说话。如今一切都过去了……一切是那么遥远，也许，比死还远……（她停了下来）

遇见他的时候，我十六岁，他比我大七岁。我们约会了两年。我很喜欢明斯克邮政总局旁边，沃洛达尔斯基大街的环境，他约我在那里的大钟旁边见面。我家住在精梳毛织物联合加工厂旁边，我乘坐五号电车过去，车在邮政总局不停，要到前面不远的"童装"商店才有站。电车转弯的时候，总是慢慢的，这正是我想要的。我总是稍稍迟到一会儿，这样我就能在车窗里看他，然后心里暗自感叹：在等我的小伙子多么英俊啊！那两年，其他一切我都没有留意，连冬天和夏天都没有印象，心里只有他。我们去看演唱会……去看我最喜欢的埃迪塔·皮埃哈……我们没有去舞池跳舞，他不会跳。我们亲吻，不停地亲吻……他叫我："我的小宝贝！"那天是我的生日，又是我的生日……真奇怪啊，最重要的事都发生在这一天，在这以后，我很难不去相信命运了。我站在大钟下面：我们约好五点见，他没有到。到了六点，我心烦意乱，含着眼泪站在那里，不知如何是好。我穿过马路，看了一下四周，好像察觉到了什么——他闯了红灯跑到我身后，还穿着一身工作服和靴子……他们不让他提前下班……我最喜欢他这样打扮：狩猎服、夹克，这都是过去的事了。我们回了他家，他又改变了主意，到餐馆去庆祝我的生日。可是到了餐馆，已经没有位置了，要塞给领班五个或者十个卢布（这还是旧钱），就像别人一样，可我和他都不会这样做。"走了，"他突然来了精神，"我们到商店去买香槟、蛋糕，到公园去，到那里去庆祝。"就在星空之下！他就是这样的人……在高尔基公园的长椅上，我们一直待到第二天早上。我一生再没有过这样的生日，就在那天，我对他说："娶我吧。我太爱你了！"他笑了："你还小呢。"第二天，我们就去登记了……

啊，我多么幸福啊！什么也不能改变我自己的生活，即使上天用星光警告我，给我预示……我们去登记结婚那天，他怎么也找不到护照，我们把整个房子都找遍了。最后他们只好给我们临时写在登记处的一张纸上。我妈妈哭了："女儿，这可是一个坏兆头啊。"后来护照找到了，在阁楼上他的旧裤子里。爱情！这甚至不是普通的爱情，而是历久弥新的恋爱。我早上会对着镜子跳舞，我漂亮，我年轻，而他爱我！现在我已经忘了我的脸，忘了那张他曾经看到的脸……我也不想去看镜子里的这张脸……

我可以说这个吗？我想说出来……有一些秘密……我至今也不明白这是为什么。直到我们在一起的最后一个月……他夜里还会叫我……他有欲望。他比以前爱得更强烈……白天，我看着他的时候，我都不相信夜里发生的事情……我们俩不想分开……我抚摸着他，他拥抱着我。在那些时刻，我想起了最快乐、最幸福的时光……他从堪察加回来,留着大胡子,是他在那里留起来的……想起我生日那天,在公园的长椅上,"娶我吧……"应该那么说吗?可以吗?我一个姑娘主动去求他,就像男人去追求一个女人……

除了药,我还可以给他什么?给他什么希望?他不想死,他有信心,我的爱会拯救我们。只有这样的爱!但是,我什么也不能跟我妈说,她不理解我。她会指责我,诅咒我。这不是普通的癌症,一般的癌症已经让所有人害怕,可这是切尔诺贝利的癌症,更可怕。医生对我说:如果癌细胞在机体内部继续转移扩散,人很快就会死。而癌细胞正在向上移动……向身体……向面孔……他的脸上长出黑斑,他下巴移位了,脖子不见了,舌头会掉出来。他的血管破裂流血。"啊呀,"我叫起来,"又是血!"脖子、面颊、耳朵……到处都在出血……我拿了冷水给他冷敷,但一点儿用处也没有。看着令人毛骨悚然。枕头上全是血……我从浴室拿来面盆……血流如注,就像挤牛奶……还有哗哗的声音……就像宁静的乡村中的那种声音……我现在夜里还会听到这样的声音……在他还清醒的时候,他会拍手,这是我们约好的信号:去叫救护车。他不想死……他才四十五岁……我打电话给急救站,他们也知道是我们家的情况,他们不愿意来:"我们帮不了你丈夫。"我只好给他打针!给他麻醉剂。我自己给他打针,我已经学会了,只是打针过后,他的皮肤上会留下淤青,不能散去。有一次,我打了电话,救护车来了……一个年轻的医生走近他一看,马上就退了回来:"请问,他是不是切尔诺贝利来的?是不是一直在那里的人?"我回答:"是的。"而他,我一点儿没有夸张,他喊道:"亲爱的，还是尽快让他解脱吧！尽快！我看到过，切尔诺贝利回来的人都是怎么死的。"我觉得他会听到这些话……好在，他不知道他已经是他们小队留下的最后一个……还有一次，诊所派来一位护士，她就站在楼道里，连房门都没有进去："啊，我不进去！"而我不怕！只要他需要，我什么都愿意做！但我该怎么做？救赎在哪里？他在呼喊……他很痛苦，整天在喊叫……后来我想了一个办法：把伏特加通过注射器灌给他。他安静了下来，忘记了疼痛。办法也不是我自己想出来的，是其他女人教我的……她们也遇到了与我一样的难题。他妈妈来了："你当初为什么会同意他去切尔诺贝利啊？你怎么会这样做？"而我当时根本就没有想过我能不让他去，而他，也许，他也不会不去。那是什么时代？是军事政权时代，而我们当时都是另一类人，和现在不一样。有一次我问他："你后悔去那里吗？"他摇摇头。他在笔记本上写道："我死后，你把汽车、备用轮胎卖掉，你不要嫁给托里克。"托里克是他弟弟，也喜欢我……

　　我还有许多秘密……我坐在他旁边……他睡着了……他有一头漂亮的头发……我拿剪刀悄悄地剪了一绺下来……他睁开了眼睛，看着我手里的头发，笑了。我还留着他的手表、军人证和切尔诺贝利勋章……（沉默）啊，我以前真的很快乐！我记得在产科病房，我在窗边坐了好多天，每天都在等他，盼他。我怎么也想不通：我这是怎么了？我就这样盼着……只要看不到他，我就受不了。早上我给他做饭，看着他吃，看着他刮胡子，看着他出门。我是个认真负责的图书馆管理员，但是我不知道怎么去爱我的工作。

我只爱他。只爱他一个人。我不能没有他。夜里，我会大声呼喊……我会埋在枕头里呼喊，怕孩子听见……

我从来不去想，我们将要分离……我已经知道了，但我不愿意想……我妈妈……他弟弟……他们都有所准备，都暗示我，医生也劝我，要我想想下面的事情，在明斯克附近有一家专门医院，从前那些残疾人……经历过阿富汗战争的人……没有手臂的人……都在那里等死……而现在，他们把切尔诺贝利回来的人都送到那儿去。他们对我说：那儿对他最合适，医生随时会贴身照看。但我不愿意，我不愿意听他们说这个。于是，他们去说服他，让他对我说："送我去那里吧！不要折磨你自己了。"这时候我正去单位要求病假证，或者请求无薪休假。按照法规，病假证只有在孩子生病才能准予，而无薪休假不能超过一个月。我们的笔记本都被他写满了。他要我答应他，要我送他去那儿。我和他弟弟一起坐车去了。那个地方在一个村子边上，叫做格列宾卡，是一处好大的木头房子，水井已经损坏，卫生间在室外，还有几个虔诚的、头戴黑纱的老妇女……我连车也没下。夜里我亲吻他："你怎么能要我这样做？我永远不要这种事情发生！永远不要这种事情发生！永远不要！"我一直吻着他……

最让人恐惧的是最后那几周……他把尿撒在半升的罐子里，要用半个小时才解完。他没有抬起眼睛，他害羞。"你怎么会这么想呢？！"我吻他。最后一天有这样一个瞬间：他睁开眼，坐了起来，笑着对我说："瓦柳什卡！……"听到他的声音……我兴奋得说不出话来……

单位打来电话:"我们带着红色证书过来。"我问过他:"你单位的人要来,要发给你证书。"他摇摇头:不要,不要!但他们还是来了……带了一些钱来,还有一个带列宁头像的红本子。我接过证书,心想:"他为了什么而死,就为这个吗?报纸上说,爆炸的不仅是切尔诺贝利,还有……苏维埃生活已经结束了。可红皮证书里面依然是……"那些人本来想对他说一些好听的话,但他盖上了毯子,只把蓬乱的头发露在外面。他们在他旁边站了一会儿,就走了。他已经害怕见人……只有我不会让他害怕。

但他就要走了……我呼喊他,但他的眼睛已经睁不开了,只是在喘息……埋葬他的时候,我把两块手帕盖在他的脸上。如果有人要看他,我会掀开……一个女人昏倒了……她曾经爱过他,我以前还嫉妒他爱过她。"让我最后看他一眼。""看吧。"我没有对她说,他死时,没有人敢靠近,所有人都害怕。按照我们斯拉夫人的习俗,不可以让家里人给死者清洗、穿衣服。两个在太平间工作的男人,走来跟我们要伏特加:"我们什么样儿的没见过?"他们说,"被压扁的,被肢解的,火灾后烧焦的孩子,我们都见过……但像这样的还是第一次……"(她平静下来)他死了,躺在那里,身体还是热乎的,不能碰……我把家里的钟停掉了……就停在早上七点……我们的手表今天也停了,不走了……我去找修表师,他摆摆手说:"这不是机械师和物理学家的事,而是形而上学专家的事。"

在他刚走的那些日子里,我一连睡了两天,谁也叫不醒我,中途我起床,喝了水,一点儿东西也没吃,就又倒在枕头上睡去。现在,我也感到奇怪:我怎么能睡着?我女友的丈夫快死的时候,他用餐具砸她。他哭了：为什么她这么年轻，这么漂亮？而我的丈夫只是看着我，看着……他在我们的笔记本上写道："我死后，你把我的遗体火化。我不想让你害怕。"他为什么会这样说？有各种各样的传言：切尔诺贝利人死去后会"发光"……晚上，在坟墓上也会发出亮光……我在报纸上看到过，说死在莫斯科医院的切尔诺贝利消防员，被埋在莫斯科郊外的米京墓地，别人都不会把死者埋在他们的旁边，都要躲开他们。死人都害怕他们这些死人，更不要说还活着的人了。因为没有人知道，什么是切尔诺贝利，只有一些猜测和感觉。他把在切尔诺贝利工作时穿的白色外套、裤子、专业工作服带了回来……这些衣服在他去世前一直放在家里的顶柜中。妈妈想："他所有东西都得扔了。"她害怕……而我想把他的外套保存起来。我真是个罪犯！我的孩子就在房子里，我的女儿和儿子……我们最后还是把这些东西带到城外埋掉了……我读了很多书，我就生活在书堆里，但我什么也不能解释。他们把骨灰罐交给我时，我一点儿也不害怕……我用手去摸那些细小的颗粒，就像抚摸海边沙滩上的贝壳——这是他的髋关节。在此之前，我都没有去碰过的东西，没有听过，也没有感觉过，而现在我彻悟了。我记得，他死后的一天夜里，我就坐在他旁边。突然，冒起一股青烟……第二次，我在火葬场看到，这股青烟就在他上面……那是他的灵魂……没人看见，只有我看到了……我有一种感觉：我们又见面了……

啊，从前我是多么快乐！多么幸运……他去出差……我就掐算着我们还剩多少天能见面，多少小时，甚至多少秒！我不能没有他……不能没有他！（她捂住了脸）我记得，我们去乡下他妹妹家，晚上，他妹妹对我说："你的床在这间屋子里，他的在那间。"我们两人对视着，笑了。我们从没有想过我们会分开来在两个房间睡觉。我们只会在一起。我的身边不能没有他……不能没有他！许多人向我求婚……他弟弟也向我求婚……他们两人长得那么像，连走路的姿态都像。但我觉得，如果其他人碰我，我会哭，一直哭，永远停不下来……

是谁把他从我身边夺走的？凭什么？一九八六年十月十九日，他们发了一纸有红色抬头的通知书……

（她拿出相册，给我看结婚照。我已经想告别了，但她留住了我。）

我怎么生活下去？我没有把所有事情都讲给您……还没有说完……我曾经很快乐，快乐得像疯子一样……我有秘密……也许，您不应该写出我的名字……我会在祈祷时提到这些秘密……我自己的秘密……（停住了）不，还是把我的名字写下来吧！让上帝知道我……我想知道……我想明白，为什么要让我们这么痛苦？为什么？一开始，在一切发生之后，一个黑暗的东西出现在我的视野里。陌生的东西。我无法忍受……是什么挽救了我？是什么使我回归生活？使我回到过去……是我儿子……我还有一个儿子，我和他的第一个儿子……他病了很久……现在他长大了，但是他还在用孩子的眼睛看世界，一个五岁男孩的眼睛看世界。我想和他在一起……我希望能换套房子，搬到离诺文克精神病医院近一点儿的地方去，他就在那里，他一辈子都要在那里生活。这是医生的判决：他要活下去，就得一直住在那里。我每天都要去看他。他见我就问：

"米沙爸爸在那儿？他什么时候来看我？"在这个世界上，还有谁会问我这个问题？他一直在等爸爸。

我会和他一起等。我会做我的切尔诺贝利祭祷……他，他会用孩子的眼睛看世界……

——瓦莲京娜·季莫菲耶夫娜·阿帕纳谢耶维奇，清理人的妻子

代结局

……基辅旅行社推荐切尔诺贝利旅游……

他们设计了这样的线路：以死亡之城普里皮亚季为起点，游客可以观看废弃的多层楼房，阳台上挂着变黑的衣服，还有婴儿车，还有从前的警察局、医院和市政府。这里还保留着苏联共产主义时代的口号，辐射物质泄漏后也未加清除。

从小城普里皮亚季出发，路线继续在死亡的村庄间穿行，狼和野猪大白天就在院子里进出，在这里繁衍生息，多么黑暗的场景！

旅行的高峰，或如广告中所写的华彩，就是参观钢筋混凝土"掩体"，也可称之为石棺。这是在发生爆炸的四号反应堆上紧急建立的石棺，上面早已爬满裂缝，致命的残存核燃料通过裂缝继续向外辐射。您回家的时候，请告诉您的朋友们。对您来说，这里不是游客常去的加那利群岛，或者迈阿密。旅行结束时，在切尔诺贝利牺牲英雄石碑前拍一张照片作为留念，您会感觉您参与了历史。

旅行结束的时候，会为这些特殊旅行的游客提供一顿原生态的野餐，还有红葡萄酒和俄国伏特加。他们会告诉您，这一天来在隔离区受到的辐射剂量要比 X 射线检查还低。但是，他们不建议你游泳，吃当地捕到的鱼类或禽类，也不能去采摘浆果和蘑菇，不能给女人送野花。

您以为这是梦话？您错了，核旅游市场需求很大，尤其是西方游客。人们想去猎奇和寻找刺激，这些在舒适的现代生活中已属难得。生活变得枯燥，而人们想要永恒……

请您参拜核子麦加……价格合理……

——据白俄罗斯报纸资料，二〇〇五年
一九八六年—二〇〇五年

译后记

二〇一六年夏天，我受中信出版社之邀，陪同我熟悉的白俄罗斯女作家阿列克谢耶维奇在北京与读者做交流。我之所以说我熟悉她，是因为一九八九年我就与阿列克谢耶维奇在北京师范大学相识。那年她随苏联作家协会代表团访华，我们有过短暂交流。

阿列克谢耶维奇初次造访北京之时，苏联文学还一如既往地影响着我们的阅读和创作。阿列克谢耶维奇的小说《战争中没有女性》（*У войны не женское лицо*），毫无例外地引起了中国文学界关注。二〇一五年，阿列克谢耶维奇获得诺贝尔文学奖，很多年轻读者此前对她一无所知，现在就像发现了新大陆。其实，阿列克谢耶维奇和她的书早就来过中国，在二十七年之前，那年她四十一岁。如今，阿列克谢耶维奇已经六十八岁，容颜虽改，但思想依旧，头脑依旧如二十八年前一样清晰，讲话虽轻声细语，但我时时感到她思想火花在迸溅，充满璀璨之光明和滚烫之热力。

阿列克谢耶维奇所师承的导师，是苏联赫赫有名的纪实文学作家阿达莫维奇（Алесь Адамович），也是她最敬重的人之一，另一位对她的写作颇有影响的人是闻名遐迩的作家索尔仁尼琴（Александр Солженицын），后者因为详细记录苏联集中营的纪实文学《古拉格群岛》（Архипелаг ГУЛАГ）而获得一九七〇年诺贝尔文学奖。

我在翻译这本《切尔诺贝利的祭祷》时，想起苏联文坛曾有纪实文学是否等于新闻报道之争。阿列克谢耶维奇对此也有自己的见解，她在北京时就提到，纪实文学在二十世纪的苏联文学中占有相当大的比重，《古拉格群岛》堪称苏联文学非虚构的典范。她说，非虚构绝非简单意义上的新闻报道，而是作家经过提炼和淬火的心灵写作，是作者灵魂与人类精神的展现。

俄罗斯文学讲究传承，阿列克谢耶维奇是俄语作家，所以，她与俄罗斯文学有着天然的、不可分割的精神联系。她说，俄语作家获得诺贝尔文学奖，前有蒲宁、帕斯捷尔纳克、索尔仁尼琴，后有肖洛霍夫及布罗茨基，在她之后，还会有其他作家再获奖，这是文学一脉相承的结果，是俄语创作的胜利，是俄罗斯文学的骄傲。

二十七年前，阿列克谢耶维奇告诉我，她正在四处做采访。她说："我试图透过无数鲜活的讲述，无数深埋多年的欢笑和眼泪，无数无法回避的悲剧，无数杂乱无章的思绪，无数难以控制的激情，看见唯一真实的和不可复制的人类史。"二十七年过去了，阿列克谢耶维奇依旧继续着她的访谈，这种数十年如一日的访谈和写作，需要坚韧的毅力和持久的耐心，她的作品不啻于一部红色苏俄编年史。她追寻着俄国革命、古拉格群岛、苏德战争、切尔诺贝利爆炸以及震撼世界的苏联解体的脉络，一口气写了五本书。她的作品延续了俄罗斯和苏联文学中"小人物"的形象，这部《切尔诺贝利的祭祷》也不例外，她说，她的作品就是在为小人物营造世界。阿列克谢耶维奇笔下的"小人物"，是历史大漠中的一粒尘沙，他们被时代的狂风吹来吹去，最终消失得无影无踪，他们不仅带走了生命的秘密，最终也被世界所遗忘。

阿列克谢耶维奇这部《切尔诺贝利的祭祷》，讲的是切尔诺贝利核电站事故发生地那些小人物的故事，作为"小人物"的苏联消防员、抢险队员以至于普通百姓，一个个默默地死去，而苏联隐瞒灾难的实情，没人告诉他们发生的是核事故，所以人们根本没有足够的防辐射装备，"小人物"只穿着雨衣就冲上了抗灾现场，受到了致命的辐射伤害……阿列克谢耶维奇就这样面对着她的"小人物"，倾听着他们的讲述，那些黑暗中或娓娓道来的，或撕心裂肺的讲述，最终逐渐汇聚成了真实的、交响乐一般的历史。阿列克谢耶维奇就这样捕捉着一个个鲜活的瞬间，完美地构建起她的艺术真实。她认为，不讲出这些"小人物"的故事，苏联历史就永远不会被真正记录下来，甚至无法被猜测、揣度和虚构。一九九一年苏联解体，苏联的生活翻天覆地，人们很快就遗忘了悲剧，顺理成章地开始了新生活，她目睹了人们的冷漠和麻木，于是，她开始追寻遗忘的情感，她开始做倾听时代"小人物"的一双"耳朵"。阿列克谢耶维奇的足迹遍及俄罗斯、乌克兰和白俄罗斯等国，她坐在城里的咖啡馆或是乡下的柴棚里听到的故事，既是别人的，也是自己的，她通过倾听别人的故事，最终看懂了自己。

《切尔诺贝利的祭祷》中充满了阿列克谢耶维奇对后苏联时

代的忧虑。她批判当代人丧失了苏联解体初期的道德激情，精神世界中充满了奴性、冷漠、自私和恐惧。她预言，人们坠入了后苏联时代的陷阱，却难以爬将出来，也许未来一百年也爬不出来，只能在陷阱中痛苦挣扎。

后苏联时代与斯大林主义时期有着本质的不同，后苏联时代的人们穷奢极欲，比斯大林主义时期的集中营时代更加堕落和凶残。现在整个世界物欲横流，世界处在精神崩溃边缘，所有道德上的坚持都成为过去时。后苏联时代背离了契诃夫和托尔斯泰精神，远离了俄国文学经典，人民陷入绝望之地。在苏联的废墟上，思想混乱不堪，到处都是苏联病人，遗留的精神创伤依旧在俄罗斯延续。人们抛弃了精神追求，沦为物质和贪欲的奴仆，伴随而来的是社会道德败坏，邪恶疯长，精神自由被扼杀了。作者站在苏联的废墟上，环顾四周，发现所谓的精神自由仅仅是广场的狂欢，其实生活处处是死一般的凋敝。人们朝思暮想的那朵自由之花，只在幻觉或错觉中绽放过。

《切尔诺贝利的祭祷》告诉我们，苏联是个巨大的实验室，异化人类的大实验室。它的任务，就是将亚当式的"旧人"改造成"苏维埃超人"。阿列克谢耶维奇写作时，常与"苏维埃超人"相遇相伴。她承认，甚至她本人也不能幸免地是"苏维埃超人"，她的父母、兄弟姐妹亦然。阿列克谢耶维奇试图通过《切尔诺贝利祭祷》的写作，捕捉苏联实验室的"苏维埃超人"形象，捕捉和书写苏联家家户户的社会主义史，苏联人民的情感史、生命史，那是一部苏联时代永远的小人物史。

《切尔诺贝利的祭祷》告诉我们，扬善弃恶是人类未来生活的全部。邪恶当下已经渗透和扩散至人类生活方方面面，化为隐性存在。善恶已不再黑白分明和一目了然，人们无法明确地辨认善恶，世界变得比以往任何时候都令人恐惧。如今，人们怀揣同样的恐惧、错觉、诱惑和失落，生活在世界各个角落，惶惶不可终日。尽管如此，阿列克谢耶维奇依旧怀着审慎乐观，她说，时间虽已堕入黑暗，生活沉重而又艰难，但我们身边还有很多善良的面孔，这就是人类未来的希望所在。

我想在《切尔诺贝利的祭祷》新译本面世之际，感谢我多年的合作者与翻译家徐永平教授，他对本书译稿做出了重大贡献，他对我译文直率的批评与精准的校对，是确保此书译文质量的关键。我还感谢在本书翻译和修改过程中，所有支持过和帮助过我的人。鄙人才疏学浅，谬误在所难免，敬请读者不吝赐教。

孙越
丁酉年仲春于北京西郊